源氏物語と音楽

中川正美

IZUMI BOOKS

14

和泉書院

目次

新装版にあたって

本書は平成三年の暮れに刊行された、わたしの初めての著書である。そのころ、文学を音楽から考察する論は数えるほどであったためか、拙いものであるにもかかわらず、ほどなく在庫がなくなった。音楽の研究が盛んになり、文化や生活に目が向けられたこともあずかって、毎年何人かの方が問い合わせてこられるという状況が続いていていたところ、このたび、和泉書院の社主、廣橋研三氏のご厚意で、「ＩＺＵＭＩ　ＢＯＯＫＳ」として甦ることとなった。

源氏物語の音楽については古層と新層からも考察しているが、再刊にあたっては、新たなものは加えず、旧版の誤字誤植の訂正に留めている。

平成一九年一月

序　文学と音楽

文学における音楽はどのような意味を持っているのか。文学に現れた音楽を研究するとは、音楽の研究をすることではない。文学に見出される音楽はそこにどのような音楽史的実態があらわれていようと文学として機能する。

上代の文献には同じ素材、事件がいくつか見える。古事記と日本書紀には、神の託宣を疑った仲哀天皇の死が語られているが、古事記のそのくだりは、つぎのように神の降臨を求めて天皇が琴を弾き、皇后が依り代となり、建内宿禰が熊襲を討つ是非を問い掛けるところから始まる。

其の大后《おおきさき》息長帯日賣命《おきながたらしひめのみこと》は、当時《そのかみ》神を歸《よ》せたまひき。故《かれ》、天皇筑紫の訶志比《かしひ》宮に坐《ま》しまして、熊曾《くまそ》を撃たむとしたまひし時、天皇御《み》琴を控《ひ》かして、建内宿禰《たけのうちのすくね》大臣沙《さ》庭に居て、神の命《みこと》を請ひき。是に大后神を歸《よ》せたまひて、言《こと》教へ覺《さと》し詔《の》りたまひしく、「西の方《かた》に國有り。金銀を本と為て、目の炎耀《かかや》く種々《くさぐさ》の珍しき宝、多《さわ》に其の國に在り。吾今その國を歸せ賜はむ」とのりたまひき。爾に天皇答へて白《まお》したまひしく、「高き地に登りて西の方を見れば、国土《くに》は見えず。唯大海のみ有り。」とのりたまひて、詐《いつわり》を為す神と謂ひて、御琴を押し退《そ》けて控きたまはず、黙《もだ》して坐しき。爾に其の神、大《いた》く忿《いか》りて詔《の》りたまひしく、「凡そ茲《こ》の天の下は、汝《いまし》の知らすべき國に非ず。汝は一《ひと》道に向ひたまへ」とのりたまひき。是に建内宿禰大臣白しけらく、「恐《かしこ》し。我が天皇、猶其の大御琴阿蘇婆勢《あそばせ》。」とまをしき。爾に稍《やや》に其の御琴を取り依せて、那麻那麻《なまなま》に控き坐しき。故、幾久《いくだ》もあらずて、御琴の音聞こえざりき。即ち火を擧げて見れば既に崩《かむあが》りたまひぬ。（古事記中巻）

まことに劇的に神の怒りと懲罰が語られているが、この場を支配しているのは琴の音である。神の降臨をもとめて天皇が琴をおごそかに搔き鳴らす。音が立つ。その音が沈黙の暗闇のうちに響き、倍音がひとつ、ふたつと重なり、流れ、しだいに空間を満たしていく。宿禰が神の降臨を懇請する。と、大后に依り憑かれた神が語り出す。その間にも琴の音は絶えず響いている。意外にも神が約束されたのは熊襲ではなく、その存在も確認できぬ西方の地であった。神の言葉を疑い、琴を押しのける天皇。琴の音が絶える。静寂のなかに響く怒りの声。取りなす宿禰《すくね》の声。再び琴の音が聞こえ出す。気のなさそうに「なまなまに」響く琴の音。その響きから天皇の胸中、宿禰の憂慮、神のさらなる怒りが迫ってくる。そして唐突に琴の音が絶える。灯のもとに見出されたのは天皇の亡骸であった。

知られるように琴を演奏することは神の降臨を希求し、交流を求めることであった。琴は神との通路を開くゆえに祭祀権の象徴であったのだが、その琴を弾きやめ押しのけたのは、天皇自ら王権を放棄したことを意味し、次に琴の音が絶えたのは神によって王権が取りあげられたことを意味している。古事記は琴をもって、王権の放棄と喪失、神の怒りと懲罰をきわだたせ、神と人間のドラマとして描いているといえよう。

ところが、同じ素材でも日本書紀では戦慄《りつ》も神秘もない。書紀でここにあたるのは巻八仲哀天皇の八年秋九月乙亥朔己卯のくだりだが、ここには琴がみえない。天皇の死も翌年である。神の言葉を疑う天皇の姿、おまえにではなく皇后の腹の中の子供にその國を与えよう、という神の怒りを記し、早逝の原因を「神の言を用ゐたまはずして、早く崩《かむあが》りましぬるを」と語っているが、琴を効果的に用い、託宣中の死とする古事記に比べていかにも平板である。一書には「琴持ち来て皇后に進《たてまつ》れ」と神が交流の手段に琴を要求する、託宣の最初だけに琴が見え、天皇の死がその夜という、中間的な形態もあるから、古事記がまったく異なる伝承だとはいえない。どちらが原態かはさておき、古事記のほうがはるかに戦慄的で神秘と香気に満ちている。それは語りの相違である。古事記は託宣を受ける状況を場として設定していくことで異空間を現出し、その閉ざされた聖なる空間のなかの時の流れを琴の音がきざんでいくために、戦慄すべき神、琴の神秘、事態の緊迫を語ってあまりあるのである。それに対して日本書紀は暦日に次いで「群臣に詔《みことのり》して、熊襲を討たむことを議《はか》らしめたまふ。時に、神有《ま》して、皇后に託《かか》りて誨《おし》へまつりてのたまはく」と事態の経過を順次綴るだけで異空間を現出しない。古事記の神話語りが文学的だと説かれるゆえんであろう。

記紀では琴の演奏が神の降臨と直接的に結びついていたが、今度は演奏の妙技に感じて天人が降下する、楽の音の奇瑞でみてみよう。今昔物語集には箏の名手であった紀長谷雄の逸話が語られている。

大臣或ル時ニ、夜《よ》ル箏ヲ弾き給ヒケル、終夜《よもすがら》心ニ興有テ弾《ひき》給間、暁方ニ成テ、難《かた》キ手ノ止《やむ》事無《ことなき》ヲ取出テ弾給ヒケル時ニ、我ガ心ニモ「極《いみ》ジク微妙《めでた》シ」と思給ケルニ、前ノ放出《はなちいで》ノ隔《こう》子《し》ノ被上《あげられ》タル上ニ、物ノ光ル様ニ見《みえ》ケレバ、「何光ルニカ有ラム」ト思ヒ給テ、和《やお》ラ見給ケルニ、長《た》ケ一尺許ナル天人共ノ二三人許有テ、舞フ光リ也ケリ。大臣此ヲ見テ、「我ガ微妙キ手ヲ取リ出テ箏ヲ弾クヲ、天人ノ感テ下来テ舞フ也ケリ」ト思給フ。哀ニ貴ク思給ケリ。実ニ此レ奇異《あさまし》ク微妙《めでた》キ事也。（巻二四本朝世俗部、北辺大臣長谷雄中納言語第一）

長谷雄のみごとな演奏に感じて天人が舞い降りたというのであるが、この天人は、天人というイメージからは程遠い。その光も「物ノ光ル様ニ見」えたので何かと思って調べたというのだから、驚異的な光でも神秘にあふれた光でもない。二、三人分でやっと気づく程度の弱い光だったのである。丈も一尺ばかりでしかない。小さなかわいいものがチラチラ光りながらクルクル回っているというイメージである。目撃した長谷雄も自分の演奏が巧みであったからだろうと納得するだけで、「哀ニ貴ク思給ケリ。」が浮き上がった感のする叙述である。

ところが、宇津保物語の神泉苑の紅葉の賀で、仲忠と涼の演奏に降下した天人はちがう。

仲忠かの七人の一てふ山の師の手、涼は弥行《いやゆき》が琴をすこしねたう仕うまつるに、雲の上より響き、地の下よりとよみ、風雲動きて、月星騒ぐ。つぶてのやうなる氷降り、雷鳴り閃く。雪衾《ふすま》のごとく凝《こ》りて降る、すなはち消えぬ。仲忠七人の調べたる大曲残さず弾く。涼、弥行が大曲《だいごく》の音の出づるかぎり仕うまつる。仙人降りて舞ふ。仲忠琴に合はせて弾く。

あさぼらけほのかに見ればあかぬかな中なる少女しばしとめなん

かへりていま一返り舞てのぼりぬ。（吹上下）

ここでは仙人の降下に先立って風雲月星が騒ぎ、地が鳴りとよみ、雷が閃き雪が激しく降っている。これだけでも演奏の妙をいってあまりあるのだが、天人の降下は、さらに秘琴で秘曲をあまさず弾いた、そのときに起こる。天人がゆったりと舞う。五節の舞の故事と重ね合わせているのを見れば、その舞が天上の輝きをわけあたえる、夢のようなうつくしい舞であったのはいうまでもない。人々が息もせずうたれたように見守るなか、仲忠の琴と歌に合わせて天人はもう一返り舞う。まるで時刻がとまったような、永遠とも感じられるなかで、あるのは空間を占める天人の舞ばかり。手をのべ、袖を翻し、ゆるゆるとおほどかに示される陶然たる舞。永遠を志向する瞬間。天人が去ったとき人々は夢から覚める。帝が仲忠、涼の両名に位階を賜わしたのも、こうした非現実の空間を現出させえたからであろう。これが琴の家の樹立につながっていくのである。

このように同じ神話、楽の音の奇瑞であっても、非虚構の史書や説話文学と、神話語りや虚構の物語とではまるで異っている。史書や説話文学の奇瑞は、それ自体はたしかに奇瑞なのだが、心胆を寒からしめるような、あるいは天上悠久の美に恍惚とするようなものではない。それに対して虚構の文学の奇瑞ははるかに豊かなロマンと気宇の広大さを見せている。そうした物語の音楽は日常生活を異化するという点で、まさしく文学の本質に触れているといえよう。

ところが源氏物語は音楽場面を多用しながら、奇瑞を一ケ所たりとも用いていない。奇瑞を用いた先行後追の物語のなかで、これはきわだった特徴である。そうした源氏物語で音楽はどんな意味を負っているのだろうか。

早くに源氏物語の音楽に着目された山田孝雄博士は『源氏物語之音樂』(昭和一六年)で、源氏物語の音楽記述を網羅摘出し、日本の音楽史に照らして、1今様が見えないこと、2大篳篥、尺八が見えること、3琴が盛んに演奏され光源氏がその第一人者になっていること、の三点からこの物語に描かれた時代は延喜天暦の御代で、源氏物語は歴史小説であると説かれた。そうして博士はその最後の「源氏物語の叙述と音楽との交渉」の章で、源氏物語の音楽はこの物語の芸術の主調をなし、底流をなしていると述べられ、この物語の音楽を考究することは著者の嗜好《しこう》のみならず、当時の美意識を明めることになるであろうと続く研究を示唆された。

博士の示唆はすぐれたものであったが、「著者の音楽に関する嗜好」「当時の美意識」といわれたところに、源氏物語を資料とされた博士の限界があったと思う。源氏物語が虚構の文学である以上、その音楽記述は、音楽の様相を活写した現実性と同時に、物語の論理に従って音楽を用いる架空性が存する。博士の説かれた二点は作者が音楽を物語に取り入れた意図、物語に内在する美意識と考えたほうがよい。本書は博士の示唆に従って、源氏物語に深く沈潜し、そのなかでの音楽の意味を問おうとするものであるが、奇瑞を用いない源氏物語の音楽は、同時代の物語の範疇に収まるものではなく、それをはるかに超えた世界を創出しているのである。

I　王朝貴族の音楽意識

一　貴族をとりまく音楽状況

平安王朝の貴族と音楽との関わりは深い。当時の貴族の漢文日記をみていると、随所に管絃の記事が出てくる。たとえば藤原道長の御堂《みどう》関白記には道長の御機嫌伺いに参った者たちが多くて、そのうち管絃になったという記述があちこちに見える。この道長は大井川に遊んだとき、川に作《さく》文《もん》の舟、管絃の舟、和歌の舟の、三舟を浮かべてそれぞれその道に秀でた人を乗せて楽しんでいる。大鏡によればこのとき藤原公任は道長にどの舟に乗るかと尋ねられ、和歌の舟を選んで秀歌を詠じたが、作文の舟に乗って漢詩を作ったほうが名声が一段とあがったのにと後悔したという。袋草子にも白河院が西川に行幸された時にやはり三舟を浮かべられて、この時は源経《つね》信が遅参してどの舟でもいいからと汀で呼びかけ、寄せてきた管絃の舟に乗って詩歌を献じたとある。これらは公任や経信の多能ぶりを伝える逸話であるが、王朝貴族にはこの三つの才が要求されたということであろう。

この時代の政治は、政策決定はともかく、政治がかたちとなったのが儀式であって、男性官人は「行事」に任命され儀式の進行を滞りなく行って評価される。その儀式には音楽がつきものであった。王朝の貴族が常日頃演奏し享受していた音楽は、㈠神道系祭祀曲、㈡大陸系舞曲、㈢和製芸術歌曲の三種に大別できる。㈠の神道系祭祀曲は内侍所の神楽、賀茂神社や岩清水八幡宮の臨時の祭、神社参詣の折の奉納神楽などで、声楽曲と舞からなる。㈡の大陸系舞曲は宮中の節会《せちえ》、上達部《かんだちめ》の大饗、行幸、賀宴、産養《うぶやしない》などの儀式宴遊、季御読経、落慶法要、供養法会などの仏教行事に右方と左方に分かれて交互に管楽器と打楽器の演奏で舞を舞う舞楽で、絃楽器を加えて管絃の器楽曲としても演奏する。㈢の和製芸術歌曲は日本の謡《うた》である催馬楽《さいばら》などを渡来曲のメロディーで謡う歌曲で、十世紀はじめに「御遊び」として成立した、行事や儀式の終わった後で帝をはじめとする高位高官が自ら演奏する音楽をいう。日本の音楽史を研究しておられる荻美津夫氏は、古来の儀式には古来の音楽、渡来の儀式には渡来の音楽、折衷の儀式には折衷の音楽が用いられたと説いておられるが、男性官人はこうした儀式や行事で楽器を演奏し、舞を舞い、謡を謡って、盛大な宴遊に華を添え頭角をあらわしていく。女性はというと、五節《せち》の舞姫や女踏歌《とうか》もあるが、原則として舞を舞わず謡を謡わず笛を吹かない。女性の演奏は琴にかぎられており、男性は女性のかなでるほのかな琴の音に心を掻き立てられるのであった。琴の名手である斎宮女御の歌集にはそうした、琴を介しての帝との細やかな心の交流が歌われている。そして、こうした宴遊や私的な演奏での心の交流は歌だけではなく絵にも多く画《か》かれていて、王朝貴族の優雅な日常を縁どっていた。音楽は貴族の日常生活に深く根ざしていたといえよう。

二　楽

そうした王朝貴族は音楽をどのようなものと意識していたのだろうか。音楽意識を探るには音楽に関わる言葉、なかでも呼称を考えるのがよい。言葉には心がおのずと現れるからである。ところが、日本には明治になって文部省令で「音楽」という呼称が案出されるまであらゆる音楽形態を統《す》べる総称はなく、音楽に関わる言葉は常に具体的な事物や行為と結びつき、その形態によって細分化されていた。ではこの時代、音楽は何と呼ばれていたのだろうか。

この時代に顕著な音楽の呼称は「楽」と「あそび」である。この二語に関しては本居宣長が「あそび」は日本の音楽、「楽」は渡来の音楽をいうと説いて以来その説が行われているが、平安時代にあっては必ずしもそうではない。「楽」は神事の音楽にも用いられているし、「あそび」は渡来曲の演奏にも用いられている。しかも宣長の根拠とした古事記の訓《よ》みは定まっていず、現行の日本書記の訓みは平安時代のものである。さらに「楽」は平安の仮名文では多く「がく」と仮名で表記されていて、もとは漢語であっても和語化していると考えられる。この二語の使い分けを考えることが当時の音楽意識を解く鍵になるだろう。

さて、「楽」は源氏物語ではつぎのようにみえる。

例の楽の船ども漕ぎめぐりて、唐土《もろこし》、高麗《こま》と尽くしたる舞ども、くさ多かり。楽の声、鼓の音、世を響かす。(中略)垣代など、殿上人地下も、心ことなりと世人に思はれたる、有職のかぎりをととのへさせたまへり。宰相二人、左衛門督、右衛門督、左右の楽のこと行ふ。(紅葉賀)

これは朱雀院紅葉賀の当日で、「楽」が三例みえる。まず「楽の船ども」の「楽」はつぎの「唐土、高麗と尽くしたる舞ども」と対になっていて舞に対してその楽曲をいう。池を漕ぎめぐる龍頭の船では唐楽、鷁首《げき》の船では高麗楽を演奏し、庭の真砂の上ではそれぞれに対応した曲の舞が舞われているのである。「楽の声、鼓の音」はその演奏を管絃楽器の発するメロディーと打楽器の発するリズムに分けて表現したもので、宇津保《うつほ》物語、栄花物語にも一例ずつみえ、盛儀の折の楽所の演奏をいう。「左右の楽」は左近衛府右近衛府に置かれた楽所が担当する「楽」を宰相らが楽行事として執り行うというのだから、賀宴の舞楽全般をいう。するとこれらは、舞楽全体、舞楽の舞に対するその楽曲、さらにその舞楽曲のメロディーと、それぞれ下位概念になっていて、すべて儀式の舞楽に関わっている。「楽人舞人《がくにんまいびと》」（神楽では「陪従《べいじゅう》舞人」という）「楽の師舞の師」「楽屋舞台」と楽と舞が対になってみえるのは音楽の演奏と舞う行為、聴覚と視覚とに分かれるためでもあろうが、この時代、楽器を演奏する者は雅楽寮や楽所に所属する専門家で、舞い手は権門の子弟からその都度選ばれるから、楽曲を担当する者と舞を担当する者との身分職掌がちがっていたせいもあるだろう。その舞と楽を一対とするのは儀式の舞楽だと意識しているからである。漢文日記の九暦や御堂関白記では「雅楽寮奏楽」「奏楽」と儀式のときの舞楽を「楽」といっているからおそらくこれが「がく」となって仮名文に用いられたのであろう。平安貴族にとって「楽」とはまず何よりも儀式の舞楽を意味していたのである。

　ところで、源氏物語以外の物語には、これ以外の「楽」の用法がみえる。

　その山のさまは心異なり。山の地は瑠璃《るり》なり。花を見れば匂ひ異に、紅葉を見れば色異に誇りかに、浄土の楽の声風に混じりて近く聞こえ、（宇津保物語、俊蔭）

これは俊蔭《としかげ》が秘琴を求めて辿《たど》り着いたこの世のものならぬ世界で、そこに「浄土の楽」が響いているというのだから、この「楽」は儀式とは関わらない、天上の音楽である。浜松中納言物語では吉野の尼君が往生するときに「楽の声こそ近うてする心地すれ。念仏の声たゆまずせさせたまへ」と願っているが、この「楽の声」は臨終に際して阿弥陀如来が西方から楽器を奏で謡を謡う技芸天を率いて迎えに来る時の音楽、いわゆる聖衆来迎楽である。また宇津保物語には「天女音《おん》声楽《じょうがく》して植ゑし木なり」「大空に音声楽して、紫の雲にのぼれる七人つれて下りたまふ」という「音声楽」六例、夜の寝覚に三例、また栄花物語に「五妙の音楽」がみえるが、原田芳起氏はこれらを「音声伎楽」「伎楽歌詠」と同じで歌詠と物の音、つまり歌声と楽器の発する音と説いておられる。したがってこれらは天女天人の演奏する天上の神秘的な音楽を意味していると考えられる。天上の音楽の用法は宇津保物語以外は中期の仮名文にはみえず、後期になってしだいに用法の中心となっていき、「音声楽」は仮名文、「音楽」は漢文訓読文に用いられている。

この二つの用法を合わせ考えると「楽」はもともとは渡来音楽の意であったらしい。つまり漢語の「楽」はもともと総称であったのだが、そのうちの宗教音楽が日本にもたらされたときに渡来音楽の意となり、それが主な儀式に用いられたことから儀式の舞楽の意となり、それがしだいに定着していって、やがて古来の神事の「かぐら」や土着の田植神事の「でんがく」まで「神楽」「田楽」と「楽」を用いて表記するようになったのであろう。その語義は渡来音楽の意であっても平安仮名文では「楽」は儀式の音楽の意として用いられているのである。

三　あそび

それでは「あそび」はどうなのか。平安時代の「あそび」は管絃の遊びの意であるとよく説か

表 1

	あそび(音・)	御あそび(音・)	あそぶ(音・)
古事記	1 (・ 1)	(・)	12 (・12)
万葉集	3 (・ 3)	(・)	35 (・35)
竹取物語	1 (・ 1)	1 (1・)	3 (・ 3)
伊勢物語	(・)	(・)	5 (1・ 4)
土佐日記	(・)	(・)	3 (・ 3)
大和物語	(・)	4 (4・)	1 (・ 1)
平中物語	1 (・ 1)	(・)	4 (・ 4)
蜻蛉日記	(・)	(・)	3 (・ 3)
宇津保物語	46 (28・18)	35 (34・ 1)	131 (70・61)
落窪物語	(・)	2 (2・)	7 (2・ 5)
和泉式部	(・)	1 (1・)	(・)
枕草子	4 (3・ 1)	2 (2・)	9 (4・ 5)
源氏物語	30 (25・ 5)	70 (68・ 2)	71 (40・31)
紫式部日記	(・)	6 (6・)	9 (3・ 6)
栄花物語	7 (6・ 1)	26 (24・ 2)	23 (6・17)
堤中納言	(・)	3 (3・)	2 (2・)
浜松中納言	8 (8・)	6 (6・)	10 (5・ 5)
更級日記	4 (・ 4)	1 (1・)	1 (・ 1)
夜の寝覚	1 (1・)	5 (5・)	12 (5・ 7)
狭衣物語	1 (1・)	2 (2・)	10 (6・ 4)
讃岐典侍	(・)	1 (1・)	4 (1・ 3)
大 鏡	3 (・ 3)	5 (5・)	9 (1・ 8)
今昔物語集	17 (1・16)	1 (1・)	105 (7・98)
平家物語	1 (・ 1)	8 (8・)	15 (2・13)
宇治拾遺	7 (・ 7)	3 (・ 3)	4 (・ 4)
とはず語り	1 (・ 1)	8 (6・ 2)	8 (1・ 7)
徒然草	2 (・ 2)	1 (1・)	6 (・ 6)
お伽草子	4 (・ 4)	1 (・ 1)	11 (・11)

れる。それは山田孝雄博士の説以来だが、博士は源氏物語の用法を説かれたのであって、「あそび」の語義を説かれたのではない。上代から中世までの「あそび」「あそぶ」の用法を調べるとそのことがよくわかる。表1は「あそび」「御遊び」「あそぶ」が音楽を意味しているか否かをみたもので、作品ごとの総数を示し、括弧の左に音楽に用いた用例数、右に音楽以外の用例数を示した。この表全体から知られるように上代の古事記や万葉集には音楽への偏りはなく、平安時代でも蜻蛉《かげろう》日記以前の初期散文には音楽への偏りはない。また一二世紀初頭の讃岐典侍《すけ》日記以降も音楽への偏りはなく、お伽《とぎ》草子にいたっては音楽の用例がまったくない。音楽の用例が顕著なのは十世紀末の宇津保物語から十一世紀末の狭衣《さごろも》物語までで、それも細かにみていくと、品詞や作品によって偏りがある。まず動詞の「あそぶ」では音楽の占める割合は、宇津保物語、源氏物語、堤中納言物語、浜松中納言物語、狭衣物語で五〇％を越え、枕草子、夜の寝覚《ねざめ》が四〇％程度、紫式部日記、栄花物語、落窪物語が三〇％程度、大鏡は平家物語や問はず語りと同じ一〇％である。こうしてみると同じ紫式部の作でも源氏物語が五六％なのに紫式部日記は三三％にすぎないし、実録物語の栄花物語や大鏡は作り物語よりは少ない。作品の総量や「あそぶ」の多寡を考えに入れても、音楽への偏りは平安時代に顕著なのではなく、そのなかの中期以降の、しかも作り物語に顕著な特徴なのである。「あそぶ」から派生した「あそび」も同じで、もっとも少ない宇津保物語で六一％だから動詞よりも名詞のほうが音楽への偏りが大きい。貴人の遊びをいう「御遊び」になると音楽への偏りは非常に高く、もっとも低い問はず語りで七五％、その次が栄花物語と古今著聞《ちょもん》集の九二％となる。これは「内裏《うち》の御遊び」「殿上《てんじょう》の御遊び」「上の御遊び」といって儀式の後で帝や高位高官が自ら楽器をとって行う演奏をいう。このように平安時代でも「あそぶ」「あそび」「御あそび」の順に音楽の比率が高くなっているのだが、このことは本来の語義が音楽演奏ではなかったことを示していよう。表には挙げなかったが、八代集の歌には「あそぶ」四例、「あそび」一例、詞書に「あそぶ」一六例、「あそび」五例、「御あそび」三例がみえるが、このうち音楽の用例は詞書の「あそぶ」「あそび」各一例にすぎない。「あそぶ・あそび」の音楽への偏りは語の問題というよりはジャンルに関わる文学の問題と考えられる。

それでは「あそぶ」が何に用いられているかをみると、「あそぶ」は上代から中古、中世へと子供の遊び、宴、逍遥、魚や鳥、雲のさまに用いられ続けている。この通時的な用法のなかに子供や異類のさまがあるのは注目される。人々の目にはそれらが成人の、生活のための営為とは異なる無心なものと映ったのであろう。こうした通時的、いわば精神性のかった用法とともに平安中期の宇津保物語から詩歌の作成、碁双六などの室内ゲーム、毛鞠《まり》や狩り、弓などのスポーツに用いられ出しており、音楽もその一つと考えられる。また文脈では「あそぶ」は「〜にあそぶ」という二格をとり、山野や海川、空・花の蔭や玉藻、殿下や庭、さらに、ここかしこ、こなたかなた、心など、日常の生活空間から離れた異空間に身体と精神の双方を置くことを意味し、そこで「思ふどち」が「もろともに」「楽しく」遊んで「おもしろ」い、と述べる表現の型ができている。「あそぶ」の語義は日常性から心身を開放し、晴れやかな心的状態になる行為をすることだということができよう。

　この語義が音楽の用法に関わっているのは当然だろう。音楽では「あそび」「あそぶ」は(イ)人物の楽才・(ロ)宴遊・(ハ)奏法の伝授・(ニ)男女の交情・(ホ)孤愁の一人琴、の音楽記述のうち(ロ)の宴遊にしかみえず、また具体的な演奏行為をあらわす「吹く・弾く・掻き鳴らす・調ぶ・打つ」は(イ)〜(ホ)の音楽記述のどこにでもみえ、あらゆる音調をとるのに、「あそぶ」は「おもしろし」に代表される明るく晴れやかな情調の語しかとらない。奏法を習得する伝授、楽の音に心惹かれ互いの爪音に心を読み取ろうとする交情、心晴れぬままに琴笛を手にとってすさぶ一人琴は「あそぶ」の心楽しさ晴れやかさとはおよそ相い容れない。「あそび」「あそぶ」は宴遊の心楽しさを表すのに用いられたということができよう。そしてそれは仮名文の性格と関わっているらしい。

(1)此《ここ》に歌を読み終りて、楽所の人を召さ令《し》む。相《あい》分かれて南北の小庭に候ひ、遞《たが》ひに歌曲を奏す。大臣箏を弾き、大納言源朝臣琵琶を弾く。此の間盃頻《しき》りに巡り、絃歌絶えること無し。（御記）

(2)合はせ果てて、御遊びつかうまつる。召人《めしうど》は、左右の壺前栽にさぶらふ。左、大臣、箏の琴、勘解由《かげゆ》長官、笙《しょう》の笛、図《ず》書頭修、琵琶、大膳なかき琴《きん》、伊予掾《じょう》もりとき和琴《わごん》、左衛門志富門、笛、修理《しゅり》大夫重信朝臣、右京大夫実利、主殿《とのも》の頭《かみ》時経、橘世忠などは歌うたひにぞさぶらふ。右は（中略）まづ、勝方、双調吹きて、安名尊遊ぶ。次に右、同じ調子吹きて、桜人《さくらびと》遊ぶ。次々これよりはじめて、たがひに左右とひまなく遊び明かしたまふ。（仮名日記）

史上有名な天徳内裏歌合には漢文記録と仮名記録の双方が残されているが、ここに挙げた部分は楽所の者を召して大臣や大納言が楽器を演奏しているから、歌合が終って上の御遊びになったところで、(1)の漢文記録が「遞ひに歌曲を奏す」「箏を弾き」「琵琶を弾く」「絃歌絶えること無し」と記すところを(2)の仮名記録は「御遊びつかうまつる」「安名尊遊ぶ」「桜人遊ぶ」「ひまなく遊び明かしたまふ」と記している。安名尊、桜人の催馬楽の曲名に「あそぶ」が直結しているが、これを「吹く」「弾く」「謡ふ」に換えることはできない。ここは安名尊を演奏し謡って楽しむの意で、「楽しむ」の方に重点がある。漢文記録は歌合の次第を具体的に客観的に積み重ねており、仮名記録は「あそび・あそぶ」を用いて盛儀のすばらしさに人々が酔い、今日のよき日を讃え楽しんだと述べている。漢文記録が事柄を叙述し、その行間から意を推測させるのに対して、仮名記録はある気分、情緒から事柄をからめとっていく叙述で、その役割をになっているのが「あそぶ」なのである。

もう少しいうと、農耕儀式の呼称に「田楽《でんがく》」と「田《た》遊び」という、「楽」「あそび」を構成要素とする語があるが、「田楽」が実際の田植えのときに田鼓やささらを鳴らして謡い舞う音楽行為をいうのに対して、「田遊び」は年の始めに一年の稲作過程を歳神にみせて豊作を予祝する行事、つまり模擬行為をいう。高位高官が自ら楽器をとって渡来曲を演奏し、催馬楽を謡うのを「御あそび」と呼んだのも、あるいは、専門楽人が行う演奏の模擬という意識があったのかもしれない。このように平安仮名文では楽しみのための音楽を「あそび・あそぶ」といって、儀式を荘厳する目的の音楽である「楽」とはっきり区別していたのである。

四　音楽用語からみた王朝文学

音楽をあらわす言葉が「楽」と「あそび」の二本立てであることがこの時代の音楽の状況、貴族たちの音楽意識をよく語っている。王朝貴族にとっては儀式に演奏される音楽、つまりその担い手が専門楽人である音楽と、楽しみのために自ら楽器を取る宴飲の音楽とは別のものと意識されていた。こうした音楽意識のために以後長く音楽の総称が生じなかったのであろう。それは日本の音楽事情のせいであった。上代の、笛や琴、鼓が歌舞の伴奏に用いられるだけで、葬礼や軍楽が吹奏でしかない、音楽が音楽として意識されなかった時代に外国の宗教音楽が渡来し、それを日本の儀式に用いるようになって儀式の音楽が整えられていった。ただそれはあくまでも儀式の音楽としてであって、宴飲などの楽しみのための音楽には依然として古来の音楽が用いられていた。つまり日本の音楽は儀式の音楽と楽しみの音楽に二分され、式楽は専門の楽人に担当されていたのである。そして年月が流れ、渡来音楽が伝習され理解されて、貴族も自らの音楽として享受するようになったとき、渡来曲の調べで催馬楽を謡う「御遊び」が成立した。つまり、「楽」は儀式の音楽が定められた時代を、「あそび」は渡来音楽を消化し享受するようになった時代を映し出した呼称なのである。

　したがって音楽用語も「楽」と「あそび」の二系列をなしているのだが、もう一つ和語の系列が認められる。それは音楽が音楽として意識されなかった時代、つまり音楽という概念が育たず、「琴笛の音」といった、具体的な事物に即した音としてのみ捉えられていた時代の呼称である。これをかりに「琴笛」とすると、音楽用語はつぎのようになる。

	（伝習所）	（練習）	（場所）	（行為者）	（道具）
琴笛系	歌舞所《うたまいどころ》	うちならし	○	笛吹き・琴弾き・歌人	吹物・弾物・打物
楽　系	雅楽寮・楽所	調楽・試楽	楽屋舞台	楽人・陪従・舞人	楽器・楽の物
遊び系	○	○	○	あそび人	あそびの物

楽系に場所をいう語があり、あそび系に伝習所、練習、場所をいう語がないのはそれぞれの性格をよくあらわしている。さらに音楽の道具個々の呼称には、古来の楽器をいう和語の「ふえ・

こと・つづみ」と、渡来楽器をいう漢語の「笙《しょう》・篳篥《ひちりき》・琴《きん》・琵琶《びわ》・箏《そう》」とが併存し、それにともなって古来の楽器を「ふと笛・かぐら笛・あづま・やまと琴・和琴《わごん》」と呼ぶようになり、ついで渡来楽器を古来の楽器の範疇で呼ぶ「横笛・高麗笛・尺八の笛・きむの琴・びはの琴・しゃうの琴」の文選《もんぜん》訓《よ》みが行なわれている。こうしたところにも日本の音楽事情がよくあらわれていよう。

さらに個々の作品にあらわれた音楽用語をみていくと、平安中期の文学の性格が浮かび上がってくる。それは平安中期の作り物語とその流れを汲む後期物語に「あそび・あそぶ」、そして演奏動詞の「掻き鳴らす」がめだって多いことである。

まず「掻き鳴らす」をみると、演奏行為をあらわす動詞には「吹く・弾く・掻き鳴らす・打つ・謡ふ・舞ふ」があるが、「吹く」は笛に息を吹き込む動作、「弾く・掻く」は絃を引いたり掻いたりする動作、「打つ」は拍子・撥を打ち当てる動作、「舞ふ」は身体を回す動作、そして「調ぶ」は笛や琴を調律する動作からきている語であるから、演奏動詞は具体的な動作と結び付いている。

それでは「弾く」と「掻く」はどうちがうのであろうか。

俊蔭せたかぜを賜はりて、いささか掻き鳴らして大曲《だいごく》一つを弾くに、大殿の上の瓦砕けて花のごとく散る。（宇津保物語、俊蔭《としかげ》）

ここには「掻く」と「弾く」が両方みえる。「掻く」は単独では用いられず、「掻き鳴らす」のように複合して用いられ、「いささか」「ほのかに」を伴うことが多い。「弾く」「掻く」「調ぶ」

表2　複合語を含む

	弾く	掻く	調ぶ
平中	6		1
蜻蛉	6	1	1
宇津	261	72	42
落窪	1		
枕	5	2	1
源氏	96	52	20
紫式		1	1
栄花	21		6
浜松	31	13	4
更級	2	1	1
夜寝	31	17	
狭衣	22	4	
大鏡	5	1	

の複合語の後項をみると、「弾く」は「交はす」がないぐらいでほとんどの語を取り、「掻く」には他にない、手の往復運動をいう「返す」「わたす」があって、「置く」「試みる」「始む」「果つ」などの演奏の最初と最後をいう語がない。また調律を目的とする「調ぶ」にはここぞとばかりに音を立てて演奏する「立つ」、他と合わせる「混ず」がなく、他にない「整ふ」「設く」がある。すると「掻く」は瞬間的な動作をいい、「弾く」は演奏することをいうのであろう。この二語がみえるときは、まず「掻き鳴らし」、ついで「弾く」のであって逆の順になることはない。俊蔭も「いささか」「掻き鳴らし」て「大曲」を「弾」いたというのだからまずすこし音をたててみて調絃の小曲を弾き、それから本格的に演奏したというのであろう。したがってどの仮名文でも「弾く」が多いのはもちろんだが、平安中期の作り物語では、表2のように「掻く」や「調ぶ」が多用されている。どうやらそこには「掻き鳴らし」の美があるらしい。

(1)風肌寒く、ものあはれなるに誘はれて、箏の琴をいとほのかに掻き鳴らしたまへるも奥深き

声なるに、いとど心とまりはてて、なかなかに思ほゆれば、（源氏物語、横笛）

(2)そのままに手触れたまはざりける箏の琴引き寄せたまひて、掻き鳴らしたまふに、所がらあはれさまさり、松風もいと吹き合はせたるに、そそのかされて、ものあはれに思さるるままに、聞く人あらじと思せば心やすくてゆくかぎり弾きたまひたるに、（夜の寝覚巻二）

(1)は夕霧が落葉宮の箏を聴いて恋に陥るところ、(2)は寝覚の女君が幸せであった昔を恋い、今の境遇を悲しんで箏を弾くところで、大堰の明石君を思わせるところである。(1)では「ほのかな」「掻き鳴らし」であることが「なかなか」に思われて夕霧の心をいっそう誘っているし、(2)では何気なく「掻き鳴らし」た音に自身の哀しみが思いのほか深いと気づいた女君が、心のゆくままに本格的に弾いて、弾くことを通じて自分の心を開放していっている。このように平安中期の作り物語とその流れをくむ後期物語に「掻き鳴らす」が多用されているのは、不分明さ、ほのかさをよしとする美意識がまずあり、そこからほのかな爪音に惹かれたり、身の内の憂愁を深化していくといった、心のうつろいを細やかに見つめようとする意識、つまり事柄の生起するさまを順に叙述するだけではなく、そうした筋の展開を人間の心理の流れをもって無理なく述べていこうとする姿勢があったためであろう。いうならば音楽場面を細かに語ることで心理を描写していこうとしたのである。

そう考えると本来音楽用語ではなかった「あそび・あそぶ」が多用されたのもよくわかる。

夜に入りぬれば、いとあかぬ心地して、御前の庭に篝《かがり》火ともして、御階《みはし》のもとの苔の上に、楽人召して上達部親王たちも、みなおのおの吹物弾物とりどりにしたまふ。物の師ども、ことに優れたるかぎり、双調吹きて、上に待ち取る御琴どもの調べ、いと華やかに掻き立てて安名尊《あなとうと》遊びたまふほど、生けるかひありと何のあやめも知らぬ賤の男も、御門のわたり隙《ひま》なき馬車の立処にまじりて、笑みさかえきこえり。空の色物の音も、春の調べ、響きはいとことにまさるけぢめを、人々思しわくらむかし。夜もすがら遊び明かしたまふ。

（源氏物語、胡蝶）

これは光源氏が新造の船を池に浮かべて進水式をするところで、ここに挙げたのは儀式が終り、「上の御遊び」に移ったところである。地下の楽人の吹く双調に合わせて上達部親王たちが華やかに琴を掻き立て催馬楽を謡って六条院の春を寿ぎ、興を尽くしたというのであるが、「安名尊遊び」「夜もすがら遊び明かしたまふ」と「あそぶ」を用いて席に集う人々の楽しく晴れやかな気分を示し、そうした雰囲気のうちに源氏の栄華を描き出している。「あそぶ」の多用を平安時代の貴族生活が屋内に限られていたから音楽や詩歌に多く用いられたのだと説く向きもあるが、それでは資料の性格を考えていない。音楽の芸術としての側面は華やかで雅なものであったから、音楽に関わる場面を描くことは文学の要求に十分かなうものであった。華麗な宴遊や孤愁の一人琴、楽の音による男女の交情のほうがゲームやスポーツよりもはるかに優美で、婦女子の好む物

表3

	楽	あそび	御遊び
竹取			1
伊勢			
土佐			
大和			4
平中			
蜻蛉	1		
宇津	41	28	34
落窪	2		2
枕	2	3	2
源氏	20	25	68
紫式	3		6
栄花	30	4	24
浜松	5	8	6
更級			1
寝覚		1	5
狭衣	4	1	2
大鏡	1		5

語の主人公の理想性にもかない、かつ権力や政治の趨《すう》勢まで描くことも可能であった。音楽の持つ華やかさが平安中期の作り物語や後期物語のめざす美の構築に合致し、そのために宴遊に関わる「あそび・あそぶ」が多大な量となったと考えられる。「あそび・あそぶ」の音楽への偏りは、当時の音楽状況と文学からの要請がうまくかみ合った、きわめて文学的な現象なのである。

そして同じ作り物語でも、その様相は表3のように異なっている。「あそび」も「楽」も共にみえない、伊勢物語に代表される初期物語では宮廷行事とはかかわりなく男女の愛を描いていった。それはある一点のみに凝縮して人間と人生を描く、短編を意図したからであろう。けれども落窪物語のような中編や、宇津保物語、源氏物語といった長編になると、一局面が問題になるのではなく、流れゆく時間の相において人間や社会を描こうとするから、いきおい社会性や政治性が入ってきて権勢の推移をあらわす宮廷行事が盛んに描かれるようになり、私的な場だけでなく華やかな行事のなかでも恋が語られるようになる。「楽」「あそび」が多用される所以である。ところが、後期物語になると「楽」は宮廷行事ではなく主に天上の音楽の意で用いられる。それは社会や政治を顧慮せず、男女の愛情だけを描こうとしたからである。後期物語は中期の物語、特に源氏物語を踏襲しようとしているのだが、その音楽記述がどこか現実から遊離しているように思われるのはこのためであろう。

演奏がどのようなものであったか、という楽の音の表現については章を改めて述べるが、このように、音楽の呼称、演奏動詞など、王朝の物語にみえる音楽用語はその語を用いた王朝貴族の音楽意識をあらわしていると同時に、王朝文学それぞれの性格をもあらわしているといえよう。

II　物語の音楽、源氏物語以前

一　古事記

王朝文学には音楽の記述が多い。管絃の遊びに寧日《ねいじつ》なかった貴族たちの生活を体した物語が紡ぎ出されていったとき、音楽は縦糸となり横糸となりして物語世界に綴《つづ》り込まれていった。物語のそこここに散りばめられた音楽の糸は、王朝の美意識を織りなしただけではなく、個々の作品に応じて種々の織り模様を浮かび上がらせている。そうしたなかで源氏物語がひとつの到達をみせているが、ここではまず源氏物語以前の物語における音楽記述をみていこう。

上代で多用され中心となっている楽器は大和琴《やまとごと》、平安時代にいう和琴《わごん》である。古事記では

其の妻須世理毘賣《すせりひめ》を負ひて、即ち其の大御神《おおみかみ》の生大刀《いくたち》と生弓矢《いくゆみや》と、及其の天詔琴《あまののりごと》を取り持ちて逃げ出でます時、其の天詔琴樹《き》に拂《ふ》れて地動《つちとよ》み鳴りき。故《かれ》其の寝ませる大神、聞き驚き

て、其の室を引き仆《たお》したまひき。（古事記上）

大国主命が素戔烏命《すさのをのみこと》から須世理毘賣を伴って逃げ出すときに「生大刀」「生弓矢」とともに「天詔琴」を持ち出そうとすると、「天詔琴」が樹に触れ鳴り響いて素戔烏命に警告を発したという。「生大刀」「生弓矢」は軍事権の象徴だからともかく、なぜ「天詔琴」まで奪おうとしたのだろうか。日本書紀の武烈紀に「琴頭《がみ》に来居《い》る影媛」と謡《うた》っているように古代では琴の音にひかれて神が影となって寄ってくると考えられており、古事記で袁邪命《えうしのみこと》が名告《の》りをするときにも「八緒琴《やつおのこと》を調ぶるごとく天の下治めたまひし」と謡っているように、琴は統治のさまをあらわすと考えられていた。つまり琴は祭祀権の象徴だったのである。大国主命が「天詔琴」を持ち出そうとしたのは軍事力と祭祀権を二つながら合わせ持って始めて支配が可能となったからである。「天鳥琴」「天詔琴」という呼称、風土記の地名起源説話に琴に関するものが多いのも故のないことではない。また、巨木から「枯野」という足の速い船を造り、その船を焼いて塩を製り、残った芯から造った琴は「其の音七里に響《とよ》」んだすばらしい琴だったので、

枯野を　鹽《しお》に焼き　其《し》が餘り　琴に作り　かき弾くや　由良の門の　門中《となか》の海石《いくり》に　触れ立つ　なづの木の　佐夜佐夜（古事記下）

と讃えられている。日本書紀では「其の音鏗鏘《さやか》にして遠く聆《きこ》ゆ」「佐椰佐椰」となっているが、サヤサヤはなづの木が揺れる擬態語と岩に触れる擬音語をかけているからいずれにしてもそのす

ずやかな音が遠くまで響いたといっているのである。

さらに日本書紀には「泉郡の茅淳《ちぬ》海中に梵音す。震響《ひびき》雷の聲のごと」き木が漂っていて、その木から仏像を造る話があるが、日本霊異記ではここを「笛箏琴箜篌《くうご》の声の如し。或は雷振動する如し」といっている。祭祀権の象徴である琴はその音が雷鳴のごとく地を震わす、暴力的なまでに激しくかつ遠くまで響くイメージを持っている。また一方で、あらゆる楽器の音色を合わせ持つということも天上のイメージで理想性を表している。上代の人々は遠くまで響いてその存在を誇示するという点、あらゆる楽器の音を蔵している点、つまりこの世のものならぬ響きに琴の神秘をみたらしい。それは上代の楽しみの音楽がおもに謡と舞で、笛や鼓《つづみ》、琴はその伴奏に用いられる程度で、演奏自体を楽しむほどには発達していなかったからであろう。

二　初期物語

平安時代になると「物語の出できはじめの祖《おや》」といわれる竹取物語や、伊勢物語、大和物語、平中物語などの歌物語が生まれるが、これら初期物語には古事記のような神秘はみえない。そこにみえるのは日常生活のなかに溶け込んだ音楽である。竹取物語でかぐや姫をぜひとも妻にしたいと願う五人の貴公子たちは「あるいは笛を吹き、あるいは歌をうたひ、あるいは声歌をし、あるいは嘯《うそ》を吹き、扇を鳴らしなどするに」と、毎夜毎夜訪れては、笛・謡・唱歌・口笛・扇で拍子を取ってかぐや姫の心を惹こうとしている。伊勢物語の六五段でも女と引き離され人の国に流された男が、夜な夜な閉じ込められて泣いている女のもとに通ってきて、想いを込めて笛を吹く。

この男、人の国より夜ごとに来つつ、笛をいとおもしろく吹きて、声はをかしうてぞ、あはれにうたひける。かかれば、この女は蔵にこもりながら、それにぞあなるとは聞けど、あひ見るべきにもあらでなむありける。

まことに哀切な段である。楽の音による恋を描いて最も美しい。最も簡にして美である。ここでは歌は不要である。男と女の心情はこれだけでしみじみと胸に迫る。「笛をいとおもしろく吹きて、声はをかしうてぞあはれにうたひける」これ以上は必要ない。この段前半の男の行動がいささか滑稽に見えるのも、このくだりになってむしろ女への一途な想いからだとわかる。この段のすべてが男が笛を吹くくだりに叙斂しているといえよう。物語の音楽というと女のかなでる琴の音に貴公子が魂を奪われるという型がすぐ思い浮かぶが、初期物語ではむしろ男が演奏して女に働きかけている。和歌などをみても男の演奏、女の演奏は半々である。女の気を惹こうとしてあれこれとなまめく、その手段の一つが管絃の演奏であった、というほうが実情であったようだ。といっても初期物語の音楽記述は貴族の生活の点描であって、描写ではない。日常生活のなかの音楽がたまたま宴遊や男女の交情のかたちをとってあらわれただけで、音楽記述に深い意味を込めてはいない。それはこれらの物語に主人公の楽才を語るところがないからである。先取りしていえば中期以降の物語では主人公の理想性を述べるために楽才が付されるのが常である。ところがかぐや姫は「屋の内は暗き所なく光満ち」「心地悪しく苦しき時も、この子を見れば苦しきこともやみぬ」という地上を超えた存在であって、音楽の才能などという価値を必要としない。むしろそうした人間臭があっては困るのである。また、伊勢物語が描くのは人間の世界であるが、それは人工の装いをすべて剥《は》ぎ取った男・女のありようを清らかに謳いあげた世界である。音楽の才などは容《い》らざるものである。男女の真情のみをみつめる伊勢物語では男女が出会う手段や情景に趣向を凝らすことはない。ただ六五段のような音楽を用いてしか表現できない場合にだけ最大の効果を発揮するのである。

落窪物語になると宴遊を実にうまく用いるようになる。この継子いじめの物語は痛快無比な復讐譚と女君の幸福を述べて終わるのだが、その復讐と幸福は盛大な宴遊で示されている。男君一家が継母らの新築した邸に引き移って、これみよがしに殿《との》移りの宴を張るところでは、

「今は力なし」と集まりて嘆くをも知らで遊びののしる。衛門かくしたまふを、思ふやうにめでたしと男君を思ふ。(中略)ことに聞き入れねば、思ひまどふこと限りなし。三日が程遊びののしりていと今めかしうをかし。

と、継母方の嘆きと男君方の得意を対比している。これを最後の復讐として男君は継母を許し、

父中納言にも盛大な賀宴を開いて孝養を尽くす。盛大な宴遊はそれを主催できるだけの富と力の呈示でもある。落窪物語にいたって、物語は現世の享楽と一門の繁栄を宴遊で示し、幸福な結末とするようになった。音楽記述が単なる点描に終らず意味を持つようになったのである。

三　宇津保物語

宇津保物語は源氏物語以前の最大の長編物語であり、音楽を中心に据えた物語である。この物語は「饗宴の文学」といわれるほどに宴遊が次から次へと繰り広げられ、その次第を事細かに順を追って記していく。まず行事の準備にいそしむ邸内の動きを語り、当日は、人々の動静、衣装、引出物、会場の調度室礼《しつらい》の豪華さを述べ、いよいよ行事が始まるとその次第に筆を進める。人々の着座、詩作、専門楽人による演奏、参席の人々の詠歌、会話を述べ、やっと主人公たちの遊びとなって楽才が披露され、列席者の感嘆と満足のうちに宴は終わる。その叙述はまるで九暦や御《み》堂関白記などの漢文日記をそのまま和文に写したようで、かぎりない現実性を帯びていて、いわば王朝貴族の生活の四季暦といった趣をもっているのだが、中心となるのは源正頼、藤原兼雅の左右大将、兼雅の子の仲忠の大将の生活で、饗宴といっても管絃の遊びが中心ではなく、「かくて大将殿は梨壺に参うでたまひて、物など聞こえたまひて罷でたまふままに、御司の人待ち受けたてまつりて、押し立てて遊びて殿におはす。殿にはあるべきやうに御座所しつらはれたり。例の中の大殿の南の廂《ひさし》に幄《あく》どもうらわたしたり」というように左右近衛府に関わっていて、騎射、競馬、打毬、と幅広い。あて宮求婚譚でも音楽の要素、特に楽の音による男女の交情は見受けられない。貴族生活の謳歌の一環として音楽が、というよりも祭りとしての宴遊が生き生きと描かれているという印象が強い。

その一方でこの物語は俊蔭一族の琴の伝授を中心に据えている。その特徴は秘して秘して秘すことである。仲忠も俊蔭女も、そして涼でさえもなかなか演奏しようとはしない。帝や院が「ただ一つ珍しからむ手あそばせ」『手一つ仕れ」「少し聞き所あらむ手を一つ二つあそばせ」と命じても容易なことでは弾かない。この一族があますところなく秘琴で秘曲を披露するのは犬宮に伝授しおえた時である。井上英明氏は宇津保物語の琴は呪術的な意味を持ち、秘曲の呪力による一族の現世的栄達を導くと説かれている（『平安朝文学研究』昭和四六年）が、栄達は予想される犬宮入内であろう。では呪力のほうはどうであろうか。秘琴秘曲を証明するのは演奏のつど生じる奇瑞《ずい》である。その昔、俊蔭の演奏は仏まで顕現させ、帰国しては瓦を割り、夏だというのに雪を衾《ふすま》のように降らせた。俊蔭女《むすめ》の琴は荒々しい動物たちをも教化し山を崩して兵の侵入から身を守って、兼雅と再会する因となった。また、序で述べたように神泉苑での仲忠と涼の演奏は天人を降下させている。これらは記録伝承の類にみえる卓越した演奏が瓦を割り天地を騒がし異類を出現させたのと同じい。さらにこの物語には琴のもう一つの力が語られている。

「その娘の小さくいますかりし時より、世に聞こえぬ音声楽《おんしょうがく》、声なむ絶えざりし。その音声楽を聞く人は、皆肝心《きも》さかえて、病ある者なくなり、老いたる者も若くなりしかば、京の内の人はめぐりてうけたまはりし」（蔵開下）

ここは仲忠が祖父俊蔭の邸を尋ね、荒廃したなかで蔵を守っていた老爺から話を聞くところで、老爺は娘が小さいときに楽の音が聞こえて、その音を聴くと気力が盛んになり病が癒え若返ったと語っているのだから、それは俊蔭が娘に伝授した時である。この力はかぐや姫の光と病を癒《いや》す力にあたるが、宇津保物語ではどうやら細緒風という琴に備わった力であるらしい。というのはこの力が語られるのは俊蔭女が細緒風を弾くときに限っているからである。

廂に居たまへる人々狭くて人気《け》に暑かはしくおぼえたまへる、たちまちに涼しく、心地頼もしく、命延び、世の中もめでたからむ栄へを集めて見聞かむやうなり。同じ調べながらはるかに澄み昇りたる声、心細くあはれにて、上は空を響かし、下は地の底を揺るがす。四方の山林に聞き分かれてかなしうあはれなること、世の中は労なきことにたちまち思ほえて涙落つること止めがたくあはれなり。（楼上、下）

院の求めで俊蔭女が弾いたときにも、細緒風は人の心身を癒し浄化する延命の作用と世の中の無常、人間存在の卑小さを思わせ天上に憧れる作用を発揮している。犬宮誕生のときにも同じ力が語られている。琴の威力といえばまず暴力的な激しさが目につくが、こうした癒しの楽の音を老爺が「音声楽」と呼んでいることに注意したい。老爺にとって癒しの楽の音はこの世のものならぬ楽の音、すなわち天上の音楽であったのである。それは秘琴と秘曲に備わった力にほかならない。俊蔭一族は秘琴と秘曲を所有し演奏しうることによって栄達した。したがってこの物語の音楽は楽才披露の宴遊が主で、音楽は内的な心情をともなわない。宇津保物語は音楽を物語のなかに取り込もうとしたのだが、秘琴による秘曲の伝授を中心に据えたために人間を見失ってしまったのではないか。

こうした宇津保物語の音楽の特徴は源氏物語との比較において次章以降で述べていくが、ここでは自然との関連について述べておこう。宇津保物語でも自然については留意している。仲忠は犬宮に伝授するときに、時の音を重視しなさい、四季やその時々の天候、時刻に合った演奏をこころがけなさいと教えている。しかしそれは演奏のための自然の重視であって、自然との混融の境地ではなかった。秘琴秘曲が中心で人間が主ではないのだからそれももっともである。ところが、源氏物語ではそうではない。

浦づたひに逍遥しつつ来るに、外よりもおもしろきわたりなれば、心とまるに、大将かくておはすと聞けば、あいなう、すいたる若きむすめたちは、舟の中さへ恥づかしう、心げさうせらる。まして五節の君は、綱手《つなで》ひき過ぐるも口惜しきに、琴の声風につきて遥かに聞こゆるに、所のさま、人の御ほど、物の音の心細さ取り集め、心あるかぎりはみな泣きにけり。

（須磨）

太宰の大弐《だいに》が任果てて上京の途次須磨の浦にさしかかった。と、風に乗って光源氏の琴の音がかすかに伝わってくる。源氏の恩顧を受けた「心あるかぎり」は「所のさま、人の御ほど、物の音の心細さ」に涙を禁じ得ない。本居宣長は名人の弾く琴の音はかすかであっても遠くまで聞こえるのだと論理的に説明しているが、どうであろうか。源氏の琴は名手だったから舟にまで届いたのではない。大弐一行が光源氏の境遇、その悲痛な胸中を思いやっていたがゆえに届いたのである。大弐たちの耳には須磨の浦の景物、罪なくして流謫《たく》の日々を送る源氏、その心がおのずと流れ出た琴の音、すべてが混融してあわれを誘ったのである。これはもう自然と想念が一体となって生み出された情趣の世界である。その琴の音とは先に「須磨には心づくしの秋風に」で始まる文脈で、流竄の思いに堪えきれずただ一張り携えてきた琴を手に取ると、我が爪音《つまおと》ながら「いとすごく」響いてそれ以上弾けなくなってしまったという琴の音、浦風と波音にまがい、かつ我と我が身の都恋しさを写し取ったと語られた琴の音であった。楽の音は弾き手の心情だけではなく、聞き手の心情にも染まるのである。したがって須磨の冬、流竄《ざん》の思いに映る空は「すごく」源氏の琴も「あはれに」響く。その琴の音に映じて入り方の月影は「すごく」みえ、千鳥までも「あはれに」鳴く。心情が景情に合致して楽の音を呼び、その琴の音に自然もまた様相を変えて、いっそうものさびしい光景と化す。心情、楽の音、自然が渾然《こん》一如となってしまう。そうした須磨の琴の音は明石に移るとすこし趣が変わる。

箏の御琴参れば、すこし弾きたまふも、さまざまいみじうのみ思ひきこえたり。いとさしも聞こえぬ物の音だにをりからこそはまさるものなるを、はるばると物のとどこほりなき海づらなるに春秋の花紅葉の盛りなるよりは、ただそこはかとなう繁れる蔭どもなまめかしきに、水鶏《くいな》のうちたたきたるは、誰《た》が門さして、とあはれにおぼゆ。(明石)

ここにみえる緑蔭、水鶏、誰が門さして、そして比較として挙げられた花紅葉という言葉から醸し出される情調は須磨の悲愁や荒涼とはちがって色めかしく心浮き立ってなまめかしい。それはこの日を契機に明石君との交情が始まる、その先取りだからであろう。須磨明石の浦風、松風、波音と源氏の心情、そして琴の音はみごとに溶けあっている。

ところが宇津保物語にはこのような弾き手や聞き手の心情と楽の音と自然との密接な関わりはない。宇津保物語でも折に合った演奏を重視するが、それは述べたように自然に人間が合わせるのである。だから奇瑞が起こる。琴の神秘を語るのが主であるから人間はいわば演奏の道具である。源氏物語は人間の演奏を中心にするから、音楽と自然と心情との間に相互作用が起こるのである。秋山虔氏は「源氏物語の自然と人間」(『王朝女流文学の世界』所収、昭和四七年)で、宇津保物語の自然は人物の行為や心理がそこに描き語られていく客観的な場面であり、舞台であるのに対して、源氏物語の自然は物語世界の文脈のなかに、自然が人間と同次元の資格をもってせり出していると説かれた。秋山氏は人間と自然の問題を説かれたのであるが、音楽もまた、人間の心情と自然とを反映し、それがひいてはまた自然へ、人間へと波及していく。源氏物語の音楽は人間の心情に染められ、自然もまた音楽に染められて美的情趣の世界を創り出している。しかし宇津保物語はそうではない。それは秘琴秘曲を中心に据える以上、当然のことであった。宇津保物語は日常生活に溶け込んだ音楽をいかにも楽しげに記述し、かつ古事記にみえた、音楽の原初的な性格、暴威を意識的に物語に取り入れたと考えられる。

四　枕草子と女流日記

枕草子にいたって、音楽は一幅の絵となった。類聚《るいじゅ》的章段、随想的章段では理想的な生活の一コマとして音楽が語られる。走り過ぎる牛車から聞こえる笛や琵琶の音、男女の語らいのひまひまに響く爪弾きの琵琶、宮仕え人の里から帰っていく君達の吹き鳴らす笛。しかし清少納言は音楽を音楽として享受していない。清女はこれらを一つの美的光景に創り上げている。

上の御局の御《み》簾《みす》の前にて、殿上人《てんじょうびと》日一日《ひとひ》琴笛吹き、遊び暮らして大殿油《おおとなぶら》まゐるほどに、まだ御格子はまゐらぬに、大殿油さし出でたれば、戸の開《あ》きたるがあらはなれば、琵琶の御琴を、ただざまに持たせたまへり。紅《くれない》の御衣《おんぞ》どものいふもよのつねなる袿、また張りたるどもなどをあまた奉りて、いと黒うつややかなる琵琶に、御袖をうちかけてとらへさせたまへるだにめでたきに、そばより御額のほどのいみじう白うめでたくけざやかにてはづれさせたまへるは、たとふべきかたぞなきや。近くゐたまへる人にさしよりて、「『なかば隠したり』けむ、えかくはあらざりけむかし。あれはただ人にこそはありけめ」といふを、道もなきに分け参りて申せば、笑はせたまひて、「『別れ』は知りたりや」となむ仰せらるるも、いとをかし。（上の御局の御簾の前にて）

一日中音楽を演奏し楽しみを尽くして、ふと訪れた一瞬に目を射たのは琵琶を立てて持つ定子の姿であった。ここからは楽の音は聞こえてこない。あるのは中宮定子のあたりをはらう美しさである。立てて持った琵琶、琵琶に掛けた紅の片袖、幾重《え》となく重なる衣のつや、濡れたように光る黒い琵琶からのぞく真っ白な額。まるで時間が止まったかのような至純の美しさである。その高貴な女人が人間的な才知をみせてほほ笑む。清少納言の讃仰はいかばかりであったろうか。清少納言はその姿を白居易の「琵琶行」の妓女に喩《たと》えて筆にとどめたのである。「御仏名のまたの日」でも楽の音は聞こえない。楽器と奏者を述べるとすぐに「ひとわたり遊びて琵琶弾きやみたる程に、大納言殿、『琵琶の声やんで物語せむとすること遅し』と誦《ずん》じたまへりしに、隠れふしたるも起き出でて『なほ、罪は恐ろしけれど、もののめでたさはやむまじ』とて笑はる」と、琵琶行の一節を誦じる伊周《これちか》の機知のめでたさに隠れ場所からのこのこ出て来て皆に笑われてしまった、という。清少納言の琵琶好きは有名であるが、このどちらにも琵琶行がからんでいるように琵琶行への憧れが高じてのものであったらしく、清女自身が音楽に堪能であったとは思われない。曾祖父の清原深養父は琴の名手であったらしく、後撰集には兼輔が「夏夜、深養父が琴ひくをきて」という詞書でその演奏を松風に喩え、山の下を流れゆく水に喩えている二首がある。日記的章段での宴遊の記述がすべてこのように機知につながっていることを思えば、清少納言は和歌だけでなく、音楽の才も父祖から受け継がなかったのではないだろうか。

そのかわり清少納言が持ったのは一瞬の視覚的な構成力であり、見立てであった。したがって清少納言は音楽を音楽として捉えようとはしない。ここから「遊びは夜。人の顔の見えぬほど」という大胆な言葉が出てくる。いくら妙なる楽の音が響いても、篳篥《ひちりき》や笛などを吹く者が顔をゆがめていては幻滅だ、宴遊は人の顔が見えない夜がよいというのはいかにももっともであるが、意表をついていて、視覚にかかった者ならではの発言である。清少納言にとって音楽は現世享楽の具にすぎず、演奏がいかにすばらしいものであっても、それを視覚化し、あるいは機知に置き換えて形象化するのがその美意識であったらしい。

それでは仮名日記ではどうであろうか。みてきたように音楽は虚構の物語では美的形象として用いられているが、現実をより反映する日記では音楽は現実世界の象徴となっている。

蜻蛉日記の音楽記述は少ない。この日記は道綱母が兼家との関係を綴っていったものだが、筆者が兼家の世界まで見透かすことはない。したがって道綱母にとって宴遊は外界である。その外界とは子供の道綱を通して繋《つな》がっているから、内裏賭《うちののり》弓や賀茂臨時祭で道綱が舞を舞うときに語られる。しかし道綱母が兼家の途絶えを恨み、ながめがちに琴を手にし、もの想いにふける、という、物語なら当然あってよい記述は一例もない。道綱母に音楽の素養がないのではない。里で合奏を楽しんだという記述はあるのだから排除したのであろう。

和泉式部日記は式部と敦道親王との恋を描いている。二人の恋は宮の死までの四年間にわたったにもかかわらず、日記に描かれているのは宮邸に入るまでの一年余りで、それだけに恋の始まりから疑惑と嫉妬に傷つき、揺れ動く時期を経て、遂に離れられない相手と認め信頼を抱き合うまでの愛の真実があますところなく記されている。それは他者の介入を許さない二人だけの世界であった。ところが、式部が召人《めしうど》として宮邸に入ったときから外界が押し寄せてくる。

年かへりて正月一日、院の拝礼に殿ばら数をつくして参りたまへり。宮もおはしますを、見まいらすれば、いと若ううつくしげにて多くの人にすぐれたまへり。これにつけてもわが身はづかしうおぼゆ。上の御方の女房出でゐて物見るに、まづそれをば見で、「この人を見む」と穴をあけさわぐぞ、いとさまあしきや。暮れぬれば、ことはてて宮入らせたまひぬ。御送りに上達部《かんだちめ》数をつくしてゐたまひて、御遊びあり。いとをかしきにも、つれづれなりし古里まづ思ひ出でらる。

女房たちの興味深げなふるまい、宮の権勢を目の当たりにみるにつけ、式部は我身の程をつくづくと思わせられる。拝礼に続く御遊びに象徴される宮邸の華やかさに「つれづれなりし古里」を思い出さずにはいられない。そこでは宮を我がものと感じられた。ここでは外界に侵入されるにまかせざるをえず、女は孤独である。純粋な愛は終ってしまった。ただ一例の音楽記述であってもその意味するところはかくも大きい。

紫式部日記における宴遊も式部にとっては物思いを誘う外界であった。この日記は彰子中宮の栄華の記録とそれに順応しきれぬ孤独な自らの心情の二つの面をみせているが、音楽記述もまたその二面をかたどっている。敦成《ひら》親王誕生をめぐって繰り広げられる華麗にして盛大な宴遊は記述をかえれば源氏物語のどこそことわかるような外界で、孤独な内面は演奏されなくなって久しい楽器やほこりをかぶった書籍に象徴されている。里居に「心すごく」ながめるこの場は憂愁の色調を帯びていて、外界で繰り広げられる宴遊との懸隔が式部の孤独をいっそう強めている。時代は源氏物語より下るが、菅原孝標女《むすめ》にとっては足柄山の遊女の謡、荻の葉の挿話、そして馴染めぬ宮仕の一夜に源資通と春秋優劣論を交わしたことが夢のようなすばらしい記憶であったらしい。夢見がちな、物語に憧れる心そのままに更級日記のなかで珠玉のように光っている。

王朝女流の日記文学は自己の内面を描くことこそが主題なのだから、書き手は自己の及ぶかぎりの世界に閉じ籠もる。そこで自らの演奏を語るのは自身を美化し、虚構の世界に身を置くことになる。だから音楽は外界に限定されるのである。その外界で宴遊を主催することは権勢をあらわす。女流日記の筆者はみな権力から遠い。男性官人のように宴遊の催される場でしのぎをけずることはない。だからこそ外界との懸隔が問題となるときにはわずかな記述でも痛烈な刃《やいば》となるのであった。女流日記の音楽は内面と外界との対立をおのずと映し出しているのである。

このように上代の音楽はその神秘性、暴力性を伝えられているが、王朝の初期物語では音楽は貴族の生活に密着した一コマとしてそこここに見いだされるだけで、作品に音楽を取り入れるという意図はなかった。その意図が明確になったのは宇津保物語で、そこで日常の現実性とともに上代の暴威性、音の暴力が継承され語られたのであった。枕草子は楽の音を視覚的に切り取った。その後に人間の音楽を重視し、楽の音を再び自然のうちに活かし、綜合的な音楽空間を創り出そうとする源氏物語がくる。その音楽はどのような意味をもっているのか、次章からはそれについて考えていこう。

III　琴から和琴へ

一　源氏物語の執筆

源氏物語は王朝文学のなかでもきわだった独自性を有しているが、その独自性は一朝一夕のうちに培われたのではない。蜻蛉《かげろう》日記は「世の中におほかる古物語」への耽溺とその批判から独自の形式を拓いたと考えられているが、源氏物語の執筆においてもおそらく事情は同じであったろう。紫式部集や紫式部日記からは、式部にもかつて物語を愛し、格高き名作や評判の新作を入手し熟読反趨してわが血肉となし、創作に手を染め、同じ心の友と毀誉《きよ》褒貶《ほうへん》しあった日々があったと知られる。そうした先行作品の吸収批判を通して式部の物語にたいする態度が培われ、しだいに明確になって書くべき方向が定まっていったと推測されるが、源氏物語の独自性を探るとは、その吸収と脱皮の過程を明らめることである。その足跡を音楽でたどってみよう。

源氏物語の音楽を考えるとき、その前に横たわるのは宇津保物語である。宇津保物語が琴の伝授をテーマとする長編だからというだけではない。その巻名や作中人物名は枕草子や平安後期物語にもしばしば見え、宇津保物語は物語を愛好し創作しようとする者にとって、まず範とすべき、あるいは乗り越えるべき対象として重要な位置を占めていたと考えられるからである。紫式部は音楽を自身の構想する物語に取り入れるにあたって、宇津保物語の音楽について、つぶさに精査しくりかえし検討してわが物語について思いめぐらせたことであろう。源氏物語の音楽の独自性を考察するには、紫式部が宇津保物語の音楽、特にその基底をなす思想をしかと見据え、それを超えて独自の音楽観、思想をうちたてていった、その過程を探ることから始めねばならない。

二　末摘花巻の恋

紫式部の宇津保物語に対する姿勢はまず末摘花巻に認められる。これまで末摘花巻は専ら説話伝承や「をこ」話の点から考察されてきて、音楽の問題については等閑視されてきた。しかしこの巻は全編巧みに音楽を用いて綴ったきわめて音楽的な巻である。恋の発端は楽の音によるめぐりあいである。楽の音によるめぐりあいは姫君のあずかり知らぬところで貴公子が爪音を聴いて恋に陥るのであるから、この巻は姫君を恋する貴公子の物語なのであって姫君の特異性はそこに付随してくるにすぎない。実際、姫君が生動するのは蓬生巻以降で、この巻では大輔命婦や古女房の指示するままに動かされる人形の域を出ていない。したがってこの巻は恋する貴公子によって領導され、音楽はその貴公子の心情をかたどっていく。

ほのかに掻き鳴らしたまふ。をかしう聞こゆ。なにばかり深き手ならねど、物の音がらの筋異なるものなれば、聞きにくくも思されず。いといたう荒れわたりて、さびしき所に、さばかりの人の、古めかしう、ところせく、かしづきすゐたりけむなごりなく、いかに思ほし残すことなからむ、かやうの所にこそ、昔物語にもあはれなる事どもありけれなど、思ひつづけて、ものや言ひ寄らましと思せど、うちつけにや思さむと、心恥づかしくて、やすらひたまふ。（末摘花）

これは光源氏が常陸宮の姫君の琴《きん》を初めて聞いたときの印象である。十六夜の月光があたりを照らし、梅の香が漂いくるなかに姫君の琴が響く。その爪音は「ほのか」であるだけにいっそう魅惑的で「をかしう」聞こえ、源氏は荒廃した邸のさまへ、さらにこの邸でもの思いの限りを尽くしておられる姫君へと思いを馳せていく。と、もう昔物語の世界が眼前に現出し、自分がその主人公になったように感じていよいよ姫君に惹かれていくというのである。式部は琴の音と情景の魅惑をより印象づけ、源氏の恋心をいやますために、ここにもう一人魅了された貴公子を登場させる。それは学問でも遊びでも光源氏と競い肩を並べようとする頭中将で、この二人が鉢合わせすることからさらに新たな音楽場面が開かれていく。

おのおの契れる方にも、甘えて、え行き別れたまはず、一つ車に乗りて、月のをかしきほどに雲隠れたる道のほど、笛吹き合はせて大殿におはしぬ。前駆などもおはせたまはず、忍び入りて、人見ぬ廊に、御直衣《のうし》ども召して着かへたまふ。つれなう今来るやうにて、御笛ども吹きすさびておはすれば、大臣、例の聞き過ぐしたまはで、高麗笛《こま》とり出でたまへり。いと上手におはすれば、いとおもしろう吹きたまふ。御琴召して、内にも、この方に心得たる人々に弾かせたまふ。

中務の君、わざと琵琶は弾けど、頭の君心かけたるをもて離れて、ただこのたまさかなる御気色のなつかしきをば、え背ききこえぬに、おのづから隠れなくて、大宮などもよろしからず思しなりにたれば、もの思はしくはしたなき心地して、すさまじげに寄り臥したり。絶えて見たてまつらぬ所にかけ離れなむも、さすがに心細く、思ひ乱れたり。

君たちは、ありつる琴の音を思し出でて、あはれげなりつる住まひのさまなども、様変へてをかしう思ひつづけ、あらましごとに、いとをかしうらうたき人の、さて年月を重ねゐたらむ時、見そめていみじう心苦しくは、人にもて騒がるばかりやわが心もさまあしからむなどさへ、中将は思ひけり。この君の、かう気色ばみ歩きたまふを、まさにさては過ぐしたまひてむやと、なまねたうあやふがりけり。（同）

姫君の琴の音は二人の貴公子の胸にしみ入り、深い憧れを刻みつけたのであるが、それはこのように貴公子の笛によって語られる。姫君の琴にいざなわれて二人はいまだ耳底に鳴り響く姫君の爪音に合わせ、姫君のもとにまで響けとの願いをこめて吹く。そうして互いに吹き合わせることによって言わず語らずのうちに慕情を共有したのである。車中の笛は枕草子も夏の情趣に挙げているが、源氏物語はそれを立ち聞きの余韻さめやらず姫君を恋い慕う貴公子の心象へと物語化しているのである。

帰邸してからも同じパターンがくりかえされる。吹きすさぶ二人の笛に左大臣が高麗笛を持ち出し女房に琴を命じて管絃の合奏となると、その琴の音が二人に先程の姫君の爪音を思わせ、いっそう慕情をつのらせる、というのであるが、今度は作者は頭中将に光をあてて、姫君に惑乱して世の評判となってしまう我が身の姿まで想像させている。中将の、琴の音から荒廃した住居へ、あたりのあわれ深い情景へ、姫君本人へと、心をときめかしていく思考は、先程の源氏とそっくり同じ過程をたどっている。作者はここで頭中将を用いて源氏が魅了されていった過程を反復し、琴の音が二人に及ぼした魅惑を強調しているのである。

さらに作者はこの場に演奏しない女、葵上の女房中務君を登場させ、琵琶に堪能であるのに合奏に加わらないで、一人思い乱れていると語る。この演奏しない女のことさらな点描はいったい何を意味するのか。『日本古典文学全集』は光源氏と頭中将の恋の勝敗を暗示したと注している。

たしかに中務君は頭中将に靡かず、光源氏のたまさかの情を待つ身となったことが顕れて困った立場になっている。しかしそれだけでは心楽しき合奏の場にただ一人「すさまじげに」寄り臥す女のイメージは説明できない。中務君はなぜ琵琶の名手に設定されているのか。それは彼女が二人の笛の聴き手、心情の理解者として登場させられているからである。琵琶に堪能な中務君には笛の音が他の女への慕情にみちていると聴こえる。二人の笛が慕情にみちて響けば響くほど、我が身の悲しさ心細さを感じずにはいられない中務君に比して、当の貴公子たちは中務のことなど眼中になく、ただひたすら昔物語のような恋に心をときめかせ姫君に想いを馳せて吹きつづけている。中務君の悲しみと二人の姫君への想いが、交錯し相乗して姫君への期待と熱中がいっそう鮮明に浮かびあがってくる。まことにみごとな形象化といえよう。

このように恋する貴公子の想いは笛によってかたどられているが、それは姫を思って笛を吹くといった単純なものではなく、姫君の琴が笛をいざない、その笛が合奏を引き起こし、さらにその合奏の琴の音が姫君をいっそう希求する因となる、といったふうに漸層的に音楽をくりかえし、互いに関連させていって全体を一つの大きな流れと化すという、たくみに計算された方法をとっているのである。

これだけの準備があって、再度の、八月二十日余りの立ち聞きが無理なく導き出される。

月やうやう出でて、荒れたる籬《まがき》のほどうとましく、うちながめたまふに、琴そそのかされて、ほのかに掻き鳴らしたまふほど、けしうはあらず。すこしけ近う、今めきたるけをつけばやとぞ、乱れたる心には心もとなく思ひゐたる。(同)

この日は星の光さやけく風が松の梢を吹き通す宵で、光源氏が訪れると待っていたかのように月が上って邸の荒れ果てたさまを照らし出した。そのなかに「ほのかに」響く琴の音は今回も源氏には「けしうはあらず」と聴こえた。季節こそちがえ、変わらぬ魅惑に源氏の情念はいやまさって隔ての障子を押し開けて侵入してしまう。しかし姫君は「心得ずなまいとほしとおぼゆる御さま」でしかなかった。源氏は重い失望を胸に抱いて夜深く忍びでたのだった。

　これ以後、今まで語られなかった公的な宴遊がせり出してくる。後朝《きぬぎぬ》の文《ふみ》も遣《や》らず思い乱れる朝寝の床に、頭中将が行幸の楽人舞人が選定されたとの知らせをもたらすや、叙述は参内《だい》、公事《くじ》、左大臣邸への退出と急展開していく。その核にあるのはいうまでもなく朱雀院行幸である。

行幸《みゆき》のことを興ありと思ほして、君たち集まりてのたまひ、おのおの舞ども習ひたまふを、そのころの事にて過ぎゆく。物の音ども、常よりも耳かしがましくて、方々いどみつつ、例の御遊びならず、大篳篥《ひちりき》、尺八の笛などの、大声を吹き上げつつ、太鼓をさへ、高欄のもとにまろばし寄せて、手づからうち鳴らし遊びおはさうず。御いとまなきやうにて、せちに思す所ばかりこそ、ぬすまはれたまへ、かのわたりにはいとおぼつかなくて、秋暮れはてぬ。なほ頼みこしかひなくて過ぎゆく。(同)

「行幸のことを興ありと思ほして」「例の御遊びならず」というように当帝の朱雀院行幸は世を挙げての行事として企画され人々の関心を集めていた。その楽人舞人《がくにんまいびと》の発表は姫君のことを実に都合よく失念させる。後朝の文が遅れに遅れたのを始めとして、左大臣邸に引かれるように退出すればそこでは既に選ばれた貴公子たちが練習中、といった次第で、練習に明け暮れてついつい途絶えが重なってしまったというのである。「そのころの事にて過ぎゆく」「御いとまなきやうにて」「秋暮れはてぬ」「なほ頼みこしかひなくて過ぎゆく」はそうした時の経過をよく示している。あまりの途絶えに命婦が泣きぬばかりに訴えても試楽のころで源氏も「暇なきほどぞや。わりなし」とうめくばかりで、姫君を再訪したのは「この御いそぎのほどすぐして」であった。朱雀院行幸は光源氏にとって姫君に離れまさるよい口実として用いられているが、注意しておきたいのは、契ってからは、思慕していたときとは逆に、公的な音楽が源氏の関心のほどを映す鏡として用いられていることである。

その行幸が終った後にこの巻のクライマックスがやってくる。雪嵐の夜の翌朝、源氏は姫君の容姿をあますところなく見てしまったのである。契った後の源氏の不審と困惑が何によるかはここまで明らかにされず、読者の興味をつないできたのだが、ここで姫君の実態がほかでもない末摘花だと証される。以後作者の筆は解き放たれておおっぴらに姫君をからかっていく。年末に姫君から届けられた新春用の装束に興醒めた源氏は「ただ、梅の花の、色のごと、三笠の山の、をとめをば、すてて」と、姫君の鼻にことよせた風俗歌をつづしり謡いながら返歌を命婦《みょうぶ》に投げかける。姫君への揶揄と同時に我と我が身への苦い自嘲の響きを読み取れよう。格高い琴の音で始まった恋は風俗歌をつづしり謡うほかない惨めな結末となって終わったのである。

このように末摘花巻は恋の推移を音楽によって表現している。まだ見ぬ姫君への憧憬は姫君の爪音《つまおと》に応え合わそうとする笛で、契った後はそれまでとは逆の公的な宴遊をもって途絶えの口実とし、姫君を末摘花と見顕した後は露骨に風俗歌を謡って姫を笑い自分を笑う。音楽は光源氏の心情を象徴し恋の経緯を縁どっていく。個々の音楽が連なり、合流し、やがて巻全体が一つの組曲と化していく。恋の始まりや終わりを音楽で表わすことは多々あるとはいえ、この巻のように恋の経緯すべてを念入りに音楽によって描いた例は見当たらない。末摘花巻は音楽によって構想されているといえよう。

三　琴の魅力

そうした音楽的な巻で語られるのが琴を弾く姫君との恋であるが、この巻の眼目はその恋がとんでもない失敗に終わる点にある。なぜ光源氏ともあろう者がそんな失敗を犯したのか、なぜいともたやすく姫君の爪音に魅了されてしまったのか。爪音については、春秋二度とも作者は「物の音がらの筋異なるものなれば、聞きにくくも思されず」とことわり、「すこしけ近う今めきたるけをつけばや」と命婦が気を揉む姿を記して姫君の技倆が源氏が思っているほど全きものではないと証かしている。にもかかわらず源氏が姫君に駆り立てられるのは、この恋が源氏の一方的な思い込みになるよう二重三重に仕組まれているからである。源氏は姫君のいったいどこに惹かれたというのか。それは姫君が琴《きん》を弾くからであった。源氏の心は姫君が琴を語らい人として零《れい》落《らく》の日々に耐えておられると聞いて動いている。琴こそが源氏を駆り立てた要因であった。では源氏にとって琴はどんな意味を持っているのか。その答は姫君と夕顔を対比する筆にある。

一般に常陸宮の姫君への恋は夕顔への哀惜と渇望が引き起こしたと考えられている。たしかに冒頭、春秋二度の立ち聞き、見顕わしの夜と、源氏が姫君に想いを馳せるときには夕顔を思い出し、姫君に重ねている。といってもそれは姫君を夕顔と同一視したということではない。この物語で人物を重ね合わせて表現するときはむしろ、共通点よりも違いを印象づけようとしており、この場合も源氏は姫君には夕顔のときとはまるでちがう態度を見せている。

春の朧夜のほの聞きでは源氏は姫君の爪音を聴いてすぐさま思いのたけを訴えたいとの激しい恋情につき動かされながらも「うちつけにや思さむと、心恥づかしくて」その衝動を押さえたという。源氏は姫君がどう思われるかを気にしてためらっている。それでもあきらめきれず命婦にいま少し近くで聞かせよと迫って断られた時にも、「げにさもあること、にはかに、我も人もうちとけて語らふべき人の際は際とこそあれ」と納得して引き下がっている。「際」といい、「心恥づかしくて」というように源氏は姫君に対するときは姫君の身分に配慮し、夕顔の折には見えない深い敬意をこめた態度をとっており、その敬意は秋の物越しの対面ではいっそう深い。

君は人の御ほどを思せば、戯《ざ》れくつがへる、今様《いまよう》のよしばみよりは、こよなう奥ゆかしうと思さるるに、いたうそそのかされて、ゐざり寄りたまへるけはひ、しのびやかに、えびの香いとなつかしう薫り出でて、おほどかなるをさればよと思す。（同）

源氏が全身を耳とし目となして姫君のお出ましを待つところである。静やかに座にお進みになるかすかな衣ずれの音、あたりにしめやかに漂い出づるえびの香、期待にたがわぬ「人の御ほど」に「さればよ」と敬意はいっそう強まる。源氏は姫君の身分育ちを高く評価し憧憬していた。その想いが今かなえられようとしているのである。源氏の期待はいかほどであったろう。源氏が恋したのは名家の裔という姫君の品高き身分であった。姫君を末摘花と見顕したときに「げに、品にもよらぬわざなりけり」と述懐しているのはこの間の事情をよくあらわしている。

述べてきたように光源氏の憧憬を支えたのは琴であったが、それは琴が常陸宮鍾愛の姫君という品高き身分を象徴していたからである。夕顔も空蟬《うつせみ》も演奏場面を持たない。しかし常陸宮の姫君は最初から楽才を謳《うた》われて登場する。それも姫君なら誰でも心得ている箏ではなく、当代では正しく弾き伝える者も稀となった琴を「なつかしき語らひ人」としているというのである。ここに源氏は惹かれた。源氏にとって琴は古き良き時代の具現であり、高き品の象徴であり、まだ見ぬ姫君の魅力を形成するものであった。源氏の恋心は、姫君を思慕し希求する第一の要因たる琴がまずあって、ついで大輔命婦の巧妙な措置や好敵手頭中将の登場、さらに姫君の無反応に負けてはやまじの心が加わって燃え上がったのである。光源氏ともあろう者が、けっして卓越したものでもない姫君の演奏にやすやすと魅了されてしまったのは、源氏の慕情が技倆《りょう》よりは楽器にあったことを如実に物語っている。恋の実態が琴という楽器にまつわる魅力にあったのだから、契った後に、姫君の演奏も楽器の名も見えず、姫君への敬意も消えるのは不思議ではない。恋心を煽る道具でしかなかった琴が契った後、そして末摘花と見顕した後に不要となるのは当然であろう。琴はまさしく光源氏を魅了しこの恋を成り立たせるための道具であった。この巻に描かれているのは琴という楽器の魅力にほかならないのである。

しかしながら、その琴を弾く姫君との恋はもののみごとに裏切られ、相手をも自分をも笑う惨めな結果に終わる。問題はここにある。式部は源氏の判断力が曇るように曇るように、この恋がとんでもない失敗に終わるようにと筆を運んでいるのだから、琴を弾く姫君との恋をめでたしめでたしで終わらせるつもりはなかったと考えられる。琴の魅力を中核にしながら、失敗譚とする式部の意図はどこにあるのだろうか。

それを考える手がかりは文章中の「昔物語」である。光源氏も頭中将も最初の立ち聞きで、

「かやうの所にこそは、昔物語にもあはれなる事どもこそありけれ」とまるで自分たちが昔物語の主人公になったかのように感じ、空想の糸を紡いでロマンチックな恋を期待し胸をときめかせている。諸注はこの「昔物語」を荒れはてた所で美女を発見する譚と解するが、源氏物語にみえる「物語」「昔物語」が虚構の物語を意味する場合は、恋物語もあれば継子いじめの物語もあり、怪奇譚もあるといったぐあいで、必ずしも荒廃や美女の発見を条件としていない。むしろ作中人物が自分の置かれたふしぎな状況や目に映る情景、人物の美しさをまるで物語のようだと捉えているのだから、その場合の「物語」とは漠然とした物語一般の謂ではなく、その状況や情景がただちに脳裏にくっきりとよみがえる、具体的限定的な物語のことなのである。ではこの末摘花巻の「昔物語」が何をさしているかといえば、それは宇津保物語俊蔭《としかげ》巻の、俊蔭女《むすめ》と若小君《わかこぎみ》との出会いのくだりだと思われる。

宇津保物語によると俊蔭女は、父俊蔭の没後「心と身を沈めしほどに、ことに身の得もなく、久しくなりにしかば、まして一人の使人も残らず、日に従ひて、失せほろびて、物の心も知らぬ娘一人残りて、物恐ろしく、つつましければ、あるやうにもあらず、隠れ忍びてあ」る状態で、明け暮れ独り空を眺め琴を弾いて過ごしていたが、あるとき父太政大臣の賀茂神社参詣に同行した若小君とめぐりあって仲忠を産む。そのめぐりあいの場面に深く関わっているのが琴である。

(1)「誰と人に知られざりし人なれば、聞こえさすとも、え知りたまはじ」とて、前なる琴を、いとほのかに掻き鳴らして居たれば、この君「いとあやしくめでたし」と聞きゐたまへり。夜ひと夜、物語したまひて、いかがありけん、そこにとまりたまひぬ。（俊蔭）

(2)「誰とも知られざりし人なれば、聞こゆとも誰とは知りたまはむや」とて、側《かたわら》なる琴をかき鳴らして、うち泣きたるけはひも、いみじうあはれなり。（同）

若小君は参詣の途次、尾花が招くように見えた荒れた邸で美しい女を見かけて心惹かれ、帰途再び尾花に招かれて邸に分け入り、琴を弾いている女を見つけて契るのだが、その間、若小君が名を尋ね、女は答えない、というパターンが都合四度くりかえされる。二度目までは女は応えようともしないが、三度目からは言葉を返し、琴を掻き鳴らす。(1)は三度目、(2)は四度目で、契る前も後も俊蔭女の言葉と挙措に変化はなく、一様に「心と身を沈め」た深い悲しみに満ちている。とはいえ俊蔭女は全く答えていないのではない。私の父のことなどよもやご存じではないでしょうと言って琴を掻き鳴らす、その行為こそ、私は琴をこの国に招来した俊蔭の娘ですとの答にほかならない。常陸宮の姫君の琴を聴いて光源氏や頭中将の胸に浮かんだのは、作者が「昔物語」の語で意図したのはこの場面であったろう。琴によってめぐりあい、琴によって再会する俊蔭女と若小君の物語を末摘花巻はさしている。もっといえばなぞっているのである。

末摘花巻を単なる失敗譚として構想したのならば、姫君が掻き鳴らすのは何も琴でなくてもよい。箏でも琵琶でも和琴でもよかったはずである。それをことさらに琴を用いて末摘花を落魄の姫君に設定したのは、「昔物語」を宇津保物語俊蔭巻だとはっきり示し、宇津保物語と重ね合わせたかったからであろう。末摘花巻は俊蔭巻を視座に入れて反転した物語なのである。俊蔭巻では尾花が二度にわたって若小君を招いているが、末摘花巻ではその役目を大輔命婦がつとめている。そのためにも春秋二度の立ち聞きが必要なのであった。荒廃した邸のあわれ深い情趣、琴をかき鳴らす姫君、契った後の別離、すべて同じである。異なるのは俊蔭女が名を隠すのに対して常陸宮姫君が容姿を隠されている点だけである。同じく琴を弾く落魄の姫君を設定しながら、源氏物語は宇津保物語とは正反対のファルスを作出している。ここに作者の腕の冴えをみ、してやったりとよろこぶ姿、あるいは習作を思うだけではこの物語の音楽の問題は明らかにならない。作者にそうさせた動機を考えるならば、そこにあるのは宇津保物語への対抗意識である。琴の魅力を語りながら、その琴を介した恋が失敗譚、それもをこ話に終るとは強烈な皮肉である。それはすなわち宇津保物語が中心に据えた琴を狂言回しの位置にまで引き下げ、俊蔭巻をもののみごとに引っくり返したことを意味している。紫式部は琴の魅力を語りながら、その一方で琴を貶《おと》しめている。琴を介した昔物語のような恋が夢と消え苦い思いを残す末摘花巻は、宇津保物語への対抗意識を根底に据え、宇津保物語と対峙した式部の精神をあらわしているといえよう。

四　六条院女楽の琴論

宇津保物語への対抗意識を一つの物語として結実させた最初の試みが末摘花巻であるなら、それをより直接的に批判として述べたのが若菜下巻の女楽で光源氏が語る音楽論である。

女君たちの合奏が緊張のうちにも華麗な音を響かせて一段落したとき、光源氏は夕霧を相手に音楽談義をはじめ、琴の習得はなまなかのことではないが、その困難さに耐えてみごと習得したあかつきにはそれだけの応報があると述べ、そこから琴を日本に招来した先人の話に移る。

「この国に弾き伝ふるはじめつ方まで、深くこのことを心得たる人は、A多くの年を知らぬ国に過ごし、身をなきになして、この琴をまねびとらむとまどひてだに、し得るは難くなむありける。げに、はた、B明らかに空の月星を動かし、時ならぬ霜雪を降らせ、雲雷を騒がしたる例、上りたる世にはありけり。」（若菜下）

この先人の漂流流離譚と帰国して奇瑞をあらわしてからの栄達は、藤壺中宮御前の絵合せで弘徽殿方が出した俊蔭巻そっくりである。

「俊蔭は、a激しき浪風におぼほれ、知らぬ国に放たれしかど、なほさして行きける方の心ざしもかなひて、つひにb他の朝廷にもわが国にもありがたき才のほどを広め、名を残しけ

る古き心をいふに、絵のさまも唐土と日本を取り並べておもしろきことどもなほ並びなし」といふ。（絵合）

この評からすれば絵は中国と日本を対照的に配置し、俊蔭の漂流と帰国後の栄達が画《か》かれていたらしいが、弘徽殿《こきでん》方の女房が弁じ立てている、a「激しき浪風におぼほれ、知らぬ国に放たれ」は俊蔭が波斯《はし》国に漂着しそこから琴と師を求めて流離することをいっているのだから、琴論のA「多くの年を知らぬ国に過ごし、身をなきになして、この琴をまねびとらむとまどひて」にあたり、bの「他の朝廷にもわが国にもありがたき才のほどを広め、名を残しける」はBの「明らかに空の月星を動かし、時ならぬ霜雪を降らせ、雲雷を騒がしたる例」の、奇瑞を起こして驚嘆させたことにあたって、源氏の語る先人の話は俊蔭の事跡と対応している。これはたまたま筆がすべって同じになったのではない。琴論を絵合巻と重ね、宇津保物語をさし示そうとしているのである。でなければ、これに続いて自らの琴習得を語る源氏のつぎの言葉は意味をなさない。

「げに、よろづのこと、衰ふるさまはやすくなりゆく世の中に、独り出で離れて、心を立てて、唐土《もろこし》高麗《こま》と、この世にまどひ歩き、親子を離れむことは、世の中のひがめる者になりぬべし。」（若菜下）

「世の中のひがめる者」というからには、源氏は先人の苦難もいとわぬ情熱を手放しで賞讃しているわけではない。道を求めようとする俊蔭の辛苦は尊いと認めるけれども、一事に執して邁《まい》進する姿は今の世の美意識からすれば「ひがめる者」で、どうにもいただけないと批判し、だから、私は俊蔭のような方法はとらなかったのだと、つぎのように続ける。

「などか、なのめにて、なほこの道を通はし知るばかりの端をば、知りおかざらむ。調べひとつに手を弾き尽くさむことだに、量《はか》りもなき物ななり。いはむや、多くの調べ、わづらはしき曲多かるを、心に入りしさかりには、世にありとあり、ここに伝はりたる譜といふものの限りをあまねく見あはせて、後々は師とすべき人もなくてなむ、好み習ひしかど、なほ上りての人には当るべくもあらじをや。まして、この後といひては、伝はるべき末もなき、いとあはれになむ。」（同）

「なほこの道を通はし知るばかりの端をば、知りおかざらむ」とは相当強い語気で、源氏の決意がなみなみのものではなかったと知られる。私は俊蔭のような極端な方法は取らずに、伝存している譜という譜をすべて集めて研究し、師にもついたが、「後々は師とすべき人もなくてなむ、好み習」った、最後は未踏の道をただ一人で進んだのだ、と語っているのだから、その点では源氏も俊蔭と同じく創造者である。光源氏は自らを俊蔭になぞらえ、私は俊蔭のような「ひがめる者」とはならずに独自の方法で道を切り拓いたのだと誇っているのである。したがって精一杯努めたが、私など先人に及ぶべくもないと嘆いているのは謙辞でありポーズにすぎない。源氏の言葉にあるのは俊蔭とは異なる美を創出したとの自峙である。源氏は往古を懐かしむ口ぶりをよそおいながら実は現在を謳歌している。作者は源氏の口を借りて、宇津保物語の設定は現実味を欠き、今の世ではとうてい受け入れがたいと、宇津保物語的な価値観や美意識を否定し、私は新しい価値美意識を見出したと高らかに宣言しているのである。

その新しい美意識とはどのようなものなのか。光源氏が琴に卓越しているのはいうまでもないが、その琴の美をあますところなく描出しているのは須磨明石巻の一人琴である。若紫巻の北山での演奏もあるが、ほんの掻き鳴らしで宇津保物語の域を出ていない。しかし須磨明石巻では第二章で述べたように自然と心情との混融した新しい独自な美を呈示し展開している。とはいっても二十年ほど前の青年期の演奏である。しかも自然と心情との混融なら夕霧との対話で既に語られているから二番煎じの感が強い。ここを琴に限定していると読むにはどうも無理がある。

源氏の言葉を琴論として取り出さずに、物語の流れのままに、女楽のなかの客人との会話と考えればいいのではないか。女楽の元来の性格は、それまで女房たちと練習してきた女三宮の琴が朱雀院の御耳に入れても恥ずかしくないかどうか、名手たちとの合奏に耐えうるかどうかを見る、最終的な試技であり総ざらいであった。いわば朱雀院五十賀に向けての試楽であり、女三宮の琴の内々での初おめみえなのである。計画段階で源氏が「試楽めきて人々言ひなさむを」といっているのがその間の消息をあらわしている。源氏は不首尾だった場合を想定して慎重にものをいっているのである。それが、紫上、明石女御、明石君との合奏となったためにいやがうえにも晴れがましく華やいだものとなってしまった。この催しが、着座、楽器の配分、調絃、そして演奏と、私の宴には珍しく公式の宴の次第に則って、漏らさず描かれていくのはそのためである。したがってそのなかでの源氏と夕霧の会話も多分に儀礼的な性格を負う。演奏が一段落して源氏が春秋の音楽論をはじめ、次いで当代の名手に話を移し、「その御前の御遊びなどに、ひときざみに選ばるる人々、それかれといかにぞ」と尋ねたとき、夕霧は何はさておき、まず第一に女三宮の琴を讃めるべきであった。にもかかわらず夕霧が口をきわめて讃めたたえたのは紫上の和琴であった。そのために源氏は琴の習得がどれほど困難であるか、その格がいかに高いかを必要以上に力説しなければならなかったのである。源氏にしてはくどくどしいと思われるほどに琴の習得がいかに困難なことかを語り、現在では弾き伝える人も稀になってしまった、夕霧には伝えられなかったと嘆息したのは、その琴《きん》をここまで習得しえた女三宮を一同の前で顕彰するためであった。もともと琴論は女三宮のために弁じられるものであったのだが、そこに手違いが生じ、紫上の卓越を改めて確認する結果となるよう仕組まれている。作者は源氏の琴論のなかに宇津保物語批判を忍びこませ、さらに夕霧の賞讃に女三宮に対する紫上の優越を語り、そのなかに琴に対する和琴の価値を織り込んでいるのである。

このように和琴《わごん》を大きく取り上げ、重要な意味を付しているのは源氏物語だけである。現存する王朝物語に絃楽器がどのように見えるかを調べると次の表のようになる。「あづま」「あづまご

表4　王朝文学にあらわれた絃楽器

	琴(きん)	和　琴	箏	琵　琶
落窪物語	1		4	
宇津保物語	303	16	36	45
源氏物語	61	51	56	41
堤中納言物語	2	1		2
浜松中納言物語	43	1	8	14
夜の寝覚	1	5	22	21
狭衣物語	12	1	12	14

と」「やまとごと」は和琴のなかに含め、「こと」が特定の絃楽器をさす場合はその楽器のなかに含めている。この表から知られるように王朝物語に和琴の占める位置はきわめて低い。落窪物語には見えないし、宇津保物語で琴が群を抜いているのは当然として、和琴はその十八分の一にも満たず、箏や琵琶に比べても三分の一程度でしかない。仲忠もあて宮も、箏《そう》や琵琶は弾いても和琴は弾かない。独奏の例もない。和琴は合奏のなかの一楽器でしかない。それは後期物語でも同じである。浜松中納言物語に琴が四三例も見えるのは、中納言の慕う唐の后が琴の名手で、中納言が后を想うときには必ず「后の琴弾きたまひし御かたちありさま」「后の琴弾きたまひし御ありさま見しより」と琴に言及しており、琴の魅力が后の魅力とあいまって中納言をとらえて放さないからである。それに対して和琴は帰国した中納言が太宰府で月を賞でて合奏する場面に見えるだけで、それも「まらうどの御前にしゃうの琴まゐらせて、われ琵琶弾き、筑前の守、和琴、笙の笛

吹く」とあるように、一座のなかの品低き者が担当する一楽器にすぎない。夜の寝覚《ねざめ》では、琴は入道が石山の姫君に贈る「唐の琴」一例だけ、和琴も石山で男君が女君と契るきっかけになる合奏場面に見えるだけだが、贈り物の「唐の琴」に比べて一座のなかで身分の劣る召人の対の君が弾く和琴の位置はずいぶん低い。狭衣《さごろも》物語の琴は狭衣大将が慕い続ける源氏宮が常にお弾きになる楽器で、その音は大将を揺さぶってやまない。ところが和琴は五月雨の御遊に名が挙がっているだけである。

つまり、琴は宇津保物語のみならず後期物語においても唐渡りの由緒ある楽器というイメージを持っているが、和琴は合奏のなかの一楽器で演奏者の身分も低く、格の劣った楽器として扱われているのである。ところが源氏物語では異なる。和琴は数のうえでも琴とほぼ同数で、奏者も源氏をはじめとして、紫上、夕霧、頭中將、柏木、落葉宮、薫と主要人物で、公的な宴遊のみならず、私的な伝授・邂逅・一人琴にも幅広く用いられている。野口元大氏は『うつほ物語の研究』（昭和四八年）で宇津保物語の和琴は最もめだたない楽器の一つでやや古代めく印象があると述べておられるが、源氏物語では「今めきたる物の声」（帚木）「け近く今めかしきものの音なり」（常夏）「おほどかなる物の音がら」（横笛）と現代風でゆったりした音色だというから時代の好尚にあった隆盛にある楽器と考えてよい。宇津保物語が琴の招来された舶来伝習の時を扱い、源氏物語がそれを吸収し日常化するに至った時代を扱っているという差はあるにせよ、宇津保物語の琴が、俊蔭、俊蔭女、仲忠、犬宮といやまさっていくのに対し、源氏物語のそれは源氏が「伝はるべき末もなく」と語っているように光源氏以外は二流の奏者でしかなく、「今様はをさをさ弾く人もな」（手習）く衰退の一途をたどっている。琴にまつわる恋はをこ話に終わっているのに和琴は玉鬘の心を溶かしている。これらを思えば源氏物語の和琴はやはり特殊である。

こうして光源氏の語る琴論を物語のなかでみていくと、宇津保物語の核をなす琴が、しだいしだいに和琴に凌駕され、その位置を変えていくのがわかる。源氏物語は琴に対する独自の新しい美意識として和琴を呈示しているといえよう。

五　新しい美意識、和琴

では作者が和琴に象徴させた美とはどのようなものであろうか。

(1)「琴の音を離れては、何ごとをか物を整へ知るしるべとはせむ。」（若菜下）

(イ)「あづまとぞ名も立ち下りたるやうなれど、御前の遊びにも、まづ書司を召すは、他の国は知らず、ここにはこれを物の親としたるにこそはあめれ。（中略）さながら多くの遊び物の音、拍子を整へとりたるなむ、いとかしこき。大和琴とはかなく見せて際もなくしおきたることなり。」（常夏）

(1)は琴、(イ)は和琴についての源氏の言葉である。琴を「物を整へ知るしるべ」というのは琴の七絃が音律の基準だからで、それゆえに琴は物事の中心であり礼楽の要めであるというのである。ところが、和琴もまた音楽の要めであるという。(イ)の常《とこ》夏巻では玉鬘《かずら》に向かって、日本では和琴こそが「物の親」で「多くの遊び物の音、拍子を整へと」っているのだと語って、和琴は日本の風土心情を映した、古来からの霊妙な楽器なのだと讃えているのである。

このように琴も和琴も一国を代表する楽器だという点では変わらない。しかしその本質はまったくちがう。それは美意識の相違である。

(2)「琴《きん》なむなほわづらはしく、手触れにくきものはありける。この琴は、まことに跡のままに尋ねとりたる昔の人は、大地《あめつち》をなびかし、鬼神の心をやはらげ、よろづの物の音のうちに従ひて（中略）調べひとつに手を弾き尽くさんことだに量りもなき物なり。いはむや、多くの調べ、わづらはしき曲多かるを」（若菜下）

(ロ)和琴こそ、いくばくならぬ調べなれど、跡定まりたることなくて、なかなか女のたどりぬべけれ。春の琴の音は、皆掻き合はするものなるを、乱るるところもやと、なまいとほしくおぼす。（若菜下）

(2)は琴、(ロ)は和琴の演奏に関する源氏の考えである。琴も和琴も一国の音楽を代表するだけあってなまなかには習得できないと言っているが、その困難さは全く逆の理由による。それは「跡」

の有無である。(2)に「跡のままに尋ねとりたる昔の人」とあるように琴には確固とした奏法が定められていてそれを「跡」という。「譜」にしたがって「跡」のままに習い取るのである。といっても各調子ごと、曲ごと、折ごとに「跡」が細かに規定されているのでそれらに習熟するのはなみたいていのことではない。琴の伝授や演奏の場面に「あまたの手」「あはれなる手」「心ばへある手」「調べ異なる手」「深き手」「もの深き手」「耳馴れぬ手」「やむごとなかるべき手」「折にあひたる手」などと顕著にみえる「手」が、奏法と同時に曲の謂でもあるのはそのためである。宇津保物語で犬宮への伝授に一年を要したのも、四季折々、時刻ごと、天候ごとに厳密に定まっている「跡」を伝習し習熟するには最低一年を要するからで、むしろその短期間での習得に驚くべきなのであろう。「跡」を知悉し、それに従って演奏しなければならぬというわづらわしさゆえに琴の格はいよいよ高く、その条件を満たした演奏に天地自然が感応して奇瑞をあらわし、功徳を得ると信じられたのであろう。

一方、和琴にはその「跡」がない。「跡」のないところに和琴の難しさがある。(ロ)は源氏が女楽で和琴を担当する紫上をひそかに気づかうところである。というのは「和琴こそ、いくばくならぬ調べなれど、跡定まりたることなくて」とあるように和琴には確とした奏法の規定がなく、調絃も奏法もすべて個々人の裁量にまかされるからである。絃の数もすくない和琴は単に音を出して弾くだけならば誰にでもできる。しかしその誰にでも容易に弾ける楽器で、人に異なる音を響かし、きわだった演奏をするのは容易なことではない。ましてや他の楽器、なかでも「跡」の定まった琴と合奏するにはよほどの修練と個性、そして瞬間的な判断力を要する。規定がないだけにかえって奏者の力量が如実に現れ、ややもすれば他の楽器に引きずられてしまうことが多いのである。源氏が「乱るることもや」と気づかったのはそのためであった。つまり和琴は、定められた規定のなかに個性を響かせる琴とはちがって、演奏以前の奏者の個性に大きく作用され、その美意識を直接に反映する。琴をクラシックというなら和琴はモダンである。モダンであるから和琴では奏者の個性が重んじられ、美意識が問われる。モダンはまず自己の確立なくしてはなりたたないからである。自由であるがゆえの不自由といえよう。

そうした和琴の特性をよく示しているのが紫上の演奏であり、柏木の演奏である。

(ハ)和琴に、大将も耳とどめたまへるに、なつかしく愛敬《ぎやう》づきたる御爪《つま》音に、搔き返したる音の、めづらしく今めきて、さらに、このわざとある上手どもの、おどろおどろしく搔き立てたる調べ調子に劣らずにぎははしく、大和《やまと》琴にもかかる手ありけり、と聞き驚かる。深き御労のほどあらはに聞こえておもしろきに、大殿御心落ちゐて、いとあり難く思ひきこえたまふ。(若菜下)

(ニ)「和琴は、かの大臣ばかりこそ、かく、をりにつけてこしらへなびかしたる音など、心にまかせて搔き立てたまへるは、いとことにものしたまへ。をさをさ際離れぬものにはべめるを、

いとかしこく整ひてこそはべりつれ」とめできこえたまふ。（同）

いずれも女楽での紫上の演奏である。「大和琴にもかかる手ありけり」とは最大級の讃辞である。それを夕霧はあらためて口に出して「をさをさ際離れぬものにはべめるを、いとかしこく整ひてこそはべりつれ」と讃めたたえている。紫上の和琴は琴・箏・琵琶の爪音撥音《ばち》にもうち消されず、かえって「なつかしく愛敬づき」「めづらしく今めき」「にぎははしく」響いてその個性を際だたせた。源氏は気づかいから夕霧は恋慕の情から和琴に注目していたのであるが、当代の名手頭中將にまさる、他に類をみない自在な演奏に二人ながら驚嘆するばかりであった。そうした演奏を可能とする紫上の美意識にうたれ、あらためて敬慕の念を深めたのである。

(ホ)とりどりに奉る中に、和琴は、かの大臣の第一に秘したまひける御琴なり。さる物の上手の、心をとどめて弾き馴らしたまへる音いと並びなきを、他人は掻き立てにくくしたまへば、衛門督のかたく辞《いな》ぶるを責めたまへば、げにいとおもしろく、をさをさ劣るまじく弾く。何ごとも、上手の嗣といひながら、かくしもえ継がぬわざぞかし、と心にくくあはれに人々思す。調べに従ひて跡ある手ども、定まれる唐土の伝へどもは、なかなか尋ね知るべき方あらはなるを、心にまかせて、ただ掻き合はせたるすが掻きに、よろづの物の音調へられたるは、妙におもしろく、あやしきまで響く。父大臣は、琴の緒もいと緩《ゆる》に張りて、いたう下して調べ、響き多く合はせてぞ掻き鳴らしたまふ。これは、いとわららかに上る音の、なつかしく愛敬

づきたるを、いとかうしもは聞こえざりしを、と親王《みこ》たちも驚きたまふ。（若菜上）

㈭は柏木の光源氏四十賀での演奏だが、それ以前の演奏とはまるでちがう。まだ弱輩の篝火巻では「げにかの父大臣の御爪音に、をさをさ劣らず、華やかにおもしろし」と、父の水準に追いついた点を評価されたのであったが、この四十の賀では一変して父とは異なる独自の美をうちたてている。そのあざやかな成長振りに並み居る親王たち上達部が「調べに従ひて跡ある手ども、定まれる唐土の伝へどもは、なかなか尋ね知るべき方あらはなるを」と、「跡」の定められている琴よりも弾き手の美意識を第一に映し出す和琴のほうが難しいのによくぞこれまで、と父の手になじんだ名器にも憶せず、個性を主張した柏木に感嘆を惜しまない。新しい世代による新しい美の誕生である。ここに柏木は女三宮を恋うるにふさわしい男君として据え直されたのである。

このように柏木も紫上も、頭中將とはまったく異なる音を響かせた点を讃えられている。頭中將の和琴は「今めかしさ」はともかく、中將自身の「もののし」き本性とは相容れない面を残していたが、「わららかに」「なつかしく愛敬づく」柏木の演奏、「なつかしく愛敬づき」「にぎはしし」い紫上の演奏は、和琴の特性を十分に引き出し、その魅力をあますところなく発揮させている。頭中將の和琴は、源氏との対抗上、急拠絵合巻で設定されたようで、それは伝来の名作を所蔵する王氏対斬新な意匠をかざす藤氏、という図式に源氏の琴、頭中將の和琴を対応させるという物語の要請からなされたと思われるが、源氏を別格としての第一人者であって、政権の帰趨《すう》を象徴したものにすぎなかった。ところが第二部になって和琴の演奏自体が大きく取り上げられるようになると、柏木や紫上は頭中將を凌駕する、別種の、個性的な美を披露している。ここに至って和琴は新しい意味を負ったといえよう。和琴は「跡」ある琴とは別種の、個性の自在な飛翔を多とする新しい美意識を象徴する楽器となったのである。それは源氏の王権に翳りがみえた時期であった。

六　虚構観の呈示

音楽が人の心をもっともよく反映する、きわめて人間的な芸術であるとはあまりにも当然すぎるようだが、宇津保物語にあっては必ずしもそうではなかった。宇津保物語の中心は舶来の秘琴秘曲信仰である。帝も権力者も招来された琴の威力の前には跪く。仲忠は琴さえ弾けばあて宮を得ることなどたやすかったが、そうしなかったのは自分には琴の家を樹立する使命があったからだとうそぶいている。しかし仲忠の樹立した琴の家は、源氏物語では「物の師」と呼ばれ一段低くみられていて、型にはまった巧みなだけの芸よりは「家の子」の上品さ洒脱さがもてはやされている。人間性の反映を高く評価する源氏物語では、音楽も秘琴中心の音楽から個性重視の音楽へと変っているのである。

そうした紫式部の思想を端的にあらわしているのが源氏物語に奇瑞がないという点である。宇津保物語の俊蔭、その娘、孫の仲忠、曾孫の犬宮が琴を弾くときには雨や雪を降らせ、山を崩し地を割り、天人を降下させるのをはじめとして、狭衣大将の笛、夜の寝覚の中君の箏、有明の別れの男君の笛は天地鬼神を感応せしめて瑞祥を現し天人を降下させている。記録伝承の類にも卓越した演奏が瓦を割り天地を騒がし異類を出現させたとある。物語は奇瑞を取り入れて主人公に超絶性を与えた。しかし源氏物語には奇瑞は一例としてみえない。源氏物語は奇瑞を拒否して物語を人間の世に枠づけた。それは物語はあくまでもありのままの人間の生を描くべきだとする式部の明確な意思によるといってよいだろう。蛍巻で紫上が「うつほの藤原君のむすめこそ、いと重りかにはかばかしき人にて、過ちなかめれど、すくよかに言ひ出でたる、しわざも女しきところなかめるぞ一様なめる」と、あて宮には暖かい血の通った女性らしさがないと批判しているのもそのあたりに根ざしていると思われる。

源氏物語の音楽は、その世界は日常性の枠を出ることがない。「国文学」昭和六〇年七月号の対談で中上健次・藤井貞和の両氏は、宇津保物語の音の暴力、物自体への興味を高く評価し、源氏物語の音楽は筋のなかにはまり込みすぎていわゆる物語性を失ったと語っておられる。しかしそれこそが源氏物語のねらいではなかったか。お二人が達成ゆえの弱さと説かれる、その日常性のなかに人間を描こうとして、紫式部は奇瑞を峻拒し、宇津保物語を批判し、奏法の自由さ、個性の直截的な反映という点ではるかに人間性に根ざす和琴を大きく取り上げたのである。その時期は源氏が栄華に達した後の内面を描く時点であった。

源氏物語における琴から和琴への展開は単なる音楽の問題にとどまらない。それは文化的な意味での美意識の創造であり、[注]式部の虚構観の呈示である。若菜下巻で光源氏が語る琴習得の過程は、式部が源氏の口を借りて、自身の物語創作の過程、すなわち宇津保物語受容の日々を経て試行錯誤を繰り返しながら、未踏の道をただ一人歩んで独自の美意識、虚構観を見出だすにいたった体験を述べていると思われる。その発現は音楽に対する意識や理念を鋭角化し、素材としての音楽の用い方を変え、楽の音の表現に一定の法則を与え物語構築の方法とした。それはまさしく表現の洗練や方法の習熟といってかたづけられる程度のものではなく、宇津保物語を超えてはるかな高みへ飛翔していった、というしかない変化であった。それらを具体的に詳述する前に、この章では、源氏物語の裡に深く測鉛を下ろしてその過程をさぐってみた。

注

その点で和琴は仮名に似ている。「よろづの事、昔には劣りざまに、浅くなりゆく世の末なれど、仮名のみなむ今の世はいと際なくなりにたる」（梅枝）というように、仮名も「跡」がなく、型にはまらぬ自由な乱れ書きこそ美しいと考えられている。琴と和琴、漢字と仮名、才と大和魂は中国文化に対する国風文化にあたり、国風文化の見直しという風潮もあずかっていただろう。しかしそれらを一括して芸術における人間性の復権というにはすこし無理があると思う。

Ⅳ　宴遊

一　音楽記述の型

それでは源氏物語で音楽はどのように描かれているのだろうか。源氏物語には楽の音の響かない巻はない、といってよいほどに音楽に関わる記述が多く、演奏一回を一例としても二百ケ所を越える[注]。そうした多量の記述はおのおの分立しているのであろうか。関連しているのであろうか。

まず、宇治十帖へ入る前に置かれた紅梅・竹河巻で考えてみよう。

「月ごろ何となくもの騒がしきほどに、御琴の音をだにうけたまはらで久しうなりはべりにけり。西の方にはべる人は、琵琶を心に入れてはべる。さも、まねび取りつべくやおぼえはべらむ。なまかたほにしたるに、聞きにくき物の音がらなり。同じくは御心とどめて教へさせたまへ。翁は、とりたてて習ふ物はべらざりしかど、その昔さかりなりし世に遊びはべりし力にや、聞き知るばかりのわきまへは、何ごとにもいとつきなうはは べらざりしを、うちとけてもあそばさねど、時々うけたまはる御琵琶の音なむ昔おぼえはべる。故六条院の御伝へにて、右大臣なん、このごろ世に残りたまへる。源中納言、兵部卿宮、何ごとも昔の人に劣るまじういと契りことにものしたまふ人々にて、遊びの方はとり分きて心とどめたまへるを、手づかひすこしなよびたる撥音などなん、大臣には及びたまはずと思ひたまふるを、この御琴の音こそ、いとよくおぼえたまへれ、琵琶は押手《おして》しづやかなるをよきにするものなるに、柱《じう》さすほど、撥音《ばちおと》のさま変はりて、なまめかしう聞こえたるなむ、女の御ことにて、なかなかをかしかりける。いで遊ばさむや。御琴まゐれ」とのたまふ。（紅梅）

紅梅巻は宮の御方をめぐる物語である。宮の御方は、光源氏の弟蛍兵部卿宮と真木柱の間の娘で、蛍宮の死後、真木柱は柏木の弟の紅梅大納言と再婚している。ここは宮の御方への紅梅大納言の恋情を音楽をもって描いたところである。紅梅大納言は継子の宮の御方の「あてにをかしき」声や気配に、自慢に思っているわが娘たちもこの方には「えしもまさらずにやあらむ」と感じて、「いづれも分かず親がりたまへど、御容貌《かたち》を見ばやとゆかしう」思っていた。この日は常々耳にしている宮の御方の琵琶を話題にして接近を図っている。叙述をたどっていくと、大納言の接近はなかなか巧妙である。まず娘を指導してほしいときわめて親めいて語り、その中に御方への讃辞を織り込んでいく。娘の指導をお願いするのはあなたがすぐれた技倆の持ち主だからです、名手の光源氏の手筋は今では夕霧に伝わっているだけで、当代の若手で最も優れている匂宮や薫でさえ撥さばきが「なよび」ていてとうてい夕霧には及びません。それなのにあなたの撥音は光源氏によく似ていらっしゃると言って讃める。光源氏に似通うとは最大の讃辞だが故のないことではない。宮の御方の父、蛍宮は光源氏が主宰する宴遊で常に琵琶を受け持っており、そのころの琵琶の第一人者と認められていた。その蛍宮は、源氏が琴や琵琶に超絶した才を発揮したと故父院から伺ったと絵合巻で語っているから、宮も源氏も桐壺院から伝授を受けたと考えられる。したがって宮の御方の撥音が光源氏に似通っているとしても不思議ではない。ここで大納言はただ讃めているだけではない。琵琶論を始めた大納言のたくらみはもっと深い。それは「その昔さかりなりし世に遊びはべりし力にや、聞き知るばかりのわきまへは」と語るところにある。この言葉には光輝く盛りの世に宴遊に召され、その席に連なった誇りと自己宣伝の響きが籠っている。紅梅大納言が物語に登場するのは賢木巻の頭中将の負け態の宴で、子供らしいかわいい声で高砂を謡って源氏たちに愛でられて以来、美声の持ち主として描かれ、宴遊では常に謡と拍子を担当している。その大納言が蛍宮の撥音を知らぬはずがない。大納言はわたしはあなたの父上と同じ宴に連なり、その撥音をよく覚えていますよ、音楽を通じてわたしたちはよく理解しあえるはずです、と懐柔しているのである。

この紅梅大納言の言動は常夏巻の光源氏を思い出させる。大納言は琵琶を論じ宮の御方との接近を図っているが、源氏は和琴で玉鬘の気を惹こうとする。

「その中にも親としつべき御手より弾き取りたまへらむは心ことなりなむかし。ここになども、さるべからむ折にはものしたまひなむを、この琴に、手惜しまずなど、あきらかに掻き鳴らしたまはむことや難からむ。物の上手は、いづれの道も心やすからずのみぞあめる。さりともつひには聞きたまひてむかし」とて、調べすこし弾きたまふ。ことつひといと二なく、今めかしくをかし。「これにもまされる音や出づらむ」と、親の御ゆかしさたち添ひて、この事にてさへ「いかならむ世に、さてうちとけ弾きたまはむを聞かむ」など思ひ居たまへり。

（常夏）

ここの「親」は第一人者の意と玉鬘の実父の意で、光源氏はあなたの父上は和琴の名手ですよと讃め、「親としつべき御手より弾き取りたまへらむ」「つひには聞きたまひてむかし」といって、いずれ親子の名のりをさせてあげようといっているのである。源氏がこのようなことをいいだしたのは、玉鬘の室でよく調絃された和琴に気づいたからである。あなたにはこのような素養がないと思ってこれまで失礼しておりましたよと言って和琴論をはじめ、実父に関わる話題に玉鬘が興味を持ったと見るや、小曲をすこし弾いてみる。その「二なくいまめかしき」爪音に玉鬘は「これにもまされる音や出づらむ」と父を恋い、わづかな音も聞きのがすまいと演奏に引き入れられていき、「この御ことによりぞ、近くゐざり寄」る。これまで玉鬘は光源氏の甘いささやきにも耳をかさず、「心うく」思っていた。しかしこの日を境にして源氏の方に急速にうち寄っていき、ついには和琴を枕に添い臥すようになる。光源氏は調律された和琴に玉鬘の音楽への愛を認め、和琴を演奏することによって玉鬘の心にひそむ父への渇望を突いてその心を溶かしたのである。頭中将を和琴の第一人者といって卑下しているのが故意であることはいうまでもない。紅梅大納言の言動はこの光源氏の口調とねらいにみごとに重なる。紅梅巻は、養父が音楽、それも実の父の演奏を話題にして継娘の心をわがほうへ誘おうとする点で常夏巻を思わせるのである。

紅梅巻に続く竹河巻は玉鬘《かずら》の大君《おおいぎみ》をめぐる物語であるが、その音楽記述のありかたはやはり第一部の記述を想起させる。

七月より孕《はら》みたまひにけり。うち悩みたまへるさま、げに、人のさまざまに聞こえわづらはすもことわりぞかし。いかでかはかからむ人をなのめに見聞き過ぐしてはやまむ、とぞおぼゆる。明け暮れ御遊びをせさせたまひつつ、侍従もけ近う召し入るれば、御琴の音などは聞きたまふ。かの梅が枝に合はせたりし中将のおもとの和琴《わごん》も、常に召して弾かせたまへば、聞き合はするにもただにはおぼえざりけり。(竹河)

玉鬘の大君は美貌の誉《ほまれ》高く、貴公子たちの心を尽くさせていたが、特に夕霧と雲居雁の息子の蔵人の少将は熱心で、薫も無関心ではいられない。こうした貴公子たちの思慕にもかかわらず、大君は冷泉院の後宮に入る。ここは薫が、冷泉院の女御となり懐胎した大君の爪音《つまおと》を明け暮れの御遊に聞いて今さらの想いを抱くと語るところだが、この場面は若紫巻で帝と藤壺の御前で演奏する光源氏の懊悩を思わせる。

七月になりてぞ参りたまひける。（中略）すこしふくらかになりたまひて、うちなやみ面瘠《おもや》せたまへる、はた、げに似るものなくめでたし。例の明け暮れこなたにのみおはしまして、御遊びもやうやうをかしき空なれば、源氏の君もいとまなく召しまつはしつつ、御琴、笛など、さまざまに仕うまつらせたまふ。いみじうつつみたまへど、忍びがたき気色の漏り出づる折々、宮もさすがなる事どもを多くおぼしつづけけり。（若紫）

こうして並べてみると、先ず七月と宴遊の季節を述べ、ついで悪阻に悩む女御の美しさに触れ、その御前での御遊に召されて動揺する貴公子の恋情を語る、という構成まで酷似している。しかし源氏と藤壺が既に罪を犯し、その結果としての懐孕に恐懼《く》しているのに対して、竹河巻では薫の一方的な想いが女御の爪音に接してあらたに蘇ったと述べて事件の発生を予感させる。この場に中将のおもとの和琴を点描しているのも過往と重ね合わせて薫の喪失感を深め、今さらの恋情を掻き立てるためであろう。

以後、玉鬘の大君をめぐる恋は、光源氏の藤壺への想いに擬してそれをなぞるかのように語られていく。続く踏歌《とうか》のくだりは紅葉賀の試楽を思わせる。

十四日の月はなやかに曇りなきに、御前より出でて冷泉院に参る。女御も、この御息所《みやすんどころ》も、上に御局して見たまふ。（中略）内裏《うち》の御前よりも、この院をばいと恥づかしうことに思ひきこえて、皆人用意を加ふる中にも、蔵人《くろうど》少将は、見たまふらむかしと思ひやりて、静心なし。にほひもなく見苦しき綿花をかざす人からに見分かれて、さまも声もいとをかしくぞありける。竹河うたひて、御階《みはし》のもとに踏み寄るほど、過ぎにし夜のはかなかりし遊びも思ひ出でられければ、ひが事もしつべくて涙ぐみけり。后の宮の御方に参れば、上もそなたに渡らせたまひて御覧ず。月は、夜深うなるままに昼よりもはしたなう澄みのぼりて、いかに見たまふらむかしとのみおぼゆれば、踏むそらもなうただよひ歩きて、盃も、さして独りをのみ咎めらるるは面目なくなむ。（竹河）

ここで踏歌を舞う蔵人少将は、紅葉賀で青海波を舞う光源氏に重なる。少将の女御への一途な想いは衆目の知るところで、群を抜いて見事であった舞も少将個人は「見たまふらむかし」「いかに見たまふらむ」と女御の目にどう映るかと緊張するあまり「ひが事もしつべくて」と思い出に呪縛されたようになって涙をとどめられない。一方、右の歌頭《かとう》をつとめた薫は冷泉院に参ってそれとなく少将の舞姿を話題にして憂悶の情を示し、事情を知る女房に同情されている。第一部の紅葉賀では光源氏が試楽の翌日「いかに御覧じけむ」と藤壺に消息して恋情を訴えているが、ここでは少将が舞い、薫が恋情を吐露している。同じく思慕する女人の前で舞う設定でありながら、緊張しきった少将の舞は神々しいまでの源氏の舞とは比べるべくもないし、女御の爪音に「なほ心とまる」薫の恋も「かやうなる折多かれど、おのづから気遠《けどお》からず、乱れたまふ方なく、馴れ馴れしうなどは恨みかけねど、折々につけて思ふ心の違《たが》へる嘆かしさをかすむるも、いかが思しけん、知らずかし」と余韻を残して終ってしまう。玉鬘大君をめぐる恋は光源氏の藤壺への想いに擬しながらまるでちがっている。渦中の恋と喪失した恋との相違ではない。喪失から激情へと走ることは十分考えられる。しかしながら薫も蔵人少将も光源氏や柏木のようには突き進まない。宮の御方への紅梅大納言の恋もいっこうに進展しない。紅梅巻や竹河巻の恋は第一部を思わせながらけっして第一部のようには進展しない。事件や状況は停滞したままで、ただただ雅な王朝絵巻がどこかアンニュイに次から次へと示されるだけなのである。

こうした類似をどう考えればよいのであろうか。紅梅、竹河巻は古来別筆とも考えられているから、源氏物語を読んだ誰かが第一部を模倣し踏襲したとも考えられる。けれども音楽を用いた恋の様相は相似していても、その恋が描き出す状況はまるでちがっている。すべてが停滞しているこの二帖はそれこそ「光かくれにし後」の世の状況にふさわしい。民俗学に話型という用語がある。状況設定が同じでありながら全くちがった状況が出現していること、この二帖以外にも同様な記述が多くみえることを思えば、音楽記述にも型があると考えたほうがよい。源氏物語における音楽記述の類似は模倣ではなく、いくつかの範型があってそのバリエーションでさまざまな事態を綴っていく、そうした意図的な方法と考えたほうが自然であろう。

源氏物語の音楽記述は(イ)人物の楽才、(ロ)宴遊、(ハ)奏法の伝授、(ニ)男女の交情、(ホ)孤愁の一人琴、の五つの型に分類できる。ここで述べた光源氏と玉鬘、紅梅大納言と宮の御方の場合は(ニ)に分類され、光源氏と藤壺、薫・蔵人少将と玉鬘の大君の場合は(ロ)に分類される。源氏物語はこの五つの型をすべて網羅しており、その実に八割を占めているのが(ロ)の宴遊である。ここでは源氏物語の宴遊が何を意味しているのかを考えていこう。

二　宴遊の二面性

物語における宴遊は、それが華麗盛大であればあるほど主人公のめでたさをいやまし、理想性を高める。ところが源氏物語にあっては宴遊の記述自体が多分に政治的な意味を含んでいる。つぎに挙げた三例は源氏物語に登場する三人の院の譲位後の生活を語るところである。

(1)をりふしにしたがひては御遊びなどを好ましう世の響くばかりにせさせたまひつつ、今の御有様しもめでたし。(葵)

(2)院はのどやかにおぼしなりて、時々につけてをかしき御遊びなど好ましげにておはします。(澪標)

(3)中宮ぞ、なかなか罷でたまふこともいと難うなりてただ人の仲のやうに並びおはしますに、

今めかしう、なかなか昔よりも華やかに御遊びをもしたまふ。（鈴虫）

(1)は桐壺院、(2)は朱雀《すざく》院、(3)は冷泉《れいぜい》院で、いずれも帝位にある時には思いのままにも行えなかった宴遊を、今では四季折々にしたがって心ゆくまでなさる、と語りながら、宴遊のなさりかた、人々の参会の次第にそれぞれの院の政治的な位置がおのずと透けて見える。「好ましう世の響くばかり」になさる桐壺院や「今めかしう、なかなか昔よりも華やかに」なさる冷泉院と、「好ましげに」なさるだけの朱雀院とでは権勢の程があきらかに異なる。紫式部はほんの一刷毛で桐壺院と冷泉院が譲位してからも発言力を保持していること、それに対して朱雀院は勢力を失っていること、桐壺院の皇統を継ぐのは冷泉院であることを語っているのである。

宴遊が政治的な位置をあらわすのは臣下の場合でも同じである。少女《おとめ》巻で内大臣は「大殿もかやうの御遊びに心とどめたまひて、いそがしき御政どもをばのがれたまふなりけり。げに、あぢきなき世に、心のゆくわざをしてこそ、過ぐしはべりなまほしけれ」と、光源氏が宴遊にばかり熱中して、政治の煩瑣《はんさ》な実務は私に押しつけて見向きもしないと不満をもらしている。内大臣が嘆くのは宴遊にふけることを理想的な生活と考えているからだが、後宮争いで源氏に敗れた内大臣はこう嘆いて源氏の権勢の絶大さを羨み、一歩後を歩まざるをえない無念を嚙み締めているのである。ところが、当の光源氏はつぎつぎと繰り拡げるおのが盛大な宴遊を「私ざまのはかなき遊び」といってはばからない。贅を尽くし趣向を凝らし、親王《みこ》たち上達部《かんだちめ》が争って集《つど》う宴遊ははかないどころではない。それを「はかなし」と語るところに光源氏の権力と栄華のさまがおのずと示されている。光源氏と内大臣、両者の差ははかりもなく大きいのである。

一方、非難の対象となる宴遊もある。桐壺巻で弘徽殿女御《こきでんにょうご》は「久しく上の御局にも参う上りたまはず」というから帝のお召しにも参上しないのだろうが、桐壺更衣の哀惜に日を送る帝にこれみよがしに「夜更くるまで遊び」をしているし、賢木巻の光源氏は桐壺院崩御後に起った政界の急変に出仕もせず、韻塞《ふた》ぎや碁、糸竹の宴にふけっている。弘徽殿女御の遊びは東宮生母たりうべき誇りを傷つけられた女心の抗議であり、源氏のそれは時流に随順するを潔しとせぬ示威である。こうした世に許容されない宴遊は時勢をおもしろく思わぬ意思表示にほかならない。後盾のある女御はともかく、源氏には「わづらはしきことどもやうやう言ひ出づる人々」が出てきて批判が表面化していき、須磨退隠へとつながっていく。男性官人や社会的地位のある女性の動静は衆目の注視するところだから、たとえ私邸での興にまかせた宴であってもそれ自体が社会的な性格を負ってしまう。紫式部はその宴遊をもって物語の政治状況を表しているのである。

しかし、物語の宴遊は単に政治の趨勢だけを物語っているのではない。

月のいとはなやかにさし出でたるに、今宵は十五夜なりけり、と思し出でて、殿上《てんじょう》の御遊び恋しく、所々ながめたまふらむかしと、思ひやりたまふにつけても、月の顔のみまもられたまふ。「二千里の外、故人の心」と誦じたまへる、例の涙もとどめられず。入道の宮の、

「霧や隔つる」と宣はせしほどいはむ方なく恋しく、折々の事思ひ出でたまふに、よよと泣かれたまふ。「夜更けはべりぬ」と聞こゆれど、なほ入りたまはず。

見るほどぞしばし慰むめぐりあはむ月の都は遥かなれども

その夜、上のいとなつかしう昔物語などしたまひし御さまの、院に似たてまつりたまへりしも、恋しく思ひ出できこえたまひて、「恩賜の御衣《ぎょい》は今ここに在り」と誦《ずん》じつつ入りたまひぬ。御衣《おんぞ》はまことに身をはなたず、傍らに置きたまへり。（須磨）

この場面は流謫《るたく》の地における源氏の悲哀を描いてかぎりなく美しい。はなやかにさし出た月光を浴びて源氏は今宵は八月十五夜であったのだとはじめて気づき、今ごろ、都では月の宴が行われているだろう、もう御遊びが始まっていることだろう、と殿上の御遊びに参加できない我が身を悲しむ。これこそは糸竹の宴に寧日なかった王朝貴族の生活感覚そのものであったろう。いうまでもなくこの場合の生活感覚は政治感覚でもある。都を恋うとは都の政界に身の置き所とてない現実の確認にほかならない、募る孤愁の思いは、都の愛する人々に、なかでも藤壺にと移り、そこからさらに一昨年の九月二十日へと回帰していく。その日も月が美しく、藤壺の退出に奉仕するために参内《だい》した源氏は、まず兄帝と昔今の物語をした後に藤壺に参る。そこでも月が美しく輝いていたが、先程の帝にとっては「遊びなどもせまほしき」と興をそそった月も、藤壺と源氏にとっては、「昔かうやうなる折は御遊びせさせたまひて、今めかしうもてなさせたまひし」と桐壺院在世当時の幸いを思い出させるよすがで、「同じ御垣《み》の内ながら、変れること多く悲し」と嘆きをあらたにする悲愁の因となったのであった。都を遠く離れた須磨の地で源氏が追慕しているのは、直接的には朱雀院や藤壺であるが、実は、故院に似ておられる兄帝や后の藤壺を通して、故院在世当時の、人々に褒めそやされ、大切にかしづかれた折の宴遊をなつかしんでいるのである。ここに描かれているのは政治的敗残者の姿である。しかし、物語はその敗者の寂寞を、身を嚙む悲嘆を、往時の華やかな宴遊を追慕し、うって変った現在の境遇に涙する高貴な姿として描き、白楽天や菅原道真の詩句で彩りながら情趣の世界へと昇華しているのである。

以後も往時の宴遊を追慕する光源氏の姿は美しくかたどられていく。年が改まり春となっては「南殿の桜盛りになりぬらむ、一年の花の宴に、院の御気色、内裏の上のいときよらになまめいて、わが作れる句を誦じたまひし」と花宴を思い出し、夏に明石に移って久しぶりに琴を手にするともう、「折々の御遊び、その人かの人の琴笛、もしは声の出でしさま、時々につけて世にめでられたまひしありさま、帝よりはじめたてまつりて、もてかしづきあがめたてまつりたまひしを」と、思いは過ぎし日の宴遊にかえっていく。このように御前の御遊びに参席しえない境遇を嘆くのは賢木巻で時の権力者に許容されない遊びにふけっていたのとパラレルでいずれも光源氏の不遇と苦衷の時代を宴遊によって語っているといえよう。しかもそうした源氏の姿はたとえようもなく美しく、それゆえに流竄《るざん》の悲しみはいっそう胸にせまる。

つまり源氏物語は宴遊の二面性を巧みに生かしているのである。当時の史書や日記には儀式や宴遊に誰それが出席し、どの楽器を担当し、何を舞ったと詳述しているように、王朝貴族にとって宴遊は社交生活であり、公的生活であった。こうした政治性と同時に宴遊はそれ自体が優美で心たのしく晴れやかな性格をもっている。紫式部が宴遊の政治性を語って物語に現実性を付与し、同時に宴遊を描写することによって優美このうえない世界を現出させたのはいうまでもない。その最たるものが過往の幸いを追慕するという悲哀美の創始である。よく説かれることだが、源氏と頭中将との政権争いの様相は、絵合せという、いとも雅びな手法で語られている。現実性と優美さを合わせもつ宴遊の役割もまた同じである。先に須磨流謫《たく》の源氏について述べたが、源氏の非在を朱雀帝は御遊の際に「その人のなきこそいとさうざうしけれ」と思いやり、召還後の対面でも「遊びなどもせず、昔聞きしものの音なども聞かで久しうなりにけるかな」と、宴遊にあなたを欠いて寂しかったと語っているが、これは宴遊にことよせての謝罪である。朱雀帝は政治的な挨拶を宴遊を以てしているのである。源氏物語では政治の趨勢《すうせい》を露骨な説明などでは述べずに、華麗な宴遊をもって、あくまでも文学的に表現しようとする。宴遊は作中の現実を支える政治情勢の表象であっても、文学的な美的形象として意を注いで描出されているのである。

三　六条院に御遊びなどなき年

ところが、藤裏葉巻の大団円のあと、若菜巻以降の第二部では当然あってしかるべきはずの宴遊がおこなわれないと語られる。

七夜は内裏《うち》より、それもおほやけざまなり。致仕《ちじ》の大臣《おとど》など、心ことに仕うまつりたまふべきに、このごろは、何ごとも思されで、おほぞうの御とぶらひのみぞありける。宮たち上達部《かんだちめ》などあまた参りたまふ。おほかたのけしきも、世になきまでかしづききこえたまへど、大殿の、御心の中に心苦しと思すことありて、いたうもてはやしきこえたまはず。御遊びなどはなかりけり。（柏木）

これは薫七夜の産養《うぶやしない》である。産養とは子供の誕生を祝い、産婦をいたわる儀式であるが、なぜ、ここで「御遊びなどはなかりけり」とことさらにいうのであろうか。光源氏の「心苦し」き内奥を語るのであれば「いたうもてはやしきこえたまはず」だけで十分に意を尽くす。そのうえに「御遊びなどはなかりけり」と続けるのは、儀式に続く御遊のなさに特に意味を込めてのことと考えられる。玉上琢弥博士はこの一文に注目されて、「驚くべきことに御遊びなどはなかりけり。人々はどう思ったであろうか。」（『源氏物語評釈八』）と、御遊のなさを世の人々が驚愕しいぶかしんだであろうと解しておられる。前節で述べたように宴遊は主催者の政治的な位置を示すのであるから、これはたしかに重大事である。けれども光源氏ともあろう者が不審がられるような事態を自ら招いて、黙って手を拱いているであろうか。文脈からは博士のようには読めない。博士の読みに従うならば、「おほかたのけしきも、世になきまでかしづききこえたまへど」と「いたうももてはやしきこえたまはず」が一致しなければならない。しかしながらこの二句は明らかに矛盾する。ここは源氏物語によくある表向きの行為と私的な感情の相克を語っているのである。「おほかたのけしき」は産養の儀式や参会の人々への饗応で、それに遺漏はない。けれどもそうした表向きの行為とは逆に内心は「いたうももてはやしきこえたまはず」だったといっているのである。その内面の象徴が「御遊びなどはなかりけり」であった。源氏の内面が外面にあらわれていないのはここに気力の失せた頭中将の姿を語っていることからもわかる。頭中将は今は致仕の大臣となっているが、その性質からいっても地位からいっても誰よりも「心ことに仕うまつるべき」であるのに、柏木の病を憂慮するあまりに「おほざうの御とぶらひ」でしかなかったといえう。産養の儀に触れるまえにこう語るのは、この産養が全き祝いの雰囲気を欠いていたこと、異例な事態を敏感に感じ取るだけの余裕が頭中将になかったことの状況説明である。まして他の人々が疑念を抱くはずもない。人々は御遊のなさを光源氏の心中にむすびつけては考えずに、柏木の病や産褥《じょく》の女三宮への心づかいから源氏がはでやかさを避けたのであろうと推測した、と言外に語っているのである。

人々がそう考えたのは、この時、既につぎのような通念が形成されていたからである。

おほかたの人は、なほ例ならず悩みわたりて、院に、はた、御遊びなどなき午なれば、との

み思ひわたる。（若菜下）

これは柏木の六条院不参に対する人々の解釈である。女三宮との密通が源氏に露顕したと知った時から柏木が六条院に参ることはふっつりと絶え、光源氏もそれを咎めようとはしない。源氏は内心これまであれほど目をかけていたのに人々が怪しまないかと危惧《ぐ》したが、案ずるまでもなく、おほかたの人は、柏木も病がちで臥っていることだし、六条院にも宴遊のない年だから、と思い続けていたというのである。「思ひわたる」とは、時に誰かが不審を抱くことがあっても、そのつど打ち消し打ち消しして、ついには世の中一般にこのような解釈が行われるようになった、ということであろう。人々は六条院の宴遊のなさに慣れきっていたのであった。源氏の内心の危惧とは関わりなく、世の中には源氏自身の権勢もあずかってか、都合のよい通念が形成されていた。光源氏の孤愁、王者の悲哀とさえいいうるこの状況がそのまま薫の産養を蔽《おお》っていたのである。しかもこの産養では、若菜下巻で世人の見る目を顧慮した時とはちがって、源氏に冷厳な計算が働いている。源氏は意図して宴遊を催さなかったのであるが、そうするに至った「心苦し」い内奥は人々の目から隠されている。「御遊びなどはなかりけり」は単なる政治情勢の示唆を超えて、

光源氏の冷厳とそれゆえの深淵を暗示しているといえよう。

それにしても、「六条院に御遊びなどなき年」という通念は不気味である。この通念をもたらしたのは延引に延引を重ねた朱雀院五十賀であった。朱雀院に女三宮が若菜を献じる賀宴は、計画時には光源氏の並ぶものなき勢威によって、世を響かす絢爛《けんらん》たる宴になるはずであった。正月二十日余りに催した女楽までは。艶に華やかに果てた女楽の翌々暁、紫上が突如発病して「御賀の響きもしづまり」、予断を許さない病状が続いて賀宴は無期延期となる。これに端を発して五十賀は二度、三度と延期を重ねていく。その次第は柏木と女三宮の事件の推移とないまぜるように語られていく。紫上が二条院に転地した後の人少なな六条院での密通、二人の怯え、紫上の仮死と蘇生が語られ、その後、紫上が小康をえた六月に女三宮の懐胎、源氏の真相発見、露顕を知った二人の恐懼《く》と病悩が続いて語られる。そして賀宴延引の叙述となる。

かくて、山の帝の御賀も延びて、秋とありしを、八月は、大将の御忌月《きづき》にて、楽所《がくしよ》のこと行ひたまはむに便なかるべし、九月は、院の大后の崩れたまひし月なれば、十月に、と思しまうくるを、姫宮いたく悩みたまへば、また延びぬ。（若菜下）

「秋とありしを」とあるので、賀宴は、紫上発病によって延期されていたのが、七月に予定されたのであろう。それが再度延期されたらしいがその理由の記述はない。紫上の病とする説もあるが、六月には小康を得ているのだから、露顕に恐懼して女三宮が体調を崩したためと考えたい。

さらに五十賀は忌月の重なり、女三宮の患いのために再再度の延期となる。この間に柏木に降嫁した女二宮に先を越されてしまう。女二宮の賀宴は降嫁した太政大臣家の威信を体して、「いかめしくこまかに、もののきよら、儀式を尽くし」た盛大なものであった。この時には柏木も病をおして出席し、栄え栄えしさを添えている。その響きを聞く光源氏はなすすべもなく、宮に苦衷を訴えて萎《い》縮させてしまい「参りたまはむことは、この月もかくて過ぎぬ」こととなって、状況はいよいよ悪化する。そうした事態を打開すべく、「十一月はみづからの忌月なり。年の終り、はた、いともの騒がし。また、いとどこの御姿も見苦しく、待ちみたまむをと思ひはべれど、さりとてさのみ延ぶべき事にやは」と判断して、賀宴を十二月十余日と定めて、まず試楽を行う。ほかでもないその試楽当日、柏木は満座のなかで源氏の酔いにことよせた皮肉を一身に浴びて、もはや起き上がることもできぬ重体に陥ってしまう。かくして賀宴はまた延びて、結局、開かれたのは年末の二十五日であった。

御賀は、二十五日になりにけり。かかる時のやむごとなき上達部の重くわづらひたまふに、親はらから、あまたの人々、さる高き御仲らひの嘆きしをれたまへるころほひにて、ものすさまじきやうなれど、次々にとどこほりつることだにあるを、さてだにやむまじき事なれば、いかでかは思しとどまらむ。（若菜下）

柏木が病み臥し、世の人々が憂慮を深めるなかで行われた賀宴は、表向きはどれほどめでたく行われようとも実質的には不首尾だったといってよいだろう。宴のさまはもはや一言も描写されない。これがほぼ一年にわたって延引に延引を重ねた朱雀院五十賀の結末であり、女三宮降嫁によって幕を開けた若菜上下巻の閉じめである。六条院の栄耀《よう》をきわめた宴遊は消失した。思うことなく華麗に繰り拡げられた宴遊は今は惨めな翳を引きずっており、光源氏の世界は暗渠《きょ》の底に沈みつつある。この賀宴がそのまま柏木巻の薫七夜の産養に直結しているのである。「六条院に御遊びなどなき年」という通念の上に立って意図的に宴遊を行わない光源氏の冷厳へ、暗澹たる深淵の底へと。

さらに宴遊の欠落は幻巻にまで及んでいく。六条院の管絃の音を止めたのは、柏木に先立って紫上であった。紫上が二条院に転地したあとの六条院は「御琴どもすさまじくてみなひき籠められ」「火を消ちたるやう」な寂寥が支配している。これらの語句は優艶華麗な女楽が示していた六条院の安寧と繁栄が破られた暗転をみごとに形象化している。ここに六条院の外面的な凋落《ちょう》が始まる。そして、四年の後、紫上がはかなく露と消え去った後は、光源氏が楽器を手にすることさえも絶えてしまう。

例の、宮たち上達部など、あまた参りたまへり。梅の花のわづかに気色《けしき》ばみはじめてをかしきを、御遊びなどもありぬべけれど、なほ今年までは物の音もむせびぬべき心地したまへば、時によりたるもの、うち誦じなどばかりぞせさせたまふ。（幻）

幻巻は四季折々の情趣をしめやかに綴っていきながら紫上を哀悼する巻であるが、三度も、例に変って御遊びがないと繰り返す。春の花の「をかしきにほひ」にも「御遊びもなく、例に変りたること多」くといい、秋の七夕にはやはり「例に変りたること多く、御遊びもしたまはで」と、源氏の悲傷のほどを語り、一周忌も過ぎた御仏名になっても「御遊びなどもありぬべけれど、なほ今年までは物の音もむせびぬべき心地したまへば」と、宴遊があってもよい折なのだが管絃の音などを聞けば亡き人を思い出して耐えられないだろうからと宴遊を行わない。行わないことによって源氏の悲嘆がどれほど大きなものであるかを示しているのである。

以上見てきたように、源氏物語の第二部には当然在るべきはずの宴遊が行えない、意図的に行わないと語る記述が集中している。省筆を巧みに用いる源氏物語にあって、ことさらに宴遊がなかったと記す意味は大きい。宴遊の中止を引き起こしたのは紫上の発病と柏木女三宮の密通で、この二つは第二部の要件である。宴遊の欠落は第二部の要件と軌を一にしている。一方は生命ともいえる伴侶の喪失、一方は昔日を想起させる不義の子の誕生、前者は内部からの崩壊、後者は外部からの侵犯である。紫上の発病から始まり、一年近くも延引を重ねて「六条院に御遊びなどなき年」という通念を生んだ後に漸く行われた朱雀院五十賀のあまりにも影のうすい宴、意図的に宴遊をおこなわない薫七夜の産養、紫上没後の空虚を語る幻巻、と宴遊のない時間が第二部を徐々に蔽っていく。それにつれて光源氏の苦悩と孤愁がよりいっそう濃く浮き彫りにされていく。

第二部で宴遊が語られるのは若菜上巻の光源氏四十賀と若菜下巻の住吉参詣、六条院の女楽、御法巻の法華経千部供養の精進落しであるが、これらも全き華やかさや六条院自体の栄耀を表しているわけではない。源氏の四十賀を主催し、盛大に祝うのは玉鬘《かずら》や夕霧であり、二昼夜に及ぶ住吉参詣も実は明石君一門の繁栄を示すにすぎず、すべてに女三宮降嫁によって波紋が投ぜられていて、源氏が久方ぶりに琴を調べる鈴虫宴も「あはれな」音しか出でこぬ「静かなりつる御遊び」であった。紫上の法華経千部供養の仏事はその最たるもので、荘厳な仏事は悲哀をいやまして、死をはっきりと自覚した紫上は、数ならぬ楽人、舞人にまで目を留めている。六条院の上空高く黒雲がひろがり、光源氏の胸は王者の悲哀に満ちている。六条院の輝かしい春はすっかり影を潜め、万物が冷え寂びる秋が訪れている。この第二部における宴遊の欠落は、第一部のような政界の極端な変動をあらわすのでないだけに、その傷はいっそう深い。第二部に見える個々の宴遊を連ねていくと一つの冷え寂びた世界が浮かびあがってくる。公的な宴遊のたびかさなる欠如は光源氏の内面の翳りと六条院世界の破綻を表し、凋落の階梯を象徴しているといえよう。

四　光源氏の生の軌跡

ところで、柏木は試楽の当日、光源氏から痛烈な皮肉を浴びせられて決定的な打撃を受けている。柏木はほかならぬ宴遊の場に引き据えられ、追い詰められたわけだが、なぜそんなことになったのか。宴遊は柏木を考えるうえでも興味深い問題を投げかけている。今度は宴遊を柏木の方から照射してみよう。

柏木とて試楽に進んで参ったのではない。あの運命的な祭りの日、わが胸のほむらを申し上げるだけでよいと思って参ったにもかかわらず、情熱にかられてしまった時から、柏木は「世にあらむことこそまばゆく」「恐ろしくそら恥づかしき心地して」「憚ぢはばかりて」六条院にも「え参るまじく」「内裏《うち》へも参ら」ぬありさまで、ひたすら世間をはばかって家にこもっていた。それに人々が疑念を持たなかったとは既に述べたとおりである。したがって試楽当日も、お召しにも参らなかったのだが、父の叱責と光源氏からの再度の督促にやむなく腰を上げたのである。源氏が督促したのは柏木が衆に抜きんでた楽才を持っていて、彼を欠く宴は「栄えなくさうざうし」かろうし、「人あやしとかたぶきぬ」べきことと予想されたからだという。とすれば柏木はほかならぬ己れの管絃の才によって追いつめられたことになる。皮肉といえば皮肉であるが、なぜそのようなことが起こったのであろうか。

柏木はそのように造型されていったのである。柏木に最初から管絃の才が付されていたわけではない。第一部での柏木は、実妹の玉鬘への懸想、近江の君の引き取りなど、いささか道化的な役割を振られていて、管絃の才を付されていたのはむしろ、一で述べた弟の紅梅大納言の方である。篝火の巻や梅枝巻の和琴や書蹟の技倆《りよう》も、夕霧の友として恥ずかしくない程度で、貴公子の才芸の域を出ていない。それなのに第二部に入って最初の宴遊で柏木は急に管絃の才にあふれた貴公子として登場する。前章で挙げた、玉鬘が源氏に若菜を献上した四十賀がそれであるが、ここで柏木の演奏を語る描写は驚くほど長い。光源氏の琴がわずか二行なのに柏木の和琴には十四行も割いている。一人の演奏の描写としては最大の量である。これに次ぐのは紅葉賀の光源氏の舞や明石巻の琴であるが、それでも八行である。長大な描写の女楽でも個人の演奏には三、四行を割くにとどまる。しかもこの宴遊は、朱雀院病悩のため楽人なども召さず、「忍びやかに」行われたという。この長大さは異様というしかない。わたしはここは柏木の据え直しだと思う。女三宮を恋う柏木の唐突な登場は不審がられているが、ここで改めて柏木に照明を当てて印象づけ、前途有為の貴公子として紹介しなおし、柏木物語の主人公たるにふさわしく据え直したのであろう。柏木の演奏にかくも多く筆を割いたのはそのためである。それだけではない。もうおわかりと思うが、この賀宴での演奏は後の試楽の日のためにこそ必要なのであった。ここで名手の父を凌駕する和琴の才が新たに付されたからこそ、光源氏が柏木を重用するのも不自然ではなくなり、試楽の日の召し出しも必然的になって、源氏の皮肉が最大限に効果を発揮するのである。

そして、そんな柏木にとどめをさしたのが薫の産養だったのではないか。柏木の死はずいぶん遅い。若菜下巻の巻末ではすぐにも死にそうであるのに、その死は柏木巻の中程、女三宮の出産、出家を待ってからである。女三宮の出家も唐突といえば唐突である。種々の要因のうち、産養に御遊びが行われなかったことが重く響いたのだろう。そこに光源氏の冷厳な怒りを感じて女三宮は出家し、柏木は夕霧に後事を託して泡の消えるように死んでいったのであろう。「御遊びなどはなかりけり」の一文は、光源氏の深淵に加えて産養《うぶやしない》の儀に接した女三宮と柏木の恐怖と運命をも暗示しているのである。

　このように考えると想起するのは光源氏と藤壺の場合である。この一組の男女もまた、宴遊の場に引き据えられている。藤壺の懐胎に光源氏は「おどろおどろしくさま異なる夢」によっておのが胤と知る。初秋七月、参内した藤壺に注ぐ帝の寵愛はこのうえもなく、夜毎開かれる御遊の席で「いみじうつつみたまへど、忍びがたき気色の漏り出づる折々、宮もさすがなる事どもを多く思しつづけけり」と、桐壺帝を前にして二人の想いは揺曳する。源氏の「忍びがたき気色」は包もう包もうとしても、楽の音におのずと漏り出でて藤壺を動かさずにはいない。男の恋情と執着、それを感取する女の琴線の震えと懊悩が宴遊の場で描き出されている。紅葉賀巻でも宴遊の場で帝に若宮と源氏の容貌の相似が指摘され、紛れのない相似に二人は「汗あゆる心地して」言葉もない。若菜下巻の試楽まではあと一歩である。紫式部は光源氏と藤壺が同席しても不思議ではない、いや、同席せざるをえない宴遊の場において許されぬ二人のおののき、恋情、執着を描いているのである。その変型が紅葉賀巻の試楽や花宴での藤壺である。源氏の似るものなき舞姿に帝をはじめとして親王たち上達部が落涙するなかで、藤壺は秘事を持つがゆえにいっそう動かされる。しかしながら藤壺を取り巻くのは帝の温顔であり、引徽殿女御の目である。女御の「神など、空にめでつべき容貌かな。うたてゆゆし。」とのあながちな誹謗の裏にひそむなみなみならぬ関心を見てとった藤壺は、改めて我が身の想いを確認して慄《りつ》然としている。

柏木も源氏も藤壺も皆、宴遊の場に引き据えられ、色蒼ざめ、おののき、追い詰められている。そうなったのは彼らが宴遊に参席すべく義務づけられている宮廷人だからである。帝寵厚き女性は宴遊に参席し、帝のお覚えめでたき廷臣もまたその席に連なって琴笛を担当する。ここに宴遊に参席せざるをえない廷臣の許されざる恋の型ができる。光源氏と藤壺は桐壺帝の宴遊に欠かせない存在であり、公的な場で顔を合わせねばならない立場にある。内心の葛藤や愛憐の情を描くにこれほど適切な場が他にあろうか。ましてや密通の果である懐胎が明らかとなり、血肉を分かつた子が誕生したのであれば。そして時を隔て、立場を代えて、試楽当日の光源氏は再び宴遊の場で心が千々に乱れる体験をする。今度は主催する側で、しかも密通を知った側である。最初は平静を装って談笑していたのが、柏木の声を聞き、姿を見るうちに怒りが募りに募ってきて、ついに皮肉となってほとばしったのであろう。これらは場としての宴遊があって初めて書けることであった。源氏物語の宴遊が政治情勢を示しているとは既に二で述べた。二では主催者の側から述べたが、宴遊にはこのように参席者としての面も存在するのである。

場としての宴遊を考えるとき、そこには主催者と参加者が存する。源氏物語の宴遊のうち主要なものの主催者と参席者を見ていくと実に興味深い。第一部の前半、明石巻までは、宮中の御遊九件、左右大臣の主催が三件で、源氏は一件も主催していない。紅葉賀巻の賀宴で青海波を舞ったり、花宴の楽行事をしていたり、御遊で楽器を担当していたりで参席者の側にいる。この時期の源氏は宴遊を主催するだけの高官には昇っていず、専ら宴遊に出席してその才を披露しているにすぎない。ところが、第一部の後半、光源氏が政界に復帰して権力を手中にする澪標・絵合巻から大団円の藤裏葉巻までは、逆に自ら主催する宴遊を盛大に繰り広げていく。朱雀院冷泉院の六条院行幸、臨時客、住吉参詣、桂の大御遊び、新造船の進水式、月や梅をめでる宴など、源氏主催の宴遊は十二件に達する。そのほかの宴遊は宮中の男踏歌、頭中将の藤宴など四件にすぎない。そして第二部に入ると源氏は祝われるほうの立場に変わっている。自身でも住吉参詣、女楽、朱雀院五十賀を行っているが、いずれにも寂莫の感が漂っているのは述べたとおりである。しかも第二部の特徴は前節で述べたように主催すべき宴がなかなか開けないという点にある。第一部でも宴遊に参席しえない時があったが、それは政権主流からはずれた不遇時のことであった。第二部の場合は、権勢の頂点にあっての事態であるだけに凋落の感はいっそう深い。第三部でも宴遊は政治の流れを象徴しているのだが、これについては次章で述べる。

このように見てくると、宴遊は光源氏の生を如実に象っている。青年期には麗質の発揮と、藤壺との恋、そして失意の流竄を、中年期には権力と栄華のさまを、そして晩年期には表面の栄耀とは裏腹の凋落の生を象徴しているのである。個々の宴遊は一見何の脈絡もないかに見えながら、全体を俯瞰すれば一つの大きな流れとなって光源氏の生を浮き彫りにしているといえよう。

このことは宴遊が日常生活の一部であった王朝人にはすぐに胸にきたことではなかったか。彼らにとっては少壮時には臨時祭りや賀宴の舞人にえらばれたり、御遊に召されて管絃の才を披露して力を蓄え、遂には自ら宴遊の主催者となることが栄華に至る道であった。物語もそうした風潮を受けて、落窪物語や宇津保物語では盛大な糸竹の宴を巻末に配して、現世の享楽、一門の繁栄を寿いで結末を飾っている。源氏物語はそこからさらに進んで、権力の頂点に昇りつめた者の悲哀と凋落を執拗に描いていく。壮年期の源氏の宴遊を潜在王権の象徴とする見方もあるが、それでは第二部はどうなるのであろうか。王殺しというには結末は相打ちである。華やかな宴遊描写を背景にしながらその喪失を語る手法は、まことに見事というほかない。宴遊の記述自体は源氏物語に表現の質は及ばないまでも、先行後追の物語にも存する。しかし宴遊を一人の人物の生に沿ってその終焉まで描いていった例は類を見ない。宴遊は政権の帰趨とその中に生きる人々の動静を露骨にではなく、物語にふさわしく、美しく優雅に描くには格好の素材であった。紫式部はそれを巧みに用いて光源氏の生の軌跡を表していったといえよう。

注　音楽記述が認められないのは、空蟬・関屋・朝顔・藤袴・夢浮橋の五帖だけである。

V　伝授・交情・一人琴

一　奏法の伝授・男女の交情

源氏物語の音楽記述には五つの型が認められる。前章ではそのうち、宴遊の型について述べたので、ここでは奏法の伝授、男女の交情、孤愁の一人琴の型について述べよう。

まず、(ハ)の奏法の伝授には、ａ両親から子、祖父母から孫への肉親間の伝授と、ｂ夫から妻への夫婦間の伝授とがある。ここでいうのは描写の型であるから宇津保物語のような相伝の系譜を問題にするのではない。描写がなされ、場面となっているのを型と考える。したがってここでいう奏法の伝授はあくまでも場面として描かれた伝授である。

さて、ａｂの伝授のうち、ａの肉親間の伝授は、橋姫巻で八宮が大君に琵琶、中君に箏を教え姫君たちが合奏して練習するのを「まだ、幼けれど、常に合はせつつ習ひたまへば、聞きにくくもあらで、いとをかしく聞こゆ」といっているように、少年少女への伝授の場合で、今はまだ未熟な音だが、長じての上達を予想させるといって讃める、伝授される側の美質を述べる型で、その意味では(イ)の人物の楽才につながる。

ところが、bの夫婦間の伝授は単なる奏法の伝授ではない。薫は冷泉院の皇子《みこ》を産んで御息所となった玉鬘《たまかずら》大君の演奏に、「御息所の御琴の音、まだ片なりなるところありしを、いとよう教えないたてまつりたまひてけり」と以前にまさる爪音に院の寵愛のほどを聴き取っているし、若菜上巻では朱雀院が「さりとも琴《きん》ばかりは弾き取りたまへらむ」と側近に語って、暗に光源氏に女三宮にもっと心を向けるよう要請している。女三宮への琴伝授はこの父宮の要請を受けて行われたのだが、娘の明石女御はわたしには伝授してくださらなかったといって春宮のお召しにもかかわらずこの機会にと里居を続けて聞き取ろうとし、女楽のあとで紫上が「はじめつ方、あなたにてほの聴きしはいかにぞやありしを、いとこよなくなりにけり」、始めはどうなることかと思いましたが、ほんとに上手になられましたね、と評しているところからすれば、六条院の女性たちが耳をそばだてて奏法を聴き取ろうとし、かつ一方で源氏の女三宮への愛情がいかほどかを測っていたらしい。妻の上達は夫の愛情の指標なのであった。

さらにbの伝授は夫が妻の機嫌をとる手段でもあったらしい。紅葉賀巻で光源氏は、帰邸してすぐに来ないと背を向けている紫上に箏を伝授して機嫌を取り結び、澪標巻で明石君に女の子が生まれたと打ち明けて怨じられた時にも「箏の御琴引き寄せて、掻き合はせすさびたまひて、そそのかし」て機嫌を取り結ぼうとしている。しかし、このとき紫上は「かのすぐれたりけむもねたきにや」、名手と告げられた明石君と比べられるのが嫌で手も触れず、失敗している。夕霧にも匂宮にも同じような場面がある。夫から妻への奏法の伝授は夫婦の愛の機微に深く関わっており、それを描くために用いられたようである。

㈡の男女の交情とは、異性の演奏を耳にして我知らず心惹かれ、恋に陥る型をいう。この型には、c女君の琴の音を漏れ聴いて男が心をそそられる場合と、d男が女君の心を我が物にしようと意図的に楽器を奏でたり、謡ったりする場合とがある。cの型は、頭中将が夕霧に娘の「御琴の音ばかりをも聞かせたてまつらじ」と雲居雁を退室させたり、宇治八宮が薫に亡きあとの娘の後見を依頼して「うとうとしからぬ始めにも」と娘の爪音を聞かせて親しませようとしたように、楽の音が簾中深く座す女君の美しさ、優雅さ、愛らしさを如実に響かせ、映し出すのを利用する。したがってこの型は、

何ばかりの御よそひなくうちやつして、御前《さき》などもなく、忍びて中川のほどおはし過ぐるに、ささやかなる家の木立などよしばめるに、よく鳴る琴をあづまに調べて掻き合はせにぎははしく弾きなすなり。御耳とまりて（花散里）

と、中川のあたりを微行していた源氏が賑やかな楽の音に惹かれ、ああここは昔のあの人の住ま

いだったと気づいて歌を詠み入れたときのように、また、宇治の山中にたえだえ響く琴の音に薫が惹きつけられていったように、偶然によるめぐりあいを特徴とする。

一方、dの型では男性が女性に積極的に働きかける。労せずして男性をいざなうcの型に比べて、この型は男の魅力が十分に発揮され、そのたくらみを美しく描いていく。

「貫河の瀬々のやはらた」と、いとなつかしくうたひたまふ。「親避くるつま」はすこしうち笑ひつつ、わざともなく掻きなしたまひたるすが掻きのほど、いひ知らずおもしろく聞こゆ。(常夏)

ここでは玉鬘を惹きこむ源氏の手練手管が冴えている。源氏はまず和琴論を始め、玉鬘の様子をうかがい、興味を持ったと見るや、実父の頭中将の爪音に話題を転じ、自ら掻き合わせを弾いてみせ、玉鬘がその「二なく今めかしくをかしき音」に惹かれた、と認めるや、やおら「なつかしく」謡い出す。「なつかし」は相手のほうに寄り添っていきたい気持ちをあらわす語だから、ここで「なつかしく」謡い出すのは玉鬘の心を自分の方に引き寄せようとする源氏のたくらみである。さらに「親避くるつま」のくだりは「すこしうち笑ひつつ」からかうように色っぽく謡いかけたという。愛敬こぼるるばかりの目つき口つきが目に浮かぶようである。続く「いひ知らずおもしろく聞こゆ」からは謡い続けていくうちに、しだいしだいに玉鬘が魅せられていったとわかる。玉鬘はこの日、楽の音に、音楽そのものに、そして光源氏に魅せられていったのである。かくて玉鬘は「この御ことによりてぞ、近くゐざり寄り」「馴れ寄り」和琴の伝授を受けるようになって、あらたな恋の局面が開かれていく。それは「御琴を枕にてもろともに添ひ臥す」娘とも恋人ともつかぬ甘やかな痴情として描かれる、その愛の始まりを思えばまことにふさわしい展開である。明石巻で、入道が琵琶を巧みに演奏してみせてこの私などとうてい娘の技には及びません、と語って源氏の心を誘ったのもこの型の変型で、入道の企みは効をそうして源氏はさっそく、それまで心にも留めなかった明石君に文を遣っている。dの型は男性のたくらみと魅力を合わせ描くという点で、源氏物語が創り出した独自の型なのである。

二　孤愁の一人琴

㈭の孤愁の一人琴は聴き手を期待しない。我一人の想いのなかに深く沈潜していく姿を描く型である。源氏物語はこの型を特に大きく取り上げているが、この型も、e気散じの琴と、f追慕の琴に分かれる。琴といったのはこの物語では笛の場面がないからである。

(1)君は大殿におはしけるに、例の、女君、とみにも対面したまはず。ものむつかしくおぼえたまひて、あづまをすが掻きて、「常陸には田をこそつくれ」といふ歌を、声はいとなまめきて、すさびゐたまへり。（若紫）

(2)女宮も、かかる気色のすさまじげさも見知られたまへば、何ごととは知りたまはねど、恥づかしくめざましきに、もの思はしくぞ思されける。女房なども物見にみな出でて人少なにのどやかなれば、うちながめて、箏の琴なつかしく弾きまさぐりておはするけはひも、さすがにあてになまめかしけれど、同じくは、いま一際及ばざりける宿世よ、となほおぼゆ。（若菜下）

eの型は(1)や(2)のように、妻や大の冷淡な態度に心を傷つけられ、鬱屈《うっくつ》する想いを一人琴に託して晴らそうとする型である。(1)の光源氏は妻の葵上といまひとつ心が通い合わず、訪れてもなかなか出てこない。源氏はおもしろからぬ心のまま和琴を手に取って妻を責める風俗歌を謡う。花宴巻にもそっくりの場面がある。そこでは楽器が和琴から箏に変わっているだけで、この型が源氏と葵上の関係を描くパターンとなっている。つぎの(2)の箏の琴を弾きまさぐる落葉宮の姿は、(1)の源氏と葵上の関係を逆にしたもので、宮は事情はわからないながら、柏木《かしわぎ》の心が自分にないと感じている。柏木の心は宮の妹の女三宮にある。その心は「もろかづら落葉を何に拾ひけむ名はむつましき挿《かざ》しなれども」、同じ朱雀院の姫宮なのにわたしはどうして劣っている落葉の方と結婚したのだろうか、と詠んだ和歌によくでている。女二宮を落葉宮と呼ぶのはこの歌からきているのである。

(1)(2)では臣籍に降下した光源氏が妻の冷たい態度に、臣下の柏木に降嫁した落葉宮が夫への不満に琴を奏《かな》でて対している。相手の冷たい態度や無関心に敏感に反応して奏でる一人琴は、気散じであると同時に、琴糸に託しての精一杯の抗議である。ここから光源氏は若紫の掠奪へ、合奏へと積極的に行動していくが、落葉宮は内に籠もって柏木の自制を誘っている。一人琴のe型は人との関わりを求めて求めえず、充たされぬ心を糸に託して描く型なのである。

一方、f型は、人を恋い、過往をなつかしむ。

(3)なかなかもの思いつづけられて、捨てし家居も恋しうつれづれなれば、かの御形見の琴を掻き鳴らす。折のいみじう忍びがたければ、人離れたる方にうちとけてすこし弾くに、松風はしたなく響きあひたり。（松風）

(4)「すいたる人は、心から安かるまじきわざなりけり。今は何につけてか心をも乱らまし。似げなき恋のつまなりや」と、さましわびたまひて、御琴かき鳴らして、なつかしう弾きなしたまひし爪音思ひ出でられたまふ。あづまの調べをすが掻きて、「玉藻はな刈りそ」と、うたひすさびたまふも、恋しき人に見せたらば、あはれ過ぐすまじき御さまなり。（真木柱）

亡き人の爪音《つま》や遺愛の楽器は強烈な印象を呼び起こす。桐壺帝は秋の長夜に亡き更衣の爪音を偲《しの》び、紫上は光源氏の遺した琴に離別の悲しみを新たにし、柏木遺愛の琴は主の還らぬことを強く訴えかける。物に即して呼びさまされる悲嘆の情はそれだけで強烈であるが、その楽器をかき鳴らす場面になると、哀れはいっそう深まり心をうつ。(3)は明石君が光源氏を慕って琴を弾くところである。源氏との間に女の子を儲けた明石君は源氏が政権を握った今、その勧めに従い、一族の望みを背負って上京し、大堰里に居をかまえた。源氏の用意した二条東院ではなく大堰を選んだのは明石君に思うところがあったからだが、しかし故郷を離れ、父と別れて来たものの、すぐさま源氏が訪れてくるわけでもない。明石君は大堰里に着いて始めて、我が身の程と置かれた状況を実感し、嚙《か》み締《し》めることとなった。そんな、不安にさらされ、待つだけの日々に頼みとするのは、源氏が掻き合わせるまでの形見にと遺《のこ》した琴一張である。すこし掻き鳴らしてみる。と、源氏の爪音が耳に甦《よみが》える。故郷恋しさ、父への想い、源氏恋しさ、容易に会えぬ悲しさ、数ならぬ身の程、娘の運命、我が身の運命、さまざまの思いにたえきれずに、人の聴かぬ所に場を移して思いのままに弾く。そうすると源氏を慕う心、不安な心、悲嘆の思いなど先程の思いが糸に籠もって、きまりが悪いほど松風と響き合ったというのである。

(4)は意に反して玉鬘を鬚黒《ひげくろ》大将に奪われ、あまつさえ自邸に引き取られてしまった源氏が、春雨のころ、玉鬘に和琴を教えた思い出の対で楽器を手にするところである。琴をかき鳴らすや、あの玉鬘のいかにも慕わしい爪音が耳に甦える。まるで春雨に濡れるように涙に濡れて、しばし幻の爪音に合わせつつ謡いすさびて、我が手のうちから奪い去られた玉鬘を恋い慕ったというのである。このように楽器はそれを奏でることによって触媒《しょくばい》となり、今はなき人の爪音を、掻き合わせた折の喜びを甦らせる。明石君は形見の琴に源氏の爪音を聴き、源氏は和琴に玉鬘の爪音を聴いて恋い慕い、涙している。それは失った過去の追憶でもある。

またこのf型には変型として前章で述べた、源氏が流謫《るたく》の地で都の宴遊を思って琴を弾く型がある。須磨・明石巻で源氏が寂しさにたえかねて琴を弾くと、「折々の御遊び、その人かの人の琴笛、もしは声の出でしさま」がありありと甦り、今、都で行われているやもしれぬその宴遊に合わせて弾く場面を情感をこめて描いていくのがそれであるが、恋ではなく、昔日の幸いを宴遊に恋うという点で変型なのである。

過往を恋い、往時の爪音に合わそうとする点で、この追慕の型は形代《かたしろ》を求める気持にも似て、しかも危機的状況にある、不安にゆらめく心、あきらめきれぬ想い、贖罪《しょくざい》にも似た哀しみを、自然の情景とからめて美しく描出する点で、他の物語にない、いかにも源氏物語的な音楽の用いかたということができよう。

三　恋の推移

これまでは伝授・交情・一人琴、の個々の型について述べてきたが、紫式部はこれらの型を組み合わせて作中人物の複雑な心の動き、微妙な心の変化を語っていく。

夕霧が小野山荘に落葉の宮を訪ねるくだりもそうした一例である。

和琴を引き寄せたまへれば、律によく調べられて、いとよく弾き馴らしたる、人香にしみてなつかしうおぼゆ。「かやうなるあたりに、思ひのままなるすき心ある人は、静むることなくて、さまあしきけはひをもあらはし、さるまじき名をも立つるぞかし」など思ひつづけ掻き鳴らしたまふ。故君の常に弾きたまひし琴なりけり。をかしき手ひとつなど、すこし弾きたまひて、あはれ、いとめづらかなる音に掻き鳴らしたまひしはや。この御琴にも籠りてはべらむかし。うけたまはりあらはしてしがな」（横笛）

小野山荘を訪れ、宮を見舞う夕霧は、ふと、柏木遺愛の和琴に目をとめた。以前都の邸で目にした折には「緒も、取り放ちやつされて音を立てぬ」と見えたその和琴は、今はよく調律されて人香に染みている。夕霧は亡き柏木を追慕して弾き始めたが、かぐわしい人香から宮もさきほどまで亡き夫を偲んで弾いておられたのであろう、とあわれに思うそばから、宮への興味がふと心をよぎる。宮に演奏をもとめるが、もちろん宮は弾かない。柏木の爪音を偲んで会話が進むうちに、頃合いとみた夕霧は宮の演奏を強く希望し、和琴を御簾《みす》近く押し寄せる。それ以上は強いても申さず、ただじっと待つ。

月さし出でて曇りなき空に、羽翼《はね》うちかはす雁がねも列を離れぬ、うらやましくて聞きたまふらむかし。風肌寒く、ものあはれなるにさそはれて、箏の琴をいとほのかに掻き鳴らしたまへるも奥深き声なるに、いとど心もとまりはてて、なかなかに思ほゆれば、琵琶を取り寄せて、いとなつかしき音に想夫恋《そうふれん》を弾きたまふ。「思ひおよび顔なるはかたはらいたけれど、これは言《こと》問はせたまふべくや」とて、切に簾の内をそそのかしきこえたまへど、ましてつつましきさし答《いら》へなれば、宮はただものをのみあはれと思しつづけたるに、

　言に出でていはぬもいふにまさるとは人に恥ぢたるけしきとぞ見る

と聞こえたまふに、ただ末つ方をいささか弾きたまふ。

　ふかき夜のあはればかりは聞きわけどことよりほかにえやはいひける

飽かずをかしきほどに、さるおほどかなる物の音がらに、古き人の心しめて弾き伝へける、同じ調べのものといへど、あはれに心すごきものの、かたはしを掻き鳴らしてやみたまひぬれば、恨めしきまでおぼゆれど、(同)

やがて月が上り、雁の渡る声が聞こえ、風の気配も肌寒い。そのものあわれな情趣に誘われて宮は箏をほのかに掻き鳴らす。宮にとっては追慕の、まことに自然な行為であったが、宮の演奏をいまや遅しと待ち望んでいた夕霧にとっては、その奥深い声はいよいよ魅惑的で、自らも琵琶で想夫恋を弾いて和琴でのさらなる演奏をうながすが、宮はもはや弾こうとはしない。そこで夕霧は「言に出でて」と詠みかけて宮を弾かざるをえない立場に追い込む。しかたなくほんの片端を掻き鳴らす宮の爪音に、夕霧の想いはいっそう募って、「この御琴どもの調べ変へず待たせたまはむや。ひき違ふることもはべりぬべき世なれば、うしろめたくこそ」と恋情を匂わせて退出す

る。落葉宮が和琴の演奏を躊躇したのは、夫以外の男性に爪音を聞かせてしまったという、はしたない行為に気づいたからだけではあるまい。宮にとっては、柏木の喪失を嘆き、その爪音を追慕しているはずであったこの夜の演奏が、いつのまにか異なる意味を帯びてきているのに気づいたためであろう。そうなってしまったのは、宮の箏を聴いた夕霧が恋する男に変わってしまったからであった。和琴の演奏を求められて、宮は、追慕の琴が夕霧の琵琶に合わせることにすり変わってしまったと気づいたのである。この場の夕霧は前節で述べた、常夏巻の光源氏のように、宮の夫への想いを利用し、琵琶と和歌でついに想夫恋を聴くを得たのだが、それがいっそう夕霧を魅了することになってしまったのである。そしてそのことが落葉宮に夕霧への警戒心を植えつけ、夕霧巻へと進んでいく。このくだりが静謐であわれ深い一方、なまめかしく思われるのは、孤愁の一人琴のf型と、男女の交情のd型が合わせ用いられているためである。

宿木巻の匂宮と中君の場合は、一人琴のe型と伝授のb型で語られる。

枯れ枯れなる前栽の中に、尾花の物よりことにて、手をさし出でて招くがをかしく見ゆるに、まだ穂に出でさしたるも、露をつらぬきとむる玉の緒、はかなげにうちなびきたるなど、例のことなれど、夕風なほあはれなるころなりかし。

穂に出でぬもの思ふらし篠すすき招く袂の露しげくして

なつかしきほどの御衣どもに、直衣ばかりを着たまひて、琵琶を弾きゐたまへり。黄鐘調《おうしき》の掻き合はせを、いとあはれに弾きなしたまへば、女君も心に入りたまへることにて、もの怨じもえしはてたまはず、小さき御几帳のつまより、脇息《きようそく》に寄りかかりてほのかにさし出でたまへる、いと見まほしくらうたげなり。(宿木)

中君と匂宮は互いに不信を抱いている。中君は、匂宮が夕霧の六君の婿となって以来夜離れが続くのを悲しんで、父の遺言に背いて宇治の地を離れたことを後悔しているし、匂宮は、中君に薫の移り香が染《し》みついていると気づいてから疑念が去らない。薫と中君の手紙を見て二人の仲は「かく憎き気色もなき御睦びなめり」と思いながらも我身ならどうであろうか、と思うと「ただならじ」と思い疑う。折しも庭では秋の草花が枯れ果てたなかに花すすきだけが夕風に吹かれて手をさしだして招いているように見える。匂宮は、中君の揺れ動く心をその薄に見立てて「穂に出でぬ」と謡いかけ、鬱屈した想《おも》いに琵琶を「あはれに」弾きなす。妻への愛と疑いと嫉妬の念の入り混じった、e型の一人琴である。その撥《ばち》音は、匂宮自身にとっては我が心を糸に託した、しみじみとした音であったが、聴いている中君にとっては魅惑的な音であった。この「あはれに」を日本古典文学全集は「みごとに」、新潮日本古典集成は「しみじみと」と訳しているが、この語は弾き手と聴き手の心のずれを表していると考えねば場面がよく理解できない。この場面を画《か》いた格好の絵がある。それは徳川美術館が所蔵している源氏物語絵巻の「宿木三」である。画面の左半分は庭で、その左下に萩や女郎花が夕風に吹きたわめられ、その同じ風が格子の御簾を揺らしている。端近くで匂宮が琵琶を弾き、すぐ奥で中君が几帳からすこし顔を出して首を傾けて聴き入っている。しかしよく見ると、匂宮の顔と左膝、そして中君の顔とで三角形を構成しているから、二人の距離は近寄っているようでその実、遠い。この前の絵「宿木二」の匂宮と六君のあい寄るさまとははっきりと違う。匂宮がすこし首をかしげ左の横顔を見せているのに対して、中君は庭の萩のように身体を折り曲げ縮まった肢体で、頭は俯いてしまわずにやや起こし、正面を向いている。そして右の日、鼻、口元、頬の線はうっとりとゆるやかな表情をつくって、音楽に聴き入っていて優しさを匂い立たせている。ところが、左の目は細い線で一気に急角度で上に引かれていて、その真ん中に瞳が点じられており、哀しみとも怒りともつかぬ表情をしている。匂宮が琵琶を弾きながら中君に視線を向けているのに対して、顔をすこしそむけている中君は相反する複雑な表情を湛えているのである。こうした構図、それぞれの表情に二人の微妙な感情の葛藤が感取される。まことに絶品というべき絵である。

そして中君はその演奏ゆえに「もの怨じもえしはてたまはず」匂宮に近寄っていく。その変化に気づいた匂宮は、琵琶論をはじめ、やがて奏法の伝授へと進んでいく。

「さらば一人琴はさうざうしきに、さし答へしたまへかし」とて、人召して箏の御琴取り寄せさせて、弾かせたてまつりたまへど、「昔こそまねぶ人ものしたまひしか、はかばかしく弾きもとめずなりにしものを」とつつましげにて手も触れたまはねば、「かばかりのことも、隔てたまへるこそ心憂《う》けれ。このごろ見ゆるわたりは、まだいと心解くべきほどにもならねど、片なりなる初琴をも隠さずこそあれ。すべて、女は、やはらかに心うつくしきなむよきこととこそ、その中納言も定むめりしか。かの君に、はた、かくもつつみたまはじ。こよなき御仲なめれば」など、まめやかに恨みられてぞ、うち嘆きてすこし調べたまふ。ゆるびたりければ盤渉《ばんしき》調に合はせたまふ。掻き合はせなど、爪音をかしげに聞こゆ。伊勢の海うたひたまふ御声のあてにをかしきを、女ばら物の背後に近づき参りて笑みひろごりてゐたり。

（同）

恥じてなかなか弾こうとしない中君に、匂宮は六君や薫をひきあいにして、夫の私には爪音を聴かせてもよいはずだとなじる。その怨《うら》み言《ごと》に中君は「うち嘆きてすこし調べ」はじめる。糸に託した匂宮の想いは、光源氏や落葉宮の場合とは違ってともかくも妻に届いたのである。この場を宇治から従ってきた女ばらの「笑みひろごりてゐたる」姿で結んでいるのは、二人が一抹の不信を抱きながらも互いに魅かれ合う状態で暮らしていくことを暗示している。以後、匂宮と中君の間に音楽が介在する場面は描かれない。

このように見てくると、奏法の伝授、男女の交情、孤愁の一人琴の型は、専ら男女の愛の始発と終焉を描いていて、愛の歓びをたからかに謳いあげる二重奏などはない。楽の音が響く場面はそれだけで美しいが、そこに、互いの爪音に魅了され、愛の予感にふるえる心や、互いの心のずれや葛藤、愛の喪失を嘆く心が加われば、一篇の物語となる。愛の始まりと終わりに限定して音楽を取り入れたところに紫式部の用意周到な選択を見ることができよう。しかも式部は、同じ型を用いながら、人物や状況、事の推移を変えることによって、あるいは数種の型を組み合わせることによって、さまざまな愛のかたちを描き出していく。そうした型の自在な使用は読者に型を読み取り、恋の成り行きを推量する楽しみを与え、その推理が予想外に反転する喜びを与える。紫式部は抽象的な範型にいきいきとした心の働きを盛り込み、さまざまな愛を描き、かつ、読者にも十分に配慮して、物語世界を豊饒にしているのである。

四　源氏物語の表現構造と音楽

以上、源氏物語の音楽記述に型があること、紫式部はそうした型を創始し縦横に用いて物語を綴っていっていると述べたが、その五つの型は物語とどのように関連しているのであろうか。物語の音楽を支配しているのは物語の論理であり構造である。源氏物語を一個の統一された文学空間と考えるならば、音楽記述もまた、物語の構造の一環として把握すべきであろう。私は源氏物語の音楽記述は二層を成していると考える。前章で述べた宴遊と、この章で述べた奏法の伝授・男女の交情・孤愁の一人琴の型は同列に論じるべきではない。宴遊は光源氏の生をあらわしているといったが、見てきたように、それ以外にも源氏が伝授をしたり、女君の琴に惹かれたり、充たされぬ想いに琴を掻きまさぐる、政権とは関わらない場面も少なからずある。六条院に宴遊が絶えた時にも、夕霧は落葉宮に想夫恋をうながして恋心を誘われているし、光源氏没後の第三部でも薫は宇治姫君たちの爪音に魅せられて垣間見をし、孤愁の想いに琴をまさぐっている。伝授の場面ももちろんある。つまり伝授や交情、一人琴は宴遊とは関わりなく存している。宴遊を公的な音楽というならこれらは私的な個人個人の音楽である。宴遊を写実というならこれらは浪漫である。しかもこれらには設定の面でも表現の面でも種々のバリエーションがあって、かつ、型ひとつについて、琴・和琴・箏・琵琶の四種の絃楽器を用いるよう作出されている。

こうした私的な音楽に対して公的な宴遊の特徴は表現がきわめて類型的だということである。

二十日余りの月さし出でて、こなたはまださやかならねど、おほかたの空をかしきほどなるに、書司《ふんのつかさ》の御琴召し出でて、和琴、藤中納言賜りたまふ。さは言へど、人にまさりて掻き立てたまへり。親王、箏の御琴、大臣、琴、琵琶は少将命婦仕《つこ》うまつる。上人のなかにすぐれたるを召して拍子たまはす、いみじうおもしろし。(絵合)

これは帝の臨席で行われた絵合が、源氏の後見する梅壺女御方の勝利に終わった後の御遊である。宴遊の叙述は、このようにまず月や花、紅葉などの自然の景物に触れ、楽器の配分、着座を述べ、ついで各人の演奏を評し、最後に全体を「おもしろし」と結ぶのが基本で、このうち季節の景物、各人の技倆《りょう》の部分が状況に応じて異なる。ここでは頭中将の和琴に筆を割《さ》いているが、頭中将が和琴を弾くのはこれが始めてで、「さは言へど」と条件つきで讃めている。「さは言へど」というからにはずっと卓越した名手がいるはずだから、ここで頭中将は二番手として位置づけられていることになる。つまりこの宴遊では頭中将の和琴にことよせて、光源氏が後宮争いに勝って政権を手中にし、頭中将はその下風に立ったと語っているのである。次第に則った類型的な表現のなかに人々の社会的地位と政治の流れが透けて見える。

前章では第一部と第二部の宴遊を見てきて、宴遊は官僚光源氏の生の軌跡をかたどっていると述べた。青年期には御遊に召されて麗質を発揮する帝寵厚き貴公子の姿と一変した不遇のさまを、権力を手中にした壮年期には盛大な宴遊を次から次へと主催する栄耀のほどを、そして晩年にはいやます勢威とは裏腹に宴遊の絶えた六条院を呈示して内なる凋落《ちょう》を表している、と。それでは第三部、宇治十帖はどうなるのであろうか。宴遊が政治情勢を表すのは第三部でも変わりはない。宇治十帖で描かれているのは夕霧の権勢である。光源氏生前の夕霧は、宴遊に参席し、楽事として奉仕する貴公子であって、自ら主催する地位には昇っていない。第三部になって舞台は宇治に移ったかのように見えるが、都の政界は厳として存在している。

故六条院の御手づから書きたまひて、入道の宮に奉らせたまひし琴の譜二巻、五葉の枝につけたるを、大臣取りたまひて奏したまふ。次々に箏の御琴、琵琶、和琴など、朱雀院の物どもなりけり。笛は、かの夢に伝へし、いにしへの形見のを、またなきものの音なりとめでさせたまひければ、この折のきよらより、または、いつか栄えばえしきついでのあらむと思して取うでたまへるなめり。(宿木)

この女二宮の裳着の宴遊では特に楽器に筆を割いている。光源氏自筆の琴の譜、朱雀院から伝領した箏・琵琶・和琴、柏木遺愛の笛、これらの楽器はこの宴遊が第一部、第二部の正篇の世界とつながっていることを示している。これらを帝の御前に取り次ぐのは左大臣の夕霧である。中宮は明石姫、東宮は源氏の孫、夕霧の甥である。鬚黒《ひげ》は既になく、頭中将の次男は大納言で夕霧に一歩も二歩も出遅れている。この宴遊は光源氏一族の政権と繁栄が続いていると語っており、そして密通の子、薫もまた、今上帝の甥、中宮の弟としてその中に組み込まれて生きている。一方、宇治八宮と姫君たちは、匂宮一行の逍遙のさざめきや楽の音を川を隔てて聞くだけで、宮御自身を邸に迎えることはない。宴遊は両者の懸隔をはっきりと示している。都の権力を示す宴遊は宇治の背後に見え隠れして八宮たちを脅かし、その存在を誇示しているのである。

つまり公的な宴遊はいわば物語の時間で、現実の政治の流れを示しながら物語世界を統べていく。それに対して奏法の伝授・男女の交情・孤愁の一人琴の、いわゆる個人の私的な音楽は作中人物一人一人の、その時々の愛の物語を綴っていく。これら個人的な感情に属する音楽記述は、個別的単発的であるだけにその場その場での美的燃焼の度は宴遊よりもはるかに高い。一方宴遊はゆったりと物語全体を蔽っていく。各世代ごとの私的な浪漫あふれる音楽はその場その場で燃焼しきって場面を支え、宴遊は権勢に寄せるさまざまな人間の感情を包み込み、折々の光彩や陰翳を濃く薄く織り込みつつ、壮麗な世界を織り上げていく。源氏物語の音楽記述は、巻末に表示したように、社会的時間と夢幻的空間との二層構造を成しているのである。

しかしこの二層は常に分断されているわけではない。光源氏と藤壺、玉鬘大君への蔵人少将と薫の場合は、恋を宴遊の場で描いているし、六条院の女楽で紫上の爪音に耳を立てる夕霧の姿は恋する男以外の何者でもない。また、表に矢印で示したように源氏物語には音楽が音楽を呼び、拡がっていく展開がある。篝火巻で源氏が玉鬘に伝授していると、そこに夕霧たちの楽の音が聞こえてくるので呼び寄せて小宴となり、鈴虫巻で源氏が女三宮のもとで琴を弾いていると宮中の御遊が中止になった人々が参って鈴虫の宴となる、といったふうに私的な音楽記述から小宴となる場合が多い。つまり音楽記述が二層を成しているといっても、それは宴遊がときに男女の交情に結びつき、個人の音楽が小宴となるといった、柔構造なのである。

ところが、宇治十帖になると、公的な宴遊と個人の音楽を結ぶものは何もない。続編に至って二つの層は切り離され、はっきりと対峙している。秋山虔氏は「好色人と生活者―光源氏の『癖』」(『王朝の文学空間』昭和五九年所収)で、光源氏は生活者としての本性と好色者としての癖をその身に合わせ持って造型されていると述べておられるが、正編で音楽記述が柔構造を成しているのは、光源氏の官僚としての公の生と個人的な恋愛生活が政権に至る過程で時に交錯することを示唆しており、続編の宇治十帖では政治と愛がきっぱりと分離されていることを示唆している。正編が光源氏の愛と栄華をともに描こうとし、続編は愛だけに焦点を据えて追究したとはよく説かれることだが、音楽記述を型として見ていくと、そのことを表現構造としてみごとに浮き上がらせる。優美に綴られた音楽記述の型を探り、構造を探っていくと、愛と政治の両立からその相克へ、さらに愛の地平の追究へと進んでいった、紫式部の精神の軌跡があらわに見えてくる。

VI 舞

一 王朝の舞

四章、五章では楽器の演奏について述べたので、これからは舞と歌謡について述べよう。この章では舞について見ていく。

王朝文学には荘厳華麗な舞の記述が多い。王朝貴族にとって舞とは、神道系祭祀曲と大陸系舞曲に伴う舞を意味していて、いずれも儀式に舞われる。神道系祭祀曲は神楽歌、東《あずま》遊び、大歌、久米歌、吉志舞、誄《るい》歌から構成され、全体に非拍節リズムの数曲からなる、声楽本位の音楽であるが、なかで拍節的リズムの曲になった時に舞が舞われ、そこが式次第の中心となる。一方、大陸系舞曲は管絃の器楽曲として演奏されることもあるが、舞を伴うのが本来の姿で、その場合は舞楽《ぶがく》という。王朝の舞楽は唐楽を中心とする左楽、高麗《こま》楽を中心とする右楽の二系列に編成され、装束も左楽は赤系統、右楽は青系統で、左楽を舞い、その答舞として右楽を舞うという、華麗な番舞の形式で行われた。したがって同じ儀式舞といっても、神道系祭祀曲が所作《さ》と歌舞を連ねて祭祀の次第を構成した一つの組曲であるのに対して、舞楽は、行幸なり供養法会《くようほうえ》なりの行事に合わせて番舞《つがい》を選定し、振鉾・文舞・童舞・武舞・走舞・長《ちょう》慶子の型に則って編成したイベント的な趣が強いものであるから、両者の性格は少しく異なっている。

　こうした舞が実際に行われた次第やその所作奥義については史書や日記記録、口伝書などで知ることができる。けれどもそれらの資料からは舞を舞い、享受した王朝人の息吹は伝わってこない。王朝人が舞に抱いた思いも、舞の魅力も、文学でこそ知ることができる。王朝文学に見える舞の種類は左楽一六種、右楽三種[注]で、教訓抄や舞楽要録、さらに明治九年に文部省が選定した舞楽曲に比してもわずかなものだし、振鉾に始まり長慶子に終わる演目全てを記しているわけでもないから、実際に描写された舞は七、八種とさらに少ない。それも専門の舞手ではなく「家の子」と呼ばれる権門貴族の子弟の舞に筆を割いている。文学に見える舞は実生活の反映なのか、それとも文学独自の意味を担っているのか、という論をまつまでもなく、王朝文学はおのずから取り上げるべき舞を選別し、文学独自の意味を付している。ここでは個々の作品が取り上げた舞の魅力とその表現手法を探ることによって文学、特に源氏物語が舞に付した意味に迫っていこう。

二　舞う側の記述

王朝貴族にとって儀式の舞人《まいびと》に選ばれることがどんな意味を持っていたのか、それをよくあらわしているのは蜻蛉《かげろう》日記である。道綱母は、天禄元年三月に道綱が内裏《うち》の賭弓《のりゆみ》の後《ご》手組の射手に選ばれた時から、弓と舞の練習に明け暮れる日々、十五日当日の次第、その残響に至るまで、舞をめぐる人々の動静を余さず記している。後年の小弓の時でもそうだが、道綱は弓が得意だったらしく、練習のたびに賞品を持って帰って筆者を「ゆゆし」と喜ばせている。そんなわけで勝った時に舞う落蹲《らくそん》の練習にも熱が入り、当代の名手と名高い多《おおの》好茂を呼んで「舞ならすとて、日々に楽をし、ののしり」、一日の総仕上げには一族や物忌中の兼家の意を体した男どもの見守るなかで舞わせている。結果は舞の師の好茂が被物で埋もれるほどの大成功であった。終わりに好茂が胡蝶楽《らく》を舞って出てきた時に被《かず》けられた黄色の単衣を肩にさしかけていたのを、筆者は「事果て方になる夕暮に、好茂、胡蝶楽舞ひて出で来たるに、黄なる単衣脱ぎて被けたる人あり。折にあひたる心地す。」と書き留めている。天冠の山吹と黄の単衣の色移りの妙を一刷毛《はけ》つけ加えたところに道綱母の深い満足が読み取れる。そして翌々日の後手組全体の試楽へと筆は進む。

また十二日、「後《しりえ》の方《かた》人さながら集まりて舞はすべし。ここには弓場なくてあしかりぬべし」とて、かしこにののしる。「殿上人数を多くつくして集まりて、好茂埋もれてなむ」と聞く。我はいかにいかにとうしろめたく思ふに、夜更けて、送り人あまたなどしてものしたり。さて、とばかりありて、人々あやしと思ふに、這ひ入りて「これがいとらうたく舞ひつること語りになむものしつる。みな人の泣きあはれがりつること。明日明後日、物忌、いかにおぼつかなからむ。五日の日、まだしきに渡りて、事どもはすべし」などいひて帰られぬれば、常はゆかぬ心地も、あはれに嬉しうおぼゆること限りなし。

兼家に聞くまで道綱の舞の成否がわからなかったとはいささか作為的にすぎるが、筆者の喜びは兼家の満足によってこそ確かなものとなって増幅するのだからこのように表現したのであろう。兼家が従ってきた人々の相手も半ばにして筆者のもとにやってきて喜ぶ姿を記し、いつものむすぼほれた心も充たされてうれしいと述べているのだから。

さて、当日、大方の予想は後手組不利であったから筆者の不安も大きく、「舞をかひなくやしてむ、いかならむ、いかならむ」と固唾を呑んでいると、物見に出しておいた召使たちが「いくつなむ射つる」「敵は右近衛中将なむある」「おほなおほな射伏せられぬ」とつぎつぎに走り帰って報告する。召使の報告を畳みかけるように配列して、敗色濃厚であった勝負を道綱の働きで引き分けに持ち込めたと記すあたりはみごとである。そして舞が舞われる。

持《ぢ》になりにければ、まづ陵王舞ひけり。それも同じ程の童にて、わが甥なり。馴らしつるほど、ここにて見、かしこにて見など、かたみにしつ。されば、次に舞ひて、おぼえによりてにや、御衣賜《ぞ》はりたり。内裏よりはやがて車のしりに陵王も乗せてまかでられたり。ありつるやう語り、わが面《おもて》を起こしつること、上達部《かんだちめ》どものみな泣きらうたがりつることなど、かへすがへすも泣く泣く語らる。弓の師呼びにやり、来て、またここにてなにくれとて、物被くれば、憂《う》き身かともおぼえず、嬉しきことはものに似ず。その夜も、のちの二三日まで、知りと知りたる人、法師にいたるまで、若君のよろこび聞こえに聞こえにと、おこせ言ふを聞くにも、あやしきまで嬉し。

三頁四五行に及ぶ長い記述は、御衣を賜わった道綱の名誉、人々の祝言で結ばれており、記述の全体にわたって我子の成功を祈る母の愛と祈りが胸を打つ。と同時にその底にもう一つの面が顔を覗かせているのも見逃せない。それは妻としての顔である。ここには子供の成功によって夫に認められたい評価されたい、妻たる責任を全うしたい愛されたいとの願いが痛いほど込められていて読む者の心を打つのである。この賭弓の前後の記述は一様に暗い。すぐ前には、夫は新築の邸に今日明日にも殿移りしようと大騒ぎをしているようだが、どうやら私は無用の者となってしまったようだと、自虐的に記しているし、賭弓の後には、兼家の足が遠のき、ついに来ぬ日が夜は三十余日、昼は四十余日になったという悲痛な記述が続く。つまり、道綱の賭弓出場は嘆きの日々のなかで、そこだけがぽっかりと明るく輝く夢のような事件だったのである。兼家の喜びよう、人々のお祝い言上に、「常はゆかぬ心地も、あはれに嬉しうおぼゆること限りなし」「憂き身かともおぼえず、嬉しきことはものに似ず」「あやしきまで嬉し」と筆者には珍しく手放しの喜びようを見せているのは、再び兼家の愛を専らにし、手厚い待遇を期待できるかもしれぬとの思いからであったろう。しかしそれも結局はつかのまの華やぎでしかなくはかなく消えてしまったのである。この賭弓の四年後、道綱が急に臨時の祭の舞人に召された時には、兼家はもはや筆者のもとに来ようとはせず、筆者は道綱の支度を整えて夫の邸に送り出すほかなかったのである。

道綱母は賭弓の舞をめぐって自身の期待と苦悩を描いてみせたが、大鏡は、その夫兼家の賀宴に起きた福足君《ふくたり》の事件を記している。

東三条殿の御賀に、この君舞をせさせ奉らむとて、習はせたまふほども、あやにくがり、すまひたまへど、よろづにをこづり、祈りをさへして教へきこえさするに、その日になりて、いみじうしたてたてまつりたまへるに、舞台の上にのぼりたまひて、物の音、調子吹き出づるほどに、わざはひかな、「あれは舞はじ」とて、びづら引き乱り、御装束はらはらと引き破りたまふに、粟田殿御気色真青にならせたまひて、あれかにもあらぬ御気色なり。ありとある人「さ思ひつること」と見たまへど、すべきやうもなきに、御伯父の中関白殿の下りて舞台に上らせたまへば「言ひおこづらせたまふべきか、又、憎さにえ堪へず、追い下ろさせたまふべきにか」と方々見侍りしに、この君を御腰のほどに引き付けさせたまひて、御手づからいみじう舞はせたまひたりしこそ、楽もまさりおもしろく、かの君の御恥も隠れ、その日の興もことのほかにまさりたりけり。父おとどはさらなり。よその人だにこそすずろに感じたてまつりけれ。かやうに人のために情々しき所おはしましけるに、など、御末枯れ果てさせたまひけむ。（巻四）

これは日本紀略に「摂政児孫奉舞」とある、永延二年三月二十五日、当帝の命によって常寧殿で行われた兼家六十賀の時のことらしい。福足君はよほどきかん気であったらしく、栄花物語にも「いみじうさがなくて、世の人に安くも言ひ思はれたまはざ」るとある。そんな福足君をなだめすかし祈禱までして習わせたのに、当日舞台に上ってから、案の定「あれは舞はじ」と宣言して装束を引き破ってしまう。この事態を救ったのが中関白道隆で、人々が注視するなか、舞台に上って福足君の手を取って舞い始め、人形振りのように見事に舞い納めたので、舞の興もいやまし、兼家も満足し、父の道兼も救われたというのである。大鏡はこの事件を取り上げて道隆と道兼の微妙な関係、両者の資質の相違、そして中関白家の衰亡に至るまでを照射している。

表面の現れ方こそ異なるが、蜻蛉日記と大鏡の記述は同一の事実の表裏で、いずれも王朝人が舞に抱く意識を実によく映し出している。彼らにとって公の場での舞は、出世の階梯《てい》であると同時に一門の名誉をも体しているので失敗は許されない。兼家が試楽での道綱の舞を「らうたがり」当日御衣を賜わった時には「わが面を起こしつること」と喜んだのはそのためであったし、親族一同が見守って総ざらいをさせ、召使が息せききって勝負の結果を注進するのもお家の一大事との認識があるためである。兼家六十賀にしても事情は同じで、賀宴は祝う者の勢威を世に示すことによって祝われる者も一門の繁栄を確認し満足する。賀宴の童舞は祖父母に発した血が若い命のうちに息づいてはるかな未来まで延びゆくことを目のあたりに示し、永却の一門繁栄を予祝するために不可欠なのである。落窪《おちくぼ》物語の巻末で祖父大臣が二人の孫の舞に感泣しているが、兼家の思いもこの祖父大臣から遠いものではなかったろう。一門の将来を暗く危ういものと思わせかねなかった事態が、道隆の臨機応変の処置によっていっそう輝かしいものと兼家にも列席の貴顕の目にも映ったのである。蜻蛉日記も大鏡も舞手の側に立って、舞人に選ばれ舞い納めることが当人のみならず、一門全体にとっての社会的な事件であったことを語っているのである。

三　享受する側の記述

一方、享受する側から見れば、舞そのものをもっとも素直に楽しんでいるのは清少納言であろう。枕草子の「舞は」には、「舞は　駿河舞。求子、いとをかし。」と、最初に神道系祭祀曲の東遊びの駿河舞と求子を挙げていて、清少納言は東遊びをことのほか好んだらしい。「なほめでたきこと、臨時の祭りの」の段では、そのすばらしさをつぎのようにいきいきと語っている。

承香殿の前のほどに笛吹き立て、拍子打ちて遊ぶを、とく出で来なむと待つに、有度《うど》浜うたひて、竹の笆《ませ》のもとに歩み出でて御琴《みこと》うちたるほど、ただいかにせむとぞおぼゆるや。一の舞の、いとうるはしう袖を合はせて二人ばかり出で来て西によりてむかひて立ちぬ。次々出づるに、足踏みを拍子に合はせて、半臂《び》の緒をつくろひ、冠・袍の領など、手もやまずつくろひて、「あやもなきこま山」などうたひて舞ひたるは、すべてまことにいみじうめでたし。

大輪など舞ふは、日一日見るともあくまじきを、果てぬる、いとくちをしけれど、またあべしと思へば頼もしきを、御琴掻き返して、このたびはやがて竹の後ろより舞ひ出でたるさまどもはいみじうこそあれ。掻練《かいねり》のつや、下襲《したがさね》などの乱れあひて、こなたかなたにわたりなどしたる、いでさらにいへば世の常なり。（なほめでたきこと、臨時の祭りの）

東遊びは、狛《こま》調子・阿波礼《あわれ》・声出《こえいだし》・於振《おふり》・一歌・於振・二歌・於振・駿河歌歌出《いだし》・駿河歌・片降ろし・阿波礼・求子《もとめご》歌出・求子歌・大比礼《おおひれ》歌出・大比礼、の十六曲で構成されている。このうち舞があるのは駿河歌の第二段以降と求子歌である。今日の楽式と、延喜二十年の勅定による鍋島家本「延喜墨譜」（現存最古の譜）とはほとんど変わっていないので、東儀和太郎氏が今日の東遊びの舞の次第を述べられた「雅楽曲の作法」（『日本の古典芸能2雅楽』昭和四五年）を参考に、この段の舞を再現してみよう。

まず「駿河歌歌出」までは陪《べい》従も舞人《まいびと》も御前には出ず、楽器を奏し歌を唱和する声だけが聞こえる。これが「承香殿の前のほどに笛吹き立て、拍子打ちて遊ぶ」の部分で、清少納言も人々も陪従と舞人の登場を今や遅しと待っている。そして「や、有度浜《うど》に、駿河なる有度浜に、打ち寄する波は」と駿河歌の第一段が聞こえると、陪従は琴持《もち》・和琴奏者・琴持・笏拍子・付《つけ》歌・歌笛奏者・篳篥《ひちりき》奏者の順に並んで演奏唱和しながら御前に進み出、呉《くれ》竹の台のもとに列立する。一方、舞人も笏を背にはさみ左の上臈から二人ずつ並び、進んでいって本立し、全員揃うまで足踏みをして待っている。そして歌の末尾になってまた二人ずつ庭上に進み、第一段の終りの「七草の妹、ことこそよし」で向かい合う。ここが「有度浜うたひて」から「次々出づるに、足踏みを拍子に合はせて」の部分である。つぎに第二段の歌が「あな安らけ、あな安ら、安ら、あな、あな安らけ、練《ねり》の緒の、衣の袖を垂れてや、袖を垂れてや、あな安らけ」と歌われると同時に舞い始め、右回りの大輪、座毎《ごと》の手、左回りの大輪を舞って向い合わせの位置で舞い終り、上臈から退場していく。ここが「半臂の緒をつくろひ」の所作、「大輪など舞ふは、日一日見るともあくまじきを」にあたる。退場した舞人は、歌笛と篳篥が「片降ろし」を連奏している間に跪いて袍を右袒《たん》し列立《れつりつ》して、「求子歌」が始まると再び上臈《ろう》から二人ずつ並進して向い合わせになって舞い、舞い終わると今度は下臈から下がって袍の肩を着け、次の「大比礼歌」で一同仮立ちの位置に退場する。枕草子では「御琴掻き返して」が「求子歌出」の始まりで、「掻練《かいねり》のつや、下襲《したがさね》などの乱れあひて、こなたかなたにわたりなどしたる」といって清少納言は、白地に青摺の袍の右肩を脱いでその下から葡萄《えび》染めの下襲や掻練の打衣の紅《くれない》を覗かせている、その彩かな群が南から北へ、北から南へと入れ替わって舞い乱れるさまに目を見張っている。

その東遊びが終わってしまった後の寂寥を慰めてくれるのは賀茂神社の臨時の祭りの還立だといって、社頭の儀を終えた舞人が再び禁中に参って御前で神楽を奏するさまを、

庭燎《び》の煙の細く上りたるに、神楽の笛の、おもしろくわななき吹き澄まされて上るに、歌の声もいとあはれに、いみじうおもしろく、寒く冴えこほりて、うちたる衣も冷たう、扇持ちたる手も冷ゆともおぼえず。才の男召して、声引きたる人長《にんちょう》の心地よげさこそいみじけれ。

と、庭燎の煙が厳寒の冴え凍った夜空にたなびき、神楽笛、謡声がそれを盛り上げるさまを叙して、その趣きを紹介している。それは御社での御神楽を「松の煙のたなびきて、火の影に半臂《ぴ》の緒、衣のつやも、昼よりはこよなう勝りてぞ見ゆる。橋の板を踏み鳴らして、声あはせて舞ふほどもいとをかしきに、水の流るる音、笛の声などあひたるは、まことに神もめでたしと思すらむかし。」といっている時でも同じである。御神楽は、「神楽音取」「庭燎《にわび》」の人長《にんちょう》式と、「阿知女《あちめ》作法」「榊・幣・枝・篠・弓・剱・杖・葛・韓《から》神」などの採物で神の降臨を招く「神降ろし」の部、「宮人・薦《こも》枕」などの大前張《おおさいばり》小前張の「神遊び」の部、「星の音取り」「吉《き》々利《り》」の星、「朝倉」「其の駒」などの風俗歌催馬楽を謡う「神上がり」の部で構成されている。この一連の神事の進行を執り行うのが人長で、人長が舞うのは「神遊び」の部の「韓神」と「神上がり」の部の

「其の駒」である。清少納言には帝出御の前に人長の指揮で焚かれ、神事のすべてを映し出す庭燎の煙が、謡声、人長の所作、神楽笛の音、舞人の踏み鳴らす足音などが醸し出す雰囲気をよく象徴していると見えたのであろう。枕草子の東《あずま》遊びや御神楽の舞の臨場感あふれる記述からは、舞を愛し、心から楽しんだ者の息づかいが聞こえてきて、舞の魅力を今の私たちにいきいきと伝えてくれる。

清少納言の素直な享受に発した記述を再現的叙述というならば、紫式部日記の記述は象徴的にまとめあげられた叙述である。枕草子の「ここちよげ」な人長は尾張兼時と推測されるが、紫式部日記はその兼時の老残の姿を伝えている。

御物忌なれば、御社より、丑の刻にぞ還り参れば、御神楽などもさまばかりなり。兼時が去年まではいとつきづきしげなりしを、こよなく衰へたるふるまひぞ、見知るまじき人の上なれど、あはれに思ひよそへらるること多くはべる。

寛弘五年十一月二十八日に行われた賀茂神社臨時祭の勅使は教通で、その御前の儀の晴れ姿に乳母が「舞人には目もやらずうちまもりうちまもり」感泣したと書いて、次いで還立《かえりだち》の御神楽での老齢の人長の、昨年とはうって変った大儀そうな所作に触れている。紫式部は、春秋に富み栄えゆく教通の姿と対比させて往年の名手の格段の衰えを記し、我が身の上に思いよそえていて、この叙述が翌二九日の「こよなくたち馴れにけるも、うとましの身のほどやとおぼゆ」の内面への鋭い切り込みを引き出している。同じく享受する側に立っても、清少納言と紫式部とでは、対象の選び方、表現の方法がかくも異なっていて、それぞれの資質をよく示しているのは興味深い。

四 物語の舞

これまでは舞手の側、あるいは享受する側の、一方に立った記述を見てきたが、当然のことながら舞には舞う者と見る者が同時に存する。大和物語一一三段は臨時の祭で昔の恋人の舞を見た女が「昔着てなれしを摺れる衣手をあなめづらしとよそに見しかな」と詠んで贈ったと記している。男が舞い、女が見る、という構図はそれだけで一編の物語へと発展しうる。源氏物語はそれを用いて恋慕う女人の前で男が舞い、女も自分の感情に気づくという苦悩と官能の入り混じった禁忌の恋を創り出した。紅葉賀の試楽がそれである。清涼殿の御前での試楽《しがく》は青海波《せいがいは》を舞う源氏の、この世の者ならぬ美しさ、帝をはじめとする人々の絶讃と感動をあますところなく記している。けれども源氏の心はそこにはない。

つとめて中将の君、「いかに御覧じけむ。世に知らぬ乱り心地ながらこそ。

もの思ふに立ち舞ふべくもあらぬ身の袖うち振りし心知りきや

あなかしこ」とある御返り、目もあやなりし御さま容貌に見たまひ忍ばれずやありけむ、

「唐人の袖ふることは遠けれど立ち居につけてあはれとは見き
おほかたには」とあるを（紅葉賀）

この贈答の中心は「袖ふる」で、光源氏が「袖うち振りし心」といって我が愛を訴えたのに対して、藤壺はそれを「唐人の袖ふる」と青海波の故実にすりかえ、お見事な舞でございましたといなしている。藤壺の文の「おほかたには」を「おほかたにはあはれと見き」と解する説もあるが、それでは何のために「袖ふる」を故実にすりかえたのかわからなくなり、源氏の舞をけなすことにもなって、藤壺は「物の心知らぬ」人間となってしまう。「袖ふる」を故実として源氏の訴えに素知らぬふりさえ装えばその舞をいくら讃めてもいいわけだから、舞を舞として讃めるためには「袖ふる」を舞だけの意にとどめる必要があったのである。というのは「目もあやなりし御さま容貌に見たまひ忍ばれずやありけむ」が舞を見た藤壺の心の動きを受けた草子地だからである。その日、藤壺は光源氏の他を圧倒する舞、常よりも光る容貌《かたち》を見、弘徽殿《こきでん》女御の呪言を聞いて「おほけなき心のなからましかば、ましてめでたく見えまし」と思い、帝に感想を求められても「ことに侍りつ」と、何とも才知のないお答えしかできなかった。光源氏が袖を振った想いは藤壺に伝わっていたばかりか、自身の恋情に気づかせもしたのである。

さらにこの舞には一で見た政治的な意味も付されている。

源氏の中将は、青海波をぞ舞ひたまひける。片手には大殿の頭中将、容貌《かたち》用意人にはことなるを、立ち並びては、なほ花のかたはらの深山木《みやまぎ》なり。入り方の日影さやかにさしたるに、楽の声まさり、もののおもしろきほどに、同じ舞の足踏み面持、世に見えぬさまなり。(同)

青海波は二人舞で、この時源氏と舞ったのは頭中将であった。ところが、個人としては衆に抜きん出た頭中将も光源氏に相対すると「なほ花のかたはらの深山木」と映り、「同じ舞の足踏み面持、世に見えぬさま」に舞う源氏の蔭に隠れてしまって引き立て役に堕している。帝も「片手もけしうはあらずこそ見えつれ」と評されただけであった。この帝の評価は列席の人々の評価でもある。青海波の優劣が二人の位置を人々の目にもしるく定めたのである。続く花宴の後宴ではその差はさらに開いている。そこでは源氏は春鶯囀《しゅんおうてん》を「一《ひと》折れ気色ばかり」舞い、対照的に頭中将は「いますこし過ぐして、かかることもやと心づかひ」した柳花苑を舞って御衣を賜わっている。花宴では源氏は楽を整え、采配をふるったらしい。今日でいえば音楽監督で、楽人舞人の選定から楽曲や楽器の選出、調達、装束、そして演出に至るまで、総指揮を司ったのである。頭中将がこの時何を担当したかは明らかでないが、翌日左大臣が源氏の采配を讃め、お返しに源氏が柳花苑を讃めているところを見ると、花宴で二人の差はより開いているとおぼしい。藤裏葉巻で頭中将は紅葉賀の折を「大臣、その折は同じ舞に立ち並び聞こえたまひしを」と対等であった昔と回顧しているが、その意識とは裏腹に敗北の種子はこの賀宴の折に胚胎していたといえよう。であるからこそ、花宴でも六条院行幸でも、若菜上巻の薬師仏供養の精進落としでも、「紅葉賀の折思し出でられて」「青海波の折思し出づ」「青海波のいみじかりし夕、思ひ出でたる人々は」と当人たちや列席の人々の思いが常に紅葉賀に回帰していく。源氏物語の舞はすべてこの青海波に尽き、ここに集約され統合されるといってもけっして過言ではない。青海波は舞う者と見る者の恋を表現し、同時に政治的な意味を含有している。紅葉賀巻の青海波のうちに舞の社会性と恋の双方が無理なく結晶した、紫式部日記同様の、まことに巧みな象徴的手法といえよう。

一方、宇津保物語の特徴は、舞が作中人物の喜びの表現となっている点である。

> 中納言「なに〳〵ぞ」と問ひたまへば、尚侍のおとど「夜目にもしるくぞ」と聞こえたまへば、中納言万歳楽《らく》折れ返り〳〵舞ひたまふ。三の親王《みこ》いたく笑ひたまひて、親王たちその楽を高麗笛に吹きたまふ。あるじのおとど「などかくは」と聞こえたまへば、三の親王「中納言のこめ舞したまふなめり。」左大将「ただいまの好きはあぢきなくぞはべる。」あるじのおとど御時よくうち笑ひたまへば一度にほほと笑ふ。いと心地よげなり。あるじのおとど参りたまへば笑ひてつい居ぬ。おとど「万歳は果たしてこそ。半ばにては悪しかりなむ」と宣へば、立ちてなき手を出だして舞ひ果つ。（蔵開上）

これは仲忠が第一子の犬宮誕生に「折れ返り〳〵」舞い狂うところで、これまで形成されてきた端正な仲忠像からは意外なほどの喜びようを示す。そんな仲忠に親王たちも大はしゃぎで、唐楽の万歳楽を高麗笛で吹奏する始末である。この仲忠の喜びの表現が舞であって琴の弾奏でない点に注目したい。まず、舞い、ついで麟角風で「宝生」の曲を弾いたのであるから、喜びの直截的な表現が親王たちが「こめ舞」とからかった舞にあったのは明らかである。以後、仲忠は犬宮を異常なほどに溺愛し、細心の注意をはらって養育している。それは犬宮が琴の手を伝授しうる子孫であり、かつ后がねであるためである。

その犬宮七夜の産養では楽人による奏楽が一段落し順流れの盃がめぐる間に、主の右大臣正頼、源中納言、大納言忠俊、頭中将実正、右大将兼雅らが順に舞い、舞い終わっては土器《かわらけ》をさされて座の興を高めている。兼雅に至っては最初は「気色ばかり」舞っていたのに、左右近衛府の奏楽にもてはやされて果ては「折れ返り」舞う始末である。こうした宴飲の場での、いかにも楽しげな舞は他の物語に類を見ない。

このように舞を直截的根源的な感情表現とした宇津保物語は、それを琴の妙技に対する感動を表現する方法として用いている。右大将兼雅邸での相撲の還饗《かえりあるじ》で、あて宮を禄にするとの正頼の言葉に動かされて、仲忠はそれまで秘していた手を「声のある限り掻き立てて」弾く。そのみごとさに、仲頼は感に堪えず、庭に走り下りて「折れ返り」舞う。

仲頼、感に堪へず下り走り、万歳楽を折れ返り舞ふに、あるじのおとど袒脱ぎたまふ。左右の大将琴ども合はせて、仲頼行正笛吹き、あるかぎりの人拍子合はせて遊びたまふ。おもしろきこと限りなし。大将殿童《わらわ》におはしける時、嵯峨の院の御賀に落蹲《らくそん》二なく舞ひたまふ名取りたまひける。こよひ、かく遊び人手を尽くして珍しき物の音そはりてめでたきに、仲澄の侍従落蹲舞ひて、御階の下に舞ひ出でて、折れ返り舞ふ。仲忠愛《め》でしれて、大将の被けたまへる衵をうち被けてもろともに舞ひ遊び、仲澄舞ひて出づとて、御松明《まつ》ともして、さぶらふ右近の尉《じょう》近正に被けて入りぬ。（俊蔭）

仲頼が「折れ返り」舞ったのは彼にとって自らの感動を最も率直に表現する手段が舞だったからである。わきあがる感動に発作的に舞い出した、というのが本当の所であろう。音楽に堪能と自他共に評価されている仲頼を舞い狂わせるのは仲忠の技倆を表す最も効果的な方法であり、かつ人々の驚嘆がいかほどのものであったかを想像させてあまりある。秘琴の演奏に対する感動はまず仲頼の舞で表現され、続いて人々の合奏、さらに仲澄の舞、仲忠の舞と一座の興は拡がっていく。琴の妙技が舞を呼び、それが合奏を引き起こし新たな舞を呼んでいる。

そして巻末、仲忠一族が琴の家として立つ楼の上下巻では、この感動の舞をさらに効果的に用いている。仲忠は俊蔭に始まる一族の手を伝授するために人界から孤立した楼を建て、俊蔭女、犬宮とともに籠る。一年にわたる伝授を終え八月十五夜に楼を下り秘曲を披露する時には、嵯峨朱雀の両院を始め、女御たち、正頼一族、兼雅、そして行正、実忠らの物の上手、上達部殿上人が詰めかけ、邸の回りには下衆《げす》が幾重にも取り巻いて立錐の余地もない。全員が今や遅しと待ちかねるなか、澄み渡った空に月光が輝くと俊蔭女が麟角風《りゅうかくふ》で秋の調べを弾き始め、つぎに仲忠が波斯国の山の主の曲に移り、最後に犬宮が麟角風で暁の調べを弾き出す。と、それまで落涙したり、拍子を取っておられただけの嵯峨院も、この暁の調べには感動を押さえられず、

「さらにちごの弾きたまふやうならず、手のなりにけることと、いみじくあはれなるにえ堪へず」と宣はせて、立ちて舞はせたまひつつ

姫小松弾きつる琴に忍びあへず白き頭《かしら》のしらぎまひせむ

と自ら立って舞われ、かつ詠じられた。院の舞を琴技披露の最後に語ることの意味は大きい。大団円にふさわしく俊蔭一族に関わる人々が、昔の老婢の孫に至るまで顔を揃《そろ》え、聴き入るなかで、院が感動を禁じえず立って舞われたことこそ、琴の家樹立のもっとも確かな証しであろう。

宇津保物語の舞は手の舞い足の踏むところを知らず舞い出す、感動の最も原初的な表現であり、讃嘆のきわまった表出である。そのためこの物語の舞は人間味にあふれ、律動感にあふれているのだが、作者はこうした宴飲における楽しみの舞を琴の秘技に対する感動の表現として用いて、舞に独自の意味を付した。儀式舞を中心とする源氏物語の舞を物語的象徴表現というならば、宇津保物語の舞は感覚的再現表現だといえよう。

五　舞の魅力

最後に文学と舞の魅力について述べておこう。蜻蛉日記や大鏡のように舞の成否が関心の中心で舞自体の美に筆を割かない作品はさておき、文学が舞を記述する時にはそれぞれの美意識が働いている。舞楽では何はさておき、まず舞に目が行く。楽器だけの演奏から舞になると、それまで耳で聴いていた楽の音も謡もすべて舞の手づかい足さばきにみるようになって、眼前にあるのはただ舞ばかりとなり、享受形態が聴覚的官能の世界から視覚的官能の世界へと一変する。楽の音に合わせて舞っているように見える舞も実は森羅万象に遍在する音楽を心奥に聴き取りそれに合わせて舞っているのである。そこに独自な美が生じる。その美をどう表現するか、舞のどんな点を魅力とするかは見てきたように作品によってちがう。

宇津保物語では音楽に堪能な仲忠や仲頼が「折れ返り」舞って自身の感動を興奮を表している。「折れ返り」旋回する舞の動きは、舞手の感動を人々の賑わいを生き生きと再現し、さらにはゆるゆると高雅に舞う嵯峨院の舞を感動の頂点としてその対極とした。宇津保物語は舞の魅力を緩急の動きの変化に見、感動の表現としたのである。

枕草子も舞の楽しさを述べているが、清少納言が好んだのは群舞であったらしい。三で見た東遊びでは、二人ずつ並進していくところ、唱和が始まると一斉に舞の所作を始めるところ、全員が大輪をつくってぐるっと回るところ、求子で右に左に「乱れ合」うところを記している。「舞は」の段でもそれは同じで、列挙した唐楽の太平楽、迦陵頻《かりょうびん》、抜頭《はとう》、そして高麗《こま》楽の落蹲、狛《こま》形《がた》は、抜頭を除くと二人舞または四人舞で、いずれも舞手が対角線上に近づいたり遠ざかったり、交互に跪いたり、舞台を大きく回ったりする。清少納言は、舞人《まいびと》の所作や衣装の色彩がまるで万華鏡を覗《のぞ》いているように、一定の法則に従って移り変わり、あでやかに乱れ舞うところに魅力を感じて筆に写しているのである。

そして源氏物語はそのいずれとも違って、舞の瞬間的な美しさを捉えている。紅葉賀試楽では「詠はてて、袖うちなほしたまへるに、待ち取りたる楽のにぎははしきに、顔の色あひまさりて、常よりも光ると見えたまふ。」と、夕日の残照のなかで吟詠が終り、「袖うちなほ」すと同時に楽が高鳴る一瞬を取り上げ、賀宴当日では「色々に散りかふ木の葉の中より、青海波のかかやき出でたるさま、いとおそろしきまで見ゆ」の登場の一瞬、そして舞が急になる入り綾を「そぞろ寒く、この世の事ともおぼえず」と語っている。同様に迦陵頻が「霞の間より立ち出で」胡蝶が「山吹の籬の下に咲きこぼれたる花の蔭に舞ひ出」で、「日暮れかかるほどに、高麗の乱声《らんじょう》して、落蹲の舞ひ出でたる」登場の瞬間、「短きものどもをほのかに舞ひつつ紅葉の蔭《かげ》にかへり入るほど」「紅葉の蔭に入りぬる名残」の退場の瞬間、つまり、静から動、動から静へと移る一瞬を捉えて描いているし、住吉参詣の入り綾では、上達部《かんだちめ》が求子《もとめご》に加わり、薬師仏供養精進落しでは夕霧と柏木が下りて舞に加わったというのだから、これも変化の一瞬といえよう。それは、

求子はつる末に、若やかなる上達部は肩脱ぎておりたまふ、にほひもなく黒き袍衣に、蘇芳《すほう》襲《がさね》の、葡萄染《えびぞめ》の袖をにはかにひき綻ばしたるに、紅《くれない》深き衵《あこめ》の袂のうちしぐれたるけしきばかり濡れたる、松原をば忘れて、紅葉の散るに思ひわたさる。見るかひ多かる姿どもに、いと白く枯れたる荻を高やかにかざして、ただ一返り舞ひて入りぬるは、いとおもしろく飽かずぞありける。（若菜下）

と、舞人の青摺《あおずり》の袍の右肩からのぞく葡萄染の下襲、上達部の黒の袍からのぞく蘇芳襲や葡萄染、紅の衵が緑の松原に舞い乱れるさま、高くかざされた白い荻を描いて美しいことは美しいのだが、視覚に訴えすぎて音が聞こえない。動きも荻に象徴されるように、どこか優美に過ぎて夢のようにはかない美しさなのである。

　こうしてみると王朝文学が取り上げた舞の魅力は、その作品が舞に付した意味と合致している。舞の楽しさを述べる枕草子では清少納言の筆もきわめて素直で楽しさにあふれ、舞人の規則的な動きにつれて構図が変わる群舞のおもしろさをそのまま紙上に再現している。舞の楽しさを伝えるという点では宇津保物語も同じなのだが、舞を感動の直接的根源的な表現と捉え、それを俊蔭一族の琴技への感動に用いて、秘琴秘曲への憧れとしているところが物語である所以であろう。

しかし宇津保物語は舞を舞手の感動表現としか捉えなかったので、舞を紙上に再現するに留まった。そこから源氏物語は舞う者と見る者双方を関わらせて禁忌の恋を描き、同時に物語を貫く政治の流れをも象徴させた。源氏物語は蜻蛉日記など、実生活に見える舞の社会的意味と虚構をうまく結びつけ、象徴として用いた。反面その優美な描写はどこか現実味に乏しい。そして源氏物語以後の後期物語には舞の記述はもはや見えないのである。

注

蜻蛉日記、宇津保物語、枕草子、源氏物語、紫式部日記、栄花物語、大鏡には舞の曲名が見える。それらは唐楽は、春鶯囀、賀殿、迦陵頻、陵王（以上壱越調）、皇麞、五常楽、万歳楽、（以上平調）、柳花苑（双調）、喜春楽（黄鐘調）、輪台、青海波、採桑老（以上盤渉調）、太平楽、打毬楽、抜頭（以上太食調）、賀王恩（乞食調）。高麗楽は胡蝶楽、落蹲（壱越調）狛竜である。

VII 催馬楽《さいばら》

一 しゃれた応答

浜松中納言物語につぎのような、催馬楽を謡《うた》う場面がある。

「三年《みとせ》がほど、かくてものしたまひて帰りたまふが、飽かず大きなる愁へと、涙とどめがたきに思ひあまり、ここなる人の琴の声きかせたてまつらむと思ふなり」と仰せらるる御答《いら》へ、ともかくも聞こえさせずして、あざやかに居なほりて、扇をうち鳴らしつつ、安名尊《あなとうと》うち出《い》でたまへる声のおもしろさは、さまざまの物の音を、調べ合はせて聞かむよりもまさりて聞こゆるに、（巻二）

これは中納言が唐の皇子に転生した父を慕って渡唐し、三年の滞在を終えて帰国するときの宴で、詩作にも音楽にも秀でた中納言に感嘆した帝が、はなむけに向陽県の后の比類なき琴を聴かせようと仰せられるや、中納言が「安名尊」を謡ったというのである。唐の帝に対して催馬楽で応えるとは思えばずいぶん奇妙である。けれども帝の仰せを拝聴するや居ずまいを正し謡い出したというのだから、この安名尊は中納言の正式な答礼であると考えねばならない。この物語は中国と日本の国情、彼我の習慣の相違などまるで意に解さず、むしろ日本の宮廷儀礼や慣習をそのまま唐に当てはめている例が多々みえるから、作者は中納言の意図が疎漏《そろう》なく通じると考えていたのだろう。安名尊は

あな尊　今日の尊さや　古もはれ　古も　かくやありけむや　今日の尊さ　あはれ　そこよしや　今日の尊さ

と謡うように、宴を、ひいては宴の主催者を寿《ことほ》ぐ謡で、朝覲行幸をはじめとする種々の儀式の最初に謡われる。それを中納言は自身の感激と深謝をあらわすのに用いた。中納言にとって安名尊を謡うことは、故国日本の宴席の習慣に従った、きわめて自然な、かつ敬意をあらわすに最も適切な行為であり、言葉で御礼を言上し感激を申し述べるよりも礼にかなった行為だったのである。つまり、この場の安名尊は単なる曲名ではなく、別れの宴を寿ぎ帝の治世を寿ぐと同時に、帝の破格な厚意に対する深謝を表明するものであった。しかも帝の仰せに催馬楽で応えるという行為は、琴の演奏を聴かせようとの御言葉に対する当意即妙の洒落た応答となっており、「さまざまの物の音を、調べ合はせて聞かむよりまさ」る声のすばらしさは、続いて演奏された「空に響き

のぼる」后の琴の音に釣り合う理想性をもおのずから具現している。浜松中納言物語にみえる歌謡はこの一例だけであるが、わずか一例とはいえ、ずいぶん凝った表現だといえよう。

それではこうしたしゃれた応答が物語の特性かといえばけっしてそうではない。王朝貴族は時と場合に応じてこの中納言のようにふるまったらしい。紫式部日記には寛弘五年敦成親王《ひら》の五十日の祝いの翌日、中宮権亮《すけ》実成が宮の内侍の局で安名尊を「声をかしう」謡ったとある。この時実成は若宮職司定めに伴って昇進したばかりで、その御礼言上に伺ったのだが、実成は中宮と若宮を讃えて「今日の尊さ」と謡うことが自らの感謝をもっともさりげなく、かつ多くの人々にもわかるよう表明できると判断したのであろう。声が「をかし」いのも女房たちに注目させ、このことが中宮、ひいては道長の耳に入るようにとの細心の注意を払っての行為だったからであろう。紫式部がこのエピソードを点描したのは実成の機知を伝えておもしろかったからだが、すくなくとも実成は式部において目的を達したのである。

「催馬楽」という名称の由来については諸説あるが、文献に初めてみえるのは三代実録貞元元年の広井女王が薨《こう》じた条で、女王が「催馬楽歌」を雅びに謡うので伝習者がついたとある。詳細はわからないが、郢曲集に「風俗の音声みじかく節にいやしめる声のあり。其のふりをかへて唱ふる也」と説くように、民謡を唐《とう》楽曲催馬楽の調べで謡ったという可能性はある。王朝の権門貴族は民謡と渡来曲との取り合わせに新奇な華やかさを感じたらしく、平安中期には催馬楽は儀式や宴飲に欠かせないものとなっていた。そうした時代にあって催馬楽を謡うとはこの一例でもわかるように、謡い手が自身の感情をほしいままに噴出させたり、あてどもなく口ずさむのではなく、浜松中納言物語が中国の帝への答礼であり、紫式部日記のそれが中宮や道長への御礼であるように、志向対象への働きかけである。催馬楽を謡うとは、歌詞と美声の両面から対象に働きかけ、自身の意思を表明し感情を伝達することなのであった。催馬楽には他にその詞章を用いて地の文を綴ったり和歌を詠んだりする方法があるが、ここでは実際に催馬楽を謡う行為をみよう。

二　公の場で

源氏物語では催馬楽は公の場でも私的な場でも謡われている。このうち儀式や宴飲などの公の場で謡われる催馬楽は日常性を写したものと考えられ、これまであまり問題にされなかった。しかし謡うことが対象への志向作用である以上、宴遊の催馬楽もある種の気分や情調をもって物語に関わっている。

(1)頭中将懐なりける笛とり出でて、吹き澄ましたり。弁の君、扇はかなううち鳴らして、「豊浦の寺の西なるや」とうたふ。(若紫)

(2)夜に入りぬれば、いと飽かぬ心地して、御《お》前の庭に篝火ともして、御階のもとの苔の上に、楽人召して、上達部親王《かんだちめみこ》たちも、みなおのおの弾物《ひき》吹物《ふき》とりどりにしたまふ。物の師ども、ことにすぐれたるかぎり、双調吹きて、上に待ち取る御琴どもの調べ、いと華やかに掻き立てて、安名尊遊びたまふ。（中略）返り声に喜春楽立ち添ひて、兵部卿宮青柳折り返しおもしろくうたひたまふ。主《あるじ》の大臣《おとど》も言《こと》加へたまふ。（胡蝶）

(3)「時々は異わざしたまへ。笛の音にも古ごとは伝はるものなり」とて笛奉りたまふ。いと若うをかしげなる音に吹き立てて、いみじうおもしろければ、御琴どもをばしばしとどめて、大臣、拍子おどろおどろしからずうち鳴らしたまひて、「萩が花ずり」などうたひたまふ。

（少女）

(1)は北山からの帰途、迎えに参上した左大臣家の君達《きんだち》と土器《かわらけ》を巡らしちょっとした宴を張るところで、弁の君が扇で拍子をとりながら「葛城」を謡う。所は「岩隠れの苔の上」で「落ち来る水のさまなど、ゆゑある滝のもと」、北山の僧都《ず》をはじめとして、そこここの僧房では「言ふかひなき法師童《わらわ》べも年老いたる尼君たちも」耳を立てているというのだから、

葛城の寺の前なるや　豊浦の寺の　西なるや　榎の葉井に　白璧沈《しらたましず》くや　真《ま》白璧沈くや　おしとと　おしとと
しかしてば　国ぞ栄えむや　我家《わぎへ》らぞ　冨せむや　おおしとと　としとんと　おおしとんと　としとんと

という葛城の歌詞にぴったりと合っている。従来、ここは、僧房のみえる滝のもとの岩に寄り掛かって憩う源氏を、寺の井のなかに沈む白璧にたとえてその美しさを讃めたたえたと解されてきた。しかし詞章の後半を考えるとそれだけではないと思う。後半は白璧が国を栄えさせ家を富ませるというのだから、この場の葛城は源氏の参画による国の繁栄を予祝し、その白璧のような源氏を大切にし中心に据えることによって、我が左大臣家も富み栄えようとの、多分に政治的な祝詞であると考えられる。

光源氏の美しさを讃えることは、その内に籠る政治力を讃えることでもあったらしい。賢木《さかき》巻で頭中将が負け態《わざ》の宴を開いた時に次郎君が「高砂」を謡ってそのかわいい声を愛でられているが、高砂の末句「あはましものをさゆりはの」と謡うところで、頭中将が「それもがとけさひらけたる初花におとらぬ君がにほひとぞ見る」と和歌を詠みかけ、源氏が「時ならでけさ咲く花は夏の雨にしをれにけらしにほふほどなく。おとろへにたるものを」と応えるところがある。頭中将のいう「初花」は歌詞の白百合ではなく、「階《はし》のもとの薔薇けしきばかり咲きて」とある眼前の一重の白薔薇をいう。次郎君は「御遊びの乱れゆくほど」にふさわしい選曲と巧唱でこれ以後美声の持ち主として描かれるが、その父は詞章をもって光源氏の美しさを讃え、源氏は「時ならで」右大臣方の勢力に圧倒されて衰えてしまったよと受けている。高砂を用いた頭中将の贈歌は弁の君の葛城と同趣で、二人の贈答は時流に抗するこの宴そのままに政治的連帯をいわず語らずのうちに確認し合っているのである。

官僚たちの宴がおのずから政治的な性格をおびているとは第四章で述べたが、それが顕著なのは光源氏が須磨から帰京して政界に復帰し、政権を手中にした絵合巻以降の宴遊である。(2)は三月二十日余りの新造船披露の宴の船遊びで、双調の笛の音を伴奏にしてまず呂の安名尊を謡って六条院の栄華を寿ぎ、宴がくだけてゆくと音楽も律に変わって喜春楽となり、蛍宮が青柳をおもしろく謡い出す。すると光源氏も声を加えたというのである。春であれば呂は梅枝か桜人、返り声で律になると青柳が謡われるのだが、ここで正客の蛍宮が折り返し謡ったのは寿《ことほ》ぎに加えて肩の張らない宴の楽しさおもしろさを述べているのだが、主人の源氏の場合はすこしちがう。この宴に先立って初音巻の大臣が新春に催す臨時客では、これまで殿《との》ぼめなどしたことのない源氏が「大殿も時々声うち添へたまへる『さき草』の末つ方、いとなつかしうめでたく聞こゆ」と参会の人々の「此の殿」に声を添えているし、この後の梅枝巻の月前酒宴では「宮も大臣もさしいらへたまふ」う姿が、若菜下巻の女楽でも「院も時々扇うち鳴らして加へたまふ御声、昔よりはいみじくおもしろく、すこしふつつかにものものしき気添ひて聞こゆ」と自邸で声を添える源氏の姿が描かれている。宴遊で拍子を取って謡うのは若輩者で、納言以上の者はまず謡わない。謡ったとしても声を添える程度で、そのことが宴の盛大さ華やかさを示すことになる。六条院に繰り拡げられる宴遊は光源氏の権勢をあらわすが、そこで源氏自身が安名尊や此の殿、桜人、梅枝、青柳などの催馬楽に声を添えるのは思うところのない満足をよく示しているといえよう。(3)は頭中将が雲居雁《くもいのかり》に琴を伝授しているところに夕霧が訪れ、娘を下がらせて夕霧に笛をすすめ、自ら拍子を取って更衣を謡うところである。更衣は季節がらの選曲でもあるが、花鳥余情が「冠《かん》者《ざ》の君の浅葱《ぎ》の色をあらため給はむことを思ひよせて、大宮の御前にて、ことさらに衣がへの歌をうたひ給ふ也」といっているように、六位の夕霧の官途の昇進を祈祝しての配慮であろう。この前後が音楽に形を借りた政治情勢の説明になっている点からもそうとれる。

このように儀式や宴飲などの公的な場で謡われる催馬楽は「ことぶきをだにせむや」(竹河)というように、宴や宴を行っている邸、ひいては主催者を寿ぐもので、曲目も祝意をストレートにあらわす安名尊、此の殿、伊勢海や、季節や眼前の景にちなんだ梅枝《うめがえ》、桜人《さくらびと》、葛城、竹河《たけかわ》、高砂、飛鳥井、更衣《ころもがえ》などが謡われる。宴遊が官僚たちの公宴である以上、御遊になって謡われる催馬楽が政治的色彩を帯びてくるのは当然で、源氏物語はそれを巧みに用いて人々の動静を描き、政権の趨勢を語っているのである。

三　私的な場で

しかし、公的な宴を離れた私的な場で謡われる催馬楽はまるで異なる様相を呈している。

(4)大殿には、例の、ふとも対面したまはず。つれづれとよろづ思しめぐらされて、箏の御琴まさぐりて、「やはらかに寝る夜はなくて」とうたひたまふ。（花宴）

(4)では光源氏が箏を弾くともなく弾きながら貫河を謡っている。貫河は、

貫河の　瀬々の柔ら手《た》枕　柔らかに　寝《ぬ》る夜はなくて　親避くる夫
親放《さ》くる　妻は　ましてるはし　しかさらば　矢矧《やはぎ》の市　沓《くつ》買ひにかむ
沓買はば　線鞋《せんこう》の細底を買へ　さし履きて　上裳《うわも》とり着て　宮路通はむ

と、母親の看視が厳しくて夫と共寝できないと嘆く妻が、夫に慰められなだめられて、それならいっそわたしの方からあなたのもとに通いましょうといい出す、一途で激しい愛を内容とする。ところが光源氏はこの歌詞を肯定して謡っているのではない。この場合の志向対象は葵上であるが、その葵上はなかなか出て来ないのだから貫河《ぬきがわ》の女とはずいぶんちがう。源氏は一人琴を装いながら奥に端座している葵上に聞こえるように、共寝できずに嘆いているのはこの歌詞とは逆に、夫のわたしの方なのだ、と自身の嘆きを表面に出して自分も葵上も傷つかないようにしておいて、貫河の女とは正反対の葵上の冷淡さを皮肉り、不満をぶつけているのである。おもしろいことに続いて登場する葵上の父左大臣も貫河の母親とはちがって「一日の興ありしこと」と源氏の機嫌をとって二人の仲を取り結ぼうとする。作者はこの場を貫河の歌意とはことごとく逆に設定し、そうすることによって光源氏の裡《うち》にひそむ不満と怒りを浮き彫りにしているといえよう。

同じ貫河を謡っても光源氏が玉鬘《かずら》にいい寄る常夏《とこなつ》巻は趣がまるでちがう。源氏は実父頭中将を恋しがる玉鬘に、わざと頭中将の和琴について語りながら自ら和琴を「二なく今めかしくをかし」く弾いて玉鬘の心を揺さぶり、「貫河の瀬々のやはらた」と「なつかしく」謡いながら玉鬘の心を惹きつけ、「親避くる夫」のところは特に笑いかけながら掻き鳴らしている。「親避くる夫」を玉鬘を親から引き離して会わせないでいる意と解する向きもあるが、それでは源氏の品性がずいぶん下落する。ここは源氏が玉鬘の心を自分の方に向けさせようとするところだから、「親避くる」に主意をこめて、娘のくせに親のわたしを避けるあなたよ、と笑いかけながら、なじるように謡って女の気を惹いていると解したほうがいい。「なつかしく」謡いかける声に、源氏の手練手管の冴えとたとえようのない色気がにじみでている。つまり同じ催馬楽で女に働きかけていても、花宴巻では葵上に対して歌意とは全く逆の態度や愛情を皮肉り、常夏巻では玉鬘に対して歌詞の一部を巧みに換えていい寄っている。このように詞章や歌意を自由自在に用いて相手に働きかけるところに、私的な場での催馬楽の特色を見いだせよう。

(5)「瓜作りになりやしなまし」と、声はいとをかしうて謡ふぞ、すこし心づきなき。鄂州にありけむ昔の人も、かくやをかしかりけむと、耳とまりて聞きたまふ。弾きやみて、いといたう思ひ乱れたるけはひなり。君、東屋《あずまや》を忍びやかに謡ひて、寄りたまへるに、「おし開いて来ませ」と、うち添へたるも、例に違ひたる心地ぞする。(紅葉賀)

(6)いづれならむ、と胸うちつぶれて「扇を取られて、からきめを見る」と、うちおほどけたる声に言ひなして、寄りゐたまへり。「あやしくもさま変へにける高麗人《こまうど》かな」と答《いら》ふるは、心知らぬ人にやあらむ。答へはせで、ただ時々うち嘆くけはひする方によりかかりて、几帳《き》ごしに手をとらへて（花宴）

(5)では色好みの老女源典侍《ないしのすけ》が温《うん》明殿で琵琶を弾きながら「山城《しろ》」を謡っている。山城は

山城の　狛《こま》のわたりの　瓜つくり　なよや　らいしなや　さいしなや　瓜つくり　瓜つくり　はれ

瓜つくり　我を欲しと言ふ　いかにせむ　なよや　らいしなや　さいしなや　いかにせむ　いかにせむ　はれ

いかにせむ　なりやしなまし　瓜たつまでにや　らいしなや　さいしなや　瓜たつま　瓜たつまでに

と、帰化人の瓜つくりに求婚されてどうしようかどうしようかと思いためらう娘心を謡ったもので、典侍はお慕いする源氏の君が冷淡だから、いっそのこと卑賤な者の妻となってしまおうか、君を諦められるように、と謡っているのである。思い乱れているという点では典侍は山城の女と同じである。しかし典侍は卑賤な者の妻となって君を諦めよう、などとは本気で思っていない。山城の女のようにうれし恥ずかしの気持ちをかかえて瓜作りの妻となるのではない。そうした考

えを弄《もてあそ》んでいるだけである。「なよや　らいしなや　さいしなや」と繰り返しの多いこの催馬楽は、考えを弄んで行きつ戻りつするのにリズムのうえでも言葉の点でもぴったりなのだが、典侍は謡の最後になってとてもそんなことはできないとはっきり知ったのである。だから「弾きやみていといたう思い乱れ」ているのだし、立ち聞いていた源氏が、東屋の男の呼び掛けを「東屋の真屋のあまりの　その雨そそき　我立ち濡れぬ　殿戸《とのど》開かせ」と謡いかけると、即座に後半の女の答えの「鎹も錠もあらばこそ　その殿戸　我鎖《さ》さめ　押し開いて来ませ　我や人妻」と応じて誘い入れたのである。典侍の心は山城の歌意とは反対のところにあったわけである。その声の「をかし」さを源氏が「心づきなく」思ったのはそのためであった。物語に登場する女は催馬楽を和歌に詠み込み、会話に用いてはいるが、謡《うた》いはしない。謡う女はこの源典侍や小野里の母尼、朗詠の一節を口ずさむ朧月夜尚侍《ないしのかみ》のように特殊な性格を付されている。

(6)はその朧月夜尚侍と源氏との再会を「石川」によって描いている。花宴の夜、扇を取り交して別れた人が右大臣家の姫君らしいと知った源氏は、藤の宴に招かれた時に酔にまぎらわせて姫君たちの御座所に近づき「扇を取られて、からきめを見る」と謡いかけた。これは石川の一節「石川の　高麗人に　帯を取られて　からき悔いする」の「帯」を「扇」に換えて女の反応をみたのである。女との仲が絶えてつらい思いをしているという歌意とは逆に、この場では、ようやく尋ね当てた女へものをいいかけるうれしさと、期待と、一抹の不安がないまぜになって「うちおほどけたる声」で、わたしをおぼえていますか、恋しいと思っていただけますか、と問いかけている。これもまた心中の思いと歌意の一部を微妙に交錯させた例である。この場に「あやしくもさま変へにける高麗人かな」と応じる、真意のわからぬ女を配したのは絶妙の筆使いである。

(7)殿に帰りたまへれば、格子など下ろさせて、みな寝たまひけり。この宮に心かけきこえたまひて、かくねむごろがりきこえたまふぞなど人の聞こえ知らせたれば、かやうに夜更かししたまふもなま憎くて、入りたまふをも聞く聞く寝たるやうにてものしたまふなるべし。「妹と我といるさの山の」と、声はいとをかしうて、独りごちうたひて、「こは、など。かく鎖し固めたる。あな埋《うも》れや。今宵の月を見ぬ里もありけり」とうめきたまふ。格子上げさせたまひて、御簾《みす》巻き上げなどしたまひて端近く臥したまへり。「かかる夜の月に、心やすく夢見る人はあるものか。すこし出でたまへ。あな心憂《う》」など聞こえたまへど、心やましううち思ひて、聞き忍びたまふ。(横笛)

小野山荘で落葉宮の和琴《わごん》を聴いて帰邸した夕霧はいささか興奮ぎみである。その高揚した気持ちは「妹と我といるさの山の」と謡う、催馬楽の「妹と我」によくあらわれている。しかし夕霧とて雲居雁を中心とする女たちのおもしろからぬ雰囲気に気づいていないわけではない。それがよくわかるからこそ、「妹」とはあなたのことですよ、とわざと雲居雁に聞こえるように共寝しようと謡いかけたのであった。これはまことに夕霧らしい詐術《さ》である。しかしその真意が落葉宮にあることはとっくに見抜かれていて、「こは、など。かく鎖し固めたる。あな埋れや。今宵の月を見ぬ里もありけり」「かかる夜の月に、心やすく夢見る人はあるものか。」の呼びかけもうつろに響いて夕霧一人が浮き上がっている。「声はをかしくて」というところに女たちの反感が痛いほどよく伝わってくる。

以上のように私的な場で謡われる催馬楽は、音楽記述の型でいえば男女の交情や孤愁の一人琴にあたり、対座する女や妻、心中の恋人に働きかける感情表現である。その表現も必ずしも催馬楽の詞章そのままを直接に謡いかけるのではなく、歌意とは逆の心を訴えたり、皮肉ったり、あるいは詞章の一部を用いて自身の希望や意思を伝えようとするもので、曲目も御遊の場のそれとはちがって、貫河、東屋、飛鳥井（以上律）、桜人、山城、妹と我、石川、葦垣（以上呂）と、掛け合いの多い、色めかしい曲である。そうした色めかしい詞章を縦横に用いて恋する人々の心理の綾や微妙な心の揺れを、声の描写と交錯させながら生き生きと描き出している。第五章で源氏物語の音楽は公と私との二層構造をなしていると述べたが、催馬楽もその例外ではない。公の場の催馬楽は歌詞の祝意をストレートに述べて社会的政治的空間を活写し、私の場の催馬楽は歌詞と心とのずれが、人と人を結び付けあるいは反発させて文学的効果を生み出しているのである。

四　人間模様の活写

こうした催馬楽の用法の基底には詞章への興味があると思われる。枕草子の類聚的章段には

檜の木、また気近からぬものなれど、みつばよつばの殿づくりもをかし（花の木ならぬは）

いつぬき川、澤田川などは催馬楽などの思はするなるべし。（川は）

橋は　あさむつの橋（橋は）

飛鳥井は「御水《みもい》も寒し」とほめたるこそをかしけれ（井は）

と、催馬楽の此の殿、美濃山、山城、浅水、飛鳥井の歌詞の連想から、檜、川、橋、井の名を挙げている。しかし清少納言は詞章のおもしろさを感じながら、それを人事に取り入れようとはしなかったし、また源氏物語以外の物語でも歌詞の直接的引用以上には出なかったらしい。大鏡に一例見える催馬楽は「席田《むしろだ》」で、村上天皇の諒闇の新春、人々が小野宮に参って、臨時客というわけではないのだが、ごく内輪に詩を吟じたり催馬楽を謡ったりした。その折に謡ったのが「席田の　席田の　伊都貫川にや　住む鶴の　住む鶴の　千歳をかねてぞ　遊びあへる　千歳をかねてぞ　遊びあへる」という、帝の御世を寿ぐものだったので、今はおわさぬ故き村上帝を鮮烈に思い出させ、一同涙を禁じえなかったという。非虚構の文学にみえる催馬楽はいずれも御遊

びを寿ぐもので簡略な記述であることが多い。

一方、源氏物語以前の宇津保物語では神楽の召人に「さいばら」をする者が挙がっているが、実際に謡っているのは蔵開上巻だけである。それは犬宮五十日の祝で、席上、中務宮をよい婿がねと思う左大臣が「み肴にせむ」と箏をおもしろく弾きながら謡いかけ、それを聴いた式部卿宮が同じことを考えているなと笑うところ、すっかり酔っ払った仲忠が「酒をたたへてたべ酔ひて」と高唱しながら部屋に助け入れられるところである。「み肴にせむ」は「我家《わいへん》」、「酒をたたへて」は「酒飲」で、いずれも歌意と歌い手の意図が一致した直接引用である。また、和歌を催馬楽のふしで謡うところもある。

御土器《かわらけ》始まり、御箸下りぬるほどに、右大将のぬし、川のあなたよりをかしき小舟、興あるさまに調じてつくり、をかしきものを興あるこへいして土器とりて、侍従に高麗《こま》の楽せさせて渡りたまふ。左大将おとどかぎりなくよろこびたまひて、川面に右の司の遊び人殿上人君達とりゐて遊びて待ちたまふとて、「大君《おおきみ》来まさば」という声振《こわぶり》に、かう謡ひたまふ。

底深き淵を渡るはみなれざほ長き心も人やつくらむ

右大将のぬし、「伊勢の海」の声振に

人はいさ我がさす棹のおよばねば深き心をひとりとぞ思ふ

とて渡りて、左右遊びてつきなみたまひぬ。（祭の使）

これは左大将正頼が桂で夏神楽を催していると、川を隔てて別荘を持つ右大将兼雅が子息の仲忠に楽を奏させながら舟でお越しになり、正頼側でも楽を奏してお待ち申し上げるところで、正頼は我家のふしで、兼雅は伊勢海のふしで和歌を詠みあったという。正頼は客を迎える主人として謡いかけ、兼雅は桂川を海に見立てて「玉や拾はむ貝や拾はむ」の寿で応じて招待を受けたのである。祭の使の巻でも実忠が志賀の山もとに住む母子に心惹かれて妹が門のふしで和歌を詠みかけているが、実はその小家こそ、あて宮を慕うあまりに捨ててしまった妻子の住む家なのであった。実忠がそうしたのは「妹が門　夫が門　行き過ぎかねてや」の歌意をもって、わたしは決してあやしい者でもあなたがたを害そうと思っている者でもありません、ただ妙にこのまま行き過ぎ難くて、と伝えたかったのであろう。和歌に催馬楽の歌意を響かせる手法はおもしろいが、歌意をそのまま伝達しようとするにとどまる点で宇津保物語は単純だといえよう。

後期物語では一に挙げた浜松中納言物語のほかに狭衣物語に「更衣《ころもがえ》」、「浅水《あさんず》」を謡うところがある。更衣は源氏宮の入内《じゅだい》が決定的になったとき、浅水は宮を垣間見していよいよ想いが募り出家を考えるところで、いずれも源氏宮への想いが報われそうにないと鬱《ふさ》ぎ込むときであるが、更衣では謡に熱中して昇天しそうになり、浅水では「謡ひたまへる声など、我ながら、げに、おぼろげならでは、やつし難くぞ思し知らるる」と我が声のすばらしさに酔ってこれではこの世を捨てられそうもないな、と思う。一見するとこれらは源氏物語を踏襲したようだが、音楽性を重視して詞章の効果を半減させてしまっている。源氏物語では拮抗し、それゆえに生き生きとした力を放っていた、対象への働きかけである謡う行為と、音楽としての謡とは、後期物語では分裂してしまって、音楽の面が重視されている。後期物語のわずかな催馬楽が宮廷生活の点描や主人公の理想性の一端にすぎないのはそのためである。それはまた物語が作中人物の恋愛面ばかりを描いて、それを支える社会面を描かず現実性に欠けることと関連していよう。

このようにみてくると源氏物語の催馬楽の用い方、なかでも、催馬楽の詞章と謡い手の志向を逆にしたりずらしたりして、相手に働きかけようとする、私的な場での催馬楽は独自なものということができよう。王朝貴族は日常催馬楽に親しんでおり、その詞章を和歌や会話に引用しているのだから、作中人物たちが催馬楽を謡って相手に働きかけようとするのはいかにもありそうなことである。ところが源氏物語以外にはそうした例がみえないのだから、いかにもありそうなことだと思わせるところに紫式部の創意があったのかもしれない。現代の注釈をみても詞章のくぎり、謡い手、謡われた状況をどう解するかで同じ催馬楽がまったくちがう貌をみせる。場と状況に応じてさまざまな読みを可能にする催馬楽は人間の心理の綾を描くには格好のものであったろう。紫式部は催馬楽を謡うことが基本的に他者への働きかけだと気づいて、詞章への興味を発展させ、声の魅力と合わせ用いて奥の深い人間模様を作出したのである。

Ⅷ　楽の音

一　楽の音の表現

一口に楽の音の表現といってもそのありようはさまざまである。今でこそ笛はピーヒャラ、琴はコロリンシャン、鼓はカッポン、というが、平安文学にはこうした楽の音の擬音語は見えない。記紀の歌謡に和琴を「佐夜佐夜《サヤサヤ》」、平家物語小督《こごう》に仲国の横笛を「ちと」、お伽草子濱出《はまで》草紙に「ていとうの鼓の音、さつさつの鈴の声」が見える程度である。平安文学が擬音語を用いなかったのではない。物語が楽の音を描こうとしなかったのでもない。平安文学は擬音語を効果的に用いているし、楽の音は物語のいたるところで響いている。このことは平安文学、なかでも王朝文学に響いている楽の音が実際の物理的な楽音《がくおん》ではなく、演奏がどのようであるかを表現した、きわめて文学的な楽の音、作者によって染めあげられた楽の音であることを意味している。音楽を聴いて抱くイメージはその人その人の感性や経験によって異なるし、その時々の状況によっても異なるのだから、あらかじめそのイメージを呈示した物語の楽の音は、作者の意図を如実に反映しているという点で作品の性格をおのずから映し出している。いいかえれば、楽の音をいかに表現するかという模索は、音楽という芸術が文学といかに関わり、取り込まれていったかという足取りの歴史でもある。そうしたなかで頂点に達したのは源氏物語であった。源氏物語の楽の音は芸術性豊かな表現技巧にとどまらず、物語を構築していく方法となりえている。ここではそのことを和歌や宇津保物語を視座に入れながら述べていこう。

二 和歌の喩

物語に先立って和歌には既に楽の音をあらわす一定の型が成立している。それは琴の音を松風に喩《たと》える表現である。

(1)ことのねに峰の松風かよふらしいづれのをより調べそめけむ (拾遺集四五一)
(2)みじか夜の更けゆくままに高砂の峰の松風吹くかとぞ聞く (後撰集一六七)
(3)松の音は秋の調べに聞こゆなり高くせめあげて風ぞひくらし (拾遺集三七三)
(4)都まで響きかよへるからことは波の緒すげて風ぞひきける (古今集九二一)

(1)の斎宮女御《さいぐうにようご》の歌は「峰《を》」と「緒《を》」を掛けて、峰の松風と琴の音が入りまがい、しだいしだいに協調して響くようになって、いったいどちらが先に音を立て始めたのかわからなくなってしまったと、琴と松風の交歓を詠んでいる。この歌は貞元元年十月二七日の庚申歌合における題詠で、「松風入夜琴」という題は季嶠百詠の風詩「月影臨秋扇　松聲入夜琴」から採ったらしく、この歌に代表されるように元来漢詩の修辞であった松風と琴の音を巧みな演奏の喩として和歌に取り入れたらしい。(2)では清原深養父《ふかやぶ》の琴を兼輔《すけ》が松風の響きに見立てて讃めているし、それは逆に(3)のように松風を琴の音に見立てる表現ともなり、さらに(4)のように「唐琴《からこと》」という地名を詠み込む場合でも風と関連させるほどに類型化している。こうした例は八代集の琴の歌二三首のうち一三首にのぼっているから、琴の音を松風の響きに喩《たと》えるのは演奏を詠む場合のきまりきった発想として定着していたらしい。この喩は散文の宇津保物語、源氏物語、さらに平家物語まで脈々と受け継がれている。同様な表現に水の流れや虫の音に喩えるものもある。しかしながらこうした自然の景物に喩える表現はいかに変化をつけようとも演奏の妙をほめる以上にはでない。ここに喩表現の限界がある。

ところが、古今集にはこれらと異なる和歌が二首みえる。

(5)秋風にかきなす琴の声にさへはかなく人の恋しかるらむ（古今集五八六）

(6)わび人のすむべき宿とみるなへに嘆き加はる琴の音ぞする（古今集九八五）

(5)は壬生《みぶ》の忠岑《ただみね》の歌で、「秋風にかきなす琴の声」が琵琶行の「第一第二弦索々、秋風払松疎韻落」に由来している点は喩表現といえようが、そこからさらに、その琴の音にとりとめもなく恋情がかきたてられるのはどうしてなのか、とわが心をみつめている。忠岑は楽の音ではなく、楽の音が引き起こす作用に注目しているのである。しかもこの歌は演奏者が誰かによって琴の音も状況も変ってくる。奏者を忠岑以外の者と解するならば、その魅惑的な琴の音を聴いて恋する人の爪音《つまおと》がよびさまされ、恋心が一段とかきたてられるということになる。配列では片思いの自詠歌群のなかにあるから、恋する人の爪音を偶然ほのかに漏れ聴いたのだろう。男の激しい渇きが感じられる歌である。一方、忠岑自身の演奏と解するならば、もの寂しい楽の音と孤愁の想いに耐えかねる男の姿が浮かんでくる。秋風に誘われて何気なくかき鳴らす。ふと気づくと、その音にさえ恋しいあの人への思慕の情がこもっている。むなしいことと知りつつどうしてこんなにあの人が恋しいのだろうかと、琴の音にまで露わな自身の恋情に改めて驚き、我と我身を扱いかねているのである。忠岑の真意はいざしらず、自身の演奏と解するほうが味わいは深い。琴の音によって様相が変わり、過往まで想像させる拡がりを持った歌である。

(6)の遍照の歌もまた物語的である。詞書《ことばがき》は「ならへまかりける時に、あれたる家に女の琴弾きけるをききてよみいれたりける」で、古京の奈良、その地の荒れはてた家で琴を弾く女、というのだから舞台設定は十分である。この歌を単なる挨拶ととる説もあるが、それでは詞書が生きてこない。この歌の鍵は「わび人」である。見知らぬ女性に「わび人」と呼び掛けるのは少々失礼だし、この語からは男性を想像するのが自然である。遍照はこの語に、邸の様子から「わび人」が住んでいるらしい、聞こえてくる琴の音もそれにふさわしい、と思っていたら、なんと美しい女だったではないか、という驚きと湧きおこる恋情を込めたのではないか。そう解すると歌全体が女性に詠み入れるにふさわしい洒落《しゃれ》た趣を呈してくる。また、「わび人」の語に、女性の過去をそれと察した男の、同情に恋情が入り混った複雑な想いを読み取ることもできよう。「なげき加はる」は女の琴なのか、男の恋情なのか、それとも両様に響いているのか、さまざまに想像される。

この二首が多様なイメージを持つのは、琴の音がどのようであるかをわざと曖昧《あいまい》にしているためである。そこが和歌の和歌たる所以であるが、物語では、その楽の音を限定し、形容することが重要な意味を持ってくる。

三　場面の象徴

源氏物語の楽の音の形容は他に類をみないほど質量ともに豊饒である。それらは

一　演奏の巧拙を表現する語

二　演奏技術に関して具体的に表現する語
三　演奏がどのように感じられたかを美醜の観点から表現する語
四　演奏を聴いた人々の反応を表現する語

に大別できる。一は何らかの基準に照らしてその巧拙を評価するもので、「よし・よろし・わろし・あし」、「勝る・秀る・劣る」、「いたし・こよなし・たとへんかたなし・二なし」などである。二はリズム・メロディー・ハーモニーに関して、その強弱や緩急の程度をあらわす「はやりかなり・ゆるるかなり」「おどろおどろし」などである。三は「今めかし」「おもしろし」「すごし」などの美意識をあらわす語である。四は「あはれがる」「耳驚く」「涙落とす」「御衣賜はる」などで、一二三が楽の音を形容した表現であるのに対して、四は人々の感動を述べることで演奏を照射する表現である。源氏物語がこれらを四つながら用いているのは改めていうまでもないが、一二四は演奏の巧拙や程度を示すのだから喩表現と同じで、作品とは深く関わらない。考えねばならないのは三の美意識をあらわす語である。

さて、源氏物語で、楽の音をあらわす美意識語はつぎの四二種二五〇語である。(1)

おもしろし六四　をかし四一　なつかし二五　あはれなり一四　なまめかし一〇　めづらし一〇　今めかし九　うつくし六　すごし六　めでたし六　わかし六　華やかなり六　にぎははし五　愛敬づく五　ことごとし四　深し四　ものものし二　優なり二　らうたげなり二

あやし一　いはけなし一　け近し一　ここし一　心にくし一　心細し一　心やまし一　しどけなし一　そぞろ寒し一　ねたし一　ねたまし一　乱りがはし一　あてなり一　うちおほどけたり一　えんなり一　ふつつかなり一　もの清げなり一　わらかなり一　おぼめく一かかやく一　神さぶ一　唐めく一　上衆めく一

こうしてみると実にさまざまな語が用いられている。数では「おもしろし」が群を抜いて多く、次いで「をかし」「なつかし」、そして「あはれなり」が多い。全体に明るく華やかな情調の語であるが、なかに「あはれなり」「すごし」「心細し」「深し」といった、しめやかな寂しい情調の語がみえる。「あはれなり」を一概に寂しい情調とはいえないが、しみじみと胸をうち、魂にしみいる感動をいうのだから、「おもしろし」「をかし」「なつかし」とは対極をなすと考えてよいだろう。それでは、こうした対照的な楽の音は物語全体にあまねく遍在しているのであろうか。それとも特定の箇所に偏在しているのであろうか。

楽の音を規定する要因には①楽器の種類、②演奏の行われた季節、③演奏者の個性、④演奏の行われた状況、の四つが考えられる。このそれぞれについて、使用例の多い一二語で偏りをみたのが次頁の表である。

表①では楽器の種類別で偏りをみた。「ふえ」は管楽器を、総称も含めて一括した。笛の種別で項を立てなかったのは、高麗笛に「おもしろし」、笙に「うつくし」各一例がみえる以外はす

表① 楽器

	ふえ	こと	琴	和琴	箏	琵琶	拍子	謡声	舞	全体	計
おもしろし	8	2	1	6	2	3	2	6	6	27	63
をかし	8	3	2	4	5	3		8	1	5	39
なつかし	1			4	8	2	1	5		4	25
あはれなり		1	4	3		2		1	1	2	14
なまめかし					3	1	1	1	2	2	10
めづらし		2	1	2		1			1	3	10
今めかし				2	3	1				3	9
うつくし	4				2			1			7
すごし		1	3				1			1	6
めでたし	1				1			4			6
わかし	2		1		1			2			6
華やかなり		1		2			1		1	1	6

べて横笛で種別による相違が認められないからである。「こと」は絃楽器の総称と、二種以上の絃楽器を一括していう場合、「拍子」は打楽器で、鼓の「おもしろし」一例を含めている。「歌声」は歌謡や唱歌を謡う声、「全体」は管絃の合奏全体、あるいはそれに舞を含めた舞楽全体をいう場合である。ただしここには楽器固有の音色は含めていない。

早くに源氏物語の多彩な楽の音に注目された菅野洋一氏は「源氏物語に現れた美意識―音楽論を中心に―」（「文芸研究」昭和三一年四月）で、

琴《きん》はむしろ暗く深い情趣を含むあはれの音調とされているが、それ以外の楽器の音は明るく、和琴は今めかし、箏の琴はなまめかし、琵琶はをかし、笛や太鼓の類もをかしの系統の音調であると言う事が出来よう。

と、琴とそれ以外の楽器の音調を明暗に分け、個々の楽器の特徴を述べておられる。氏が楽器固有の音色をいっておられるのか、演奏につい

表②　季節

	春	夏	秋	冬
おもしろし	34	9	7	10
をかし	12	6	10	
なつかし	8	7	5	1
あはれなり	2	1	4	4
なまめかし	3		1	3
めづらし	2		2	2
今めかし	3	1	2	
うつくし	1	3		
すごし		1	3	2
めでたし	4	1		
わかし	4	1	1	
華やかなり	4	1		

ていっておられるのか、いまひとつはっきりしないが、物語で楽器の音色に言及しているのは和琴の「今めかし」二例「おほどかなり」一例だけであるから演奏についてなのであろう。表①では琴は菅野氏がいわれたように「あはれなり」「すごし」が多い。しかし他の楽器は少しくちがう。和琴は「今めかし」よりも「おもしろし」「をかし」「なつかし」の方が多く、箏は「なまめかし」の二倍も「なつかし」があり、琵琶は「をかし」と「おもしろし」が同数である。また明暗でみると、「あはれなり」「すごし」が顕著な琴にも「おもしろし」「をかし」がみえ、明るいといわれた和琴や琵琶、打楽器、そして謡声や舞にも「あはれなり」や「すごし」がみえる。一方の音調に偏っているのは笛だけである。このように明るいと説かれる楽器や謡声、舞にも暗く響く時があり、暗いと説かれる楽器にも明るく響く時があるのだから、楽の音が楽器や音楽行為の別によって偏っているとは言いにくい。

つぎに表②では演奏の行われた季節によって偏りをみた。季節の別は曲目の別でもある。「折に合ひたる調べ」というように、演奏する曲はその季節、その日、その時刻にふさわしい曲を選ぶからである。この表では季節による偏りは認められない。しいていえば春に「すごし」、夏に

表③ 人物

	光源氏	頭中将	夕霧	柏木	匂宮	薫	八宮	紫上	女三宮	明石君	明石姫	落葉宮	中君	源典侍
おもしろし	4	3	3	3	1		1	2	1	1		2		
をかし	2		4			2	1					2	2	3
なつかし	4		1	1		1		1		1	1	1		
あはれなり	3	1			1		1							1
なまめかし	1									1	1		1	
めづらし				1						1				
今めかし	1							1						
うつくし								1			1			
すごし	2						1							
めでたし	2		1		1	1		1						
わかし			1			1		1	1					
華やかなり				2										

「なまめかし」、冬に「をかし」「今めかし」「華やかなり」がみえない。春に荒涼さが欠け、夏に優美さ、冬に華やかさが欠けるのはむしろ季節の性格によるのであって、個々の演奏によるのではない。というのは音楽に多用される「おもしろし」「なつかし」「あはれなり」は、どの季節にもみえ、四季それぞれに明暗両様の情調が併存しているからである。季節によって特に偏りがあるとはいえない。

表③では演奏者別の偏りをみた。人物の場合は、血縁・相承関係における一致と、それぞれの個性による相違が考えられる。光源氏と夕霧と匂宮、頭中将と柏木と薫、明石君と明石姫の血縁に特にめだつ特徴は認められない。相承関係にある源氏と紫上、源氏と女三宮の場合も同じである。薫は柏木の胤《たね》である

表④　状況

	宴遊	伝授	邂逅	一人琴
おもしろし	10	1	2	
をかし	1	2	10	
なつかし	4		5	2
あはれなり	2			5
なまめかし	1		1	1
めづらし	2			
今めかし	2		3	
うつくし	1	1		
すごし				3
めでたし				
わかし	1	1		
華やかなり	3			

ことをその演奏で看破されているが、形容語での相似ではない。親子でも形容語を用いる時は、若菜上巻の頭中将と柏木のようにむしろそれぞれの相違をきわだたせる場合である。では個性はというと、これも特にめだつものはない。何人かに共通する語はある。「おもしろし」「をかし」「なつかし」はほとんどの人にみえ、夕霧、薫、紫上、女三宮、明石姫に「うつくし」「わかし」がみえる。これらは共通性で個性といえるのはこの表に挙げなかった「神さぶ」「唐めく」の特殊な語である。しかもこの表でも光源氏、頭中将、匂宮、八宮、源典侍に明暗両様の語がみえるのだから楽の音が演奏者によって偏っているとはいいにくい。

最後の表④では演奏された状況による偏りをみた。演奏された状況とは、第一章で述べた、

(イ)人物の楽才　(ロ)宴遊　(ハ)奏法の伝授　(ニ)男女の交情　(ホ)孤愁の一人琴

の音楽記述の型である。このうち(イ)の人物の楽才は演奏を伴わないから除く。また、(ロ)の宴遊が表①に示したあらゆる楽器、音楽行為を包含するのに対して、(ハ)の奏法の伝授、(ニ)の男女の交情、(ホ)の孤愁の一人琴は絃楽器の例だけであるから、表④は絃楽器に限定して偏りをみた。この表で

顕著なのは、表①、表②、表③で満遍なく用いられてきた「おもしろし」が(ホ)の一人琴にみえない点である。偏りのなかった「おもしろし」に偏りの生じた意味は大きい。「をかし」も一人琴にだけみえない。逆に「すごし」は一人琴だけにみえる。一人琴にはもの寂しくしめやかな情調の語が用いられているのである。一方、(ハ)の伝授と(ニ)の交情には暗い情調の語はみえない。伝授には「うつくし」「わかし」がみえ、「今めかし」「なつかし」「なまめかし」がみえない。交情では「をかし」が十例できわだって多い。宴遊は種類も多く、総じて明るい情調の語である。こうしてみると楽の音は演奏が行われた状況によって偏在しているようである。

(ロ)御気色とりたまひて、琴《きん》は御前《おまえ》に譲りきこえさせたまふ。もののあはれにえ過ぐしたまはで、めづらしき物一つばかり弾きたまふに、ことごとしからねど、限りなくおもしろき夜の御遊びなり。唱歌の人々御階に召して、すぐれたる声の限り出だして、返り声になる。夜の更けゆくままに、物の調べどもなつかしく変りて、青柳遊びたまふほど、げにねぐらの鶯驚きぬべく、いみじくおもしろし。(若菜上)

(ハ)人召して、御琴取り寄せて弾かせたてまつりたまふ。「箏の琴は、中の細緒のたへがたきこそところせけれ」とて、平調におしくだして調べたまふ。掻き合はせばかり弾きて、さしやりたまへれば、え怨じはてず、いとうつくしう弾きたまふ。ちひさき御ほどに、さしやりてゆしたまふ御手つき、いとうつくしければ、らうたしと思して、笛吹き鳴らしつつ教へたまふ。いとさとくて、かたき調子どもを、ただ一わたりに習ひ取りたまふ。おほかた、らうらうじうをかしき御心ばへを、思ひしことかなふ、と思す。保曾呂倶世利《ほそろぐせり》といふものは、名は憎けれど、おもしろう吹きすさびたまへるに、搔き合はせまだ若けれど、拍子違はず上手めきたり。（紅葉賀）

(ニ)例の、西の渡殿をありしにならひて、わざとおはしたるもあやし。姫宮、夜はあなたに渡らせたまひければ、人々月を見るとて、この渡殿にうちとけて物語するほどなり。箏の琴いとなつかしう弾きすさむ爪音をかしう聞こえぬ。思ひかけぬに寄りおはして、「など、かくねたまし顔に搔き鳴らしたまふ」とのたまふに、（蜻蛉）

(ホ)御前にいと人少なにて、うち休みわたれるに、独り目をさまして四方《よも》の嵐を聞きたまふに、浪ただここもとに立ちくる心地して涙落つともおぼえぬに枕浮くばかりになりにけり。琴をすこし搔き鳴らしたまへるが、我ながらいとすごう聞こゆれば、弾きさしたまひて（須磨）

(ロ)は玉鬘《かずら》が若菜を献じた光源氏四十賀での上の御遊びで、よりすぐった名器のなかでも琴《きん》は故桐壺院ゆかりのものだったので、一同涙を禁じえない。蛍宮は源氏の心を察して琴を譲り、源氏は故院なつかしさと折からの「もののあはれ」に一曲演奏するのだが、それを「限りなくおもしろき夜の御遊びなり」と「おもしろし」といっている。六条院の女楽でも未熟な女三宮の琴を「琴は、五箇《か》の調べ、あまたの手の中に、心とどめて必ず弾きたまふべき五六の撥を、いとおもしろく弾きたまふ」と述べ、名手明石君の琵琶も「琵琶はすぐれて上手めき、神さびたる手づかひ、澄みはてておもしろく聞こゆ」と「おもしろし」といっている。「おもしろし」は群を抜いて多く用いられていると述べたが、その「おもしろし」六四例のうち五八例までが宴遊に用いられているのである。笛が明るい情調の語ばかりなのは宴遊の場にみえるからである。宴遊の場ではいかなる演奏も「おもしろし」と表現されるのだが、それはなぜなのか。この四十賀では「夜の更けゆくままに、物の調べどもなつかしく変りて、青柳遊びたまふほど、げにねぐらの鶯驚きぬべく、いみじくおもしろし。」と最後を「おもしろし」で結んでいる。この「おもしろし」は琴や和琴《わごん》などの絃楽器、横笛や笙、篳篥《ひちりき》、拍子や鼓、唱歌《そうが》や謡声の音楽のみならず、庭先の木々、空の月、あたりの雰囲気、梅の香りまでも彷彿《ほうふつ》とさせる。それは「おもしろし」自体が綜合性空間性を含有しているので、宴の華やかさ思うところのなさを綜合し象徴するからである。

(ハ)は光源氏が紫上に箏を伝授するところである。源氏は平調に調絃して弾かせ、ついで笛を吹きながら教えているから、まず単独で弾かせ、それから笛に対する合わせ方を教えたのであろう。「うつくし」といい、「わかし」というのは技術が未熟だからで、それを「拍子違はず上手めきたり」というのだから、まだ未熟ながら将来の上達を思わせる爪音にいっそう愛情がまさるといっているのである。伝授に「うつくし」「わかし」が用いられているのは習得中の演奏だからであった。表③で、夕霧・薫・女三宮にこの語がみえるといったが、それはこのように若年時の演奏場面であったからである。したがって伝授に、「なつかし」「なまめかし」「めでたし」などの成熟し、完成した音色をあらわす語がみえないのも当然であろう。

(ニ)は女一宮を慕う薫がいつものように御殿のあたりを用ありげに佇んでいると、宮はおられず、女房たちが合奏している音が聞こえ、その音に引き寄せられていくところである。その楽の音は「なつかしく」「をかしく」聞こえたというが、「なつかし」はその人に寄り添いたいとこちらから馴れ親しんでいく気持、「をかし」は逆に対象を自分の方に招き寄せて愛でたいという気持をあらわす。さらに「をかし」は、「おもしろし」が空間的綜合的な拡がりを持つのとはちがって、単的一時的で対象の魅力を瞬間的に表出する。薫は心を誘うような官能的な楽の音に——それは薫自身の女一宮への恋情に支えられているのだが——瞬間的に魅了されて、突然姿をあらわし、声をかけたのである。このように、男女の交情には人を誘い魅了する「をかし」や「なつかし」を用いているのである。

(ホ)は光源氏が流謫の地須磨で琴をかき鳴らすところである。人少なな室内でひとり目を覚まして四方の嵐を聞いていると、浪がただもう、ここまで寄せてくるような気がして、涙に枕も浮くばかりになる。孤愁の想いに耐えられず琴をかき鳴らすと、我ながら「すごう」聴こえるのでやめてしまった、というのである。「すごし」は光源氏のわびしさ、さびしさ、不安、悲哀を混融象徴しており、心に迫る場面である。孤愁の一人琴にはこのように「心細し」「すごし」「あはれなり」を用いているのである。

みてきたように源氏物語には昻らかに喜ばしく、低く憂わしく、あるいは華やかにあるいはしめやかに、一大交響楽といってよい楽の音が響いているのであるが、それらは満遍なくひとしなみに響いているのではない。宴遊には「おもしろし」「わかし」を主とする明るく華やかな情調の語、奏法の伝授には若年の演奏をあらわす「うつくし」「なつかし」、男女の交情には相手の心を瞬間的に惹きつけ魅了する「をかし」やおのずから人を誘う「なつかし」、孤愁の一人琴には「心細し」「すごし」「あはれなり」を用いてその場面を総括する気分を象徴している。しかも、その音楽記述の型それぞれに琴・和琴・箏・琵琶の四種の絃楽器が用いられている。宴遊に四種の絃楽器がみえるのは楽団編成上当然のことだが、伝授・交情・一人琴の型それぞれに、琴の伝授、和琴の伝授・箏の伝授・琵琶の伝授といったふうに、それぞれ四種の絃楽器が時を変え、人を変えて用いられている(2)のは普通ではない。これは明らかに作者の意図的な方法である。源氏物語に響く楽の音は、楽器によるのでもなく、季節によるのでもなく、人物によるのでもない、場面を象徴する方法として用いられているといえよう。

四　秘琴の響き

源氏物語の楽の音は場面を象徴する方法として用いられていると述べたが、このことは現代でこそあたりまえのようだが、平安時代の物語にあってはけっしてあたりまえのことではなかった。それは宇津保物語をみてもよくわかる。

宇津保物語で楽の音をあらわす美意識語はつぎの三一種一八六語である。

おもしろし六〇　あはれなり二九　かなし一九　高し一五　めづらし一一　めでたし一〇　すごし五　をかし四　静かなり四　いかめし三　あやし二　うつくし二　心細し二　のどやかなり二　今めく二　荒々し一　うるはし一　おそろし一　おとなおとなし一　かしこし一　心もとなし一　たのもし一　なつかし一　にぎはし一　ほそし一　ゆゆし一　明らかなり一　華やかなり一　誇りかなり一　やはらかなり一　ゆたかなり一

これをみると種類では源氏物語とおおよそは変らない。異なるのは源氏物語にみえない「高し」が一五例もあること、逆に源氏物語が多用している「をかし」「なつかし」が四例、一例とひどく少ないことぐらいで、「おもしろし」「めづらし」「めでたし」などの明るい情調の語とともに、「悲し」「すごし」「心細し」などのしめやかな情調の語が用いられているのも同じである。

ところが、宇津保物語では、源氏物語のように一つの情調の語がある場面に響いているということはない。それどころか、相反する情調の楽の音が同時に鳴り響いているのである。

(1)ちごを懐に入れながら琴を取り出でたまひて、「年ごろこの手をいかにし侍らむと思ひたまへ嘆きつるを、後は知らねど」などて、はうしゃうという手をはなやかに弾く。声いと誇りかににぎははしきものから、またあはれにすごし。よろづ物の音、多く琴の調べ合はせたる声、向かひて聞くよりも遠くて響きたり。御方々の上達部、親王たち、「そそや〳〵。事なりにたるべし。かかることはありなむと思ふところぞかし。われらがしどけなきぞかし」とて、あるは御履《くつ》もはきあへず、あるは御衣《ぞ》も着あへたまはで、まどひをしつつ走り集まりて、御前にあたりたる東の簀子《すのこ》に、植ゑたるごとおはしまさう。涼の中納言はうちやすみたまへる寝耳に聞きて、おどろきながら冠もうちそばめてさし入れ、指貫直衣《さしぬきのうし》などをひきひろげてまひろげて出で来たり。(蔵開上)

これは犬宮誕生のときの仲忠の演奏である。寅の刻に娘が生まれたと聞いて仲忠は人々の前で万歳楽を折れ返り舞って喜ぶ。そしてその夜半、この娘の守りにしたいからと母から麟角風《りゅうかくふ》を請い受けて娘を懐に抱いて「はうしゃう」の曲を弾く。それは「この琴の族のあるところ、声するところには、天人のかけりて聞きたまふなれば、添へたらむとて聞こゆるなり」といっているように、娘を我が手を受け継ぐべき者として天人に紹介し、その守護を受けるようにとの願いを込めた一種の洗礼であった。そんな祈りを込めた演奏が掻き撫でのいいかげんなものであるはずがない。型に則《のっと》り一心に弾かれた楽の音は「声いと誇りかににぎはしきものから、またあはれにすごし」と昂らかに賑わわしいと同時に、またしみじみともの寂しく響いたというのである。

(2)内侍の督「七夕に今宵の御供のもの少し弾きて奉らむ。静かなるところなり」と思すに、二方に君達、人々反《そり》橋に几《き》帳ばかりを立てて出で居したり。宵少し過ぐるほどに源中納言馬にておはして、南の山の榊のもとにおはして、御座《おまし》敷かせて(ママ)、木のうつほに置きたまひし南風波斯《はし》風を我弾きたまひ、細緒を犬宮、麟角を大将に奉りたまひて、曲のものただ一つを同じ声にて弾きたまふ。よにしらぬまで空に高う響く。よろづの鼓、楽の物の笛、琴、弾《ひき》物、一人して掻き合はせたる音して響き上がる。おもしろきに、聞く人空に浮かむやうなり。星ども騒ぎて、神鳴《かみ》鳴らむずるやうにて閃き騒ぐ。かつはいかにせむと思えたまへど、聞きさしたまふべくはたあらず。御供なる左衛門慰なる者に太刀を抜かせて聞きたまふ。さまざまにおもしろき声々のあはれなる音、同じ声にて命延び、世の栄えを見たまふやうなり。「わりなくて、かくて聞かざらましかば、いかに口惜しからまし」と思えたまふ。左衛門尉《じょう》は天を仰ぎて聞き居たり。（楼上下）

これは七夕の夜の合奏である。犬宮の技倆が日一日と冴えてゆき、俊蔭女《むすめ》と弾き合わせても「ただ同じこと」に聞こえるようになったので、俊蔭女が南風と波斯風、犬宮が細緒風、仲忠が麟角風を弾いて七夕に供した。二人の名手が秘琴を同じ声に合わせて秘曲を演奏したのであるからその迫力は多大なもので、「よにしらぬまで空に高う響」き、聞く人は宙に浮き上がるように喜ばしく夢幻の境地となり、星はざわめき稲妻が閃き、「さまざまにおもしろき声々のあはれなる音」が響きわたったという。ここにもまた相反する楽の音が響いている。宇津保物語で俊蔭一族が秘琴を弾くときは常にこうである。

しかもそのときには(1)(2)の例のように、必ず演奏を聴こうとする人々の熱意と讃嘆が添えられる。(1)では楽の音が響くや上達部や親王たちが装束も整わぬまま、あわてて駆け着け「物語をだにせざむなり。あなかまや」と息をひそめて聴き入っているし、(2)でも準備万端整えて待機していた涼ばかりか、月の入るはずの夜更けに楼のあたりに光が満ちかぐわしい風が吹いて大勢の目を覚まさせ、演奏に聴き入らせている。こうした人々の反応は舶来の秘琴秘曲に対する人々の憧憬がいかほどであったかをよく示している。ためにこうした場に「高し」がみえる。(1)の後には「中納言かかるべき曲を音高く弾くに、風いと声荒く吹く。空の気色も騒がしげなれば、例の物手触れにくきぞかし」と仲忠が「音高く」弾くと空の様子が怪しく変り、続く俊蔭女の演奏には病を癒し老人を若返らせる力がこもっていたので産褥《じょく》の女二宮も床をかたづけ起き上がったという。(2)でも俊蔭女の演奏は「響き澄み、音高きことすぐれたる琴なれば尚侍のおとどしのびて、音の限りもえ掻き鳴らしたまはず。琴の声高くなる時は、月星も騒がしくて、静かなる折はのどかなり」と、音が「高」いと語るときは天変を起こしている。琴が奇瑞を引き起こすときにみえる「高し」は琴の神秘と魅力をあらわす言葉なのである。

そしてそうした秘琴の秘琴たる所以《ゆえん》は相反する楽の音を同時に響かせうることであった。(2)に「よろづの鼓、楽の物の笛、琴、弾物、一人して掻き合はせたる音して響き上る」とあるように、秘琴はあらゆる楽器の音を蔵することにその価値を認められている。仲忠が御前で演奏した沖つ白波巻では、細緒風は「高くいかめしく響き、静かに澄める音出できて、あはれに聞こえ」「おもしろく静かに」響いているし、楼上下巻の犬宮の琴披露でも、波斯風《はしふ》は「一筋はおもしろく、二筋は悲しく、あはれなる事始めよりはすぐれたり」と一絃ごとに異なる音を響かせている。

知られるように、この物語の中心にあるのは舶来の秘琴である。この物語は琴の家として立つ俊蔭三代を描いているが、俊蔭の第一の功績は琴の奏法を伝えたことではない。秘琴を日本に招来したことにある。この物語は楽器を造るところから始まっている。もちろん俊蔭は遠く波斯国まで流離するのであるが、その流離譚では技を習得する苦労を語っていない。俊蔭は見知らぬ国に漂着し白馬に導かれて三人の琴を弾く人々と出会い「一つの手残さず習ひ取って」おり、以後も次々に出会う神人たちから伝授を受けているが、その記述に苦労の跡はない。俊蔭の幸苦が語られるのは名器を求める過程においてである。俊蔭が神人たちと琴を弾き遊んでいると、遠く西方から三年にわたって木を伐り倒す斧の音が聞こえ続け、その音がしだいに自分の弾く琴の音に通ってくる。それに気づいた俊蔭は、その木で琴を造り日本に持ち帰ろうと旅に出る。苦難に満ちた旅は三年に及び、漸くたずねえた桐の木は阿修羅《あしゅら》の一族が万劫《まんごう》の罪をえてその間中守り続けてきた神木であった、というわけで、琴をえるどころか、入手を目前にして生命の危機に見舞われる。そこに奇跡が起こり、天稚御子《あめわかみこ》や織女によって秘琴が造られ、俊蔭に与えられるまでは実に劇的である。秘琴の習得に五年を費した後、俊蔭は秘琴と秘曲の譜、そして技倆を三つながら携えて帰国した。その日本では帝は琴の故実に通じ譜を所持し、演奏の妙を評価しうる帝王として存しており、帝に従う親王たち上達部も琴に憧れている。帝に、日本に欠けているのは、秘琴と秘琴による実際の演奏なのである。俊蔭はそれをもたらした。いいかえれば俊蔭一族はその演奏を待望し認定しうる人々、そして自らはまだ十分に弾きこなしえない人々なくしては在りえない一族であり、それを保証するのが秘琴の存在なのであった。

物語の中心が舶来の秘琴の魅力なのだから、いきおい楽の音もそれにふさわしくその偉大さや神秘性をあらわそうとする。第二章で日本書紀や日本霊異記にあらゆる楽器の音を響かせながら海中を光り漂う巨木から仏像を建立する話があると述べたが、秘琴もまた、あらゆる楽音をそのうちに蔵し、名手の手によって解き放たれ、天下を席巻《せっけん》して鳴り響く。巨木があらゆる楽音を合わせた声でその存在を知らしめたように、秘琴もまた、あらゆる楽音を響かせることによってその超常性を誇示している。宇津保物語の楽の音を規定しているのは舶来の秘琴秘曲の魅力なのであるから、この物語特有の、あらゆる音調が同時に響く楽の音の表現は、その主題を的確にあらわしているといえよう。

五　方法としての楽の音

こうしてみると場面を象徴する源氏物語の楽の音がいかに特殊であり、創造的な方法であったかがよくわかる。これについてもうすこし考えてみよう。

源氏物語の楽の音は、宇津保物語とはちがって人間の感情を描いていく。したがって場面を象徴するといってもその楽の音はけっして画一的なものではない。物語に流れる音楽はもっときめこまやかで変化に富み、かぎりなく美しい。

「さらば、形見にも偲ぶばかりの一ことをだに」とのたまひて、京より持ておはしたりし琴の御琴取りに遣はして、心ことなる調べをほのかに掻き鳴らしたまへる、深き夜の、澄めるはたとへんかたなし。入道、えたへで箏の琴取りてさし入れたり。みづからもいとど涙さへそそのかされて、とどむべき方なきに、さそはるるなるべし、忍びやかに調べたるほどいと上衆めきたり。入道の宮の御琴の音をただ今のまたなきものに思ひきこえたるは、今めかしう、あなめでたと、聞く人の心ゆきて、容貌《かたち》さへ思ひやらるることは、げにいと限りなき御

琴の音なり。これは、あくまで弾き澄まし、心にくくねたき音ぞまされる。この御心にだに
はじめてあはれになつかしう、まだ耳馴れたまはぬ手など心やましきほどに弾きさしつつ、
飽かず思さるるにも、月ごろ、など強ひても聞きならさざりつらむ、と悔しう思さる。心の
限り行く先の契りをのみしたまふ。（明石）

これは赦《しゃ》免の宣旨が下って帰京することになった光源氏が明石君と別れを惜しむところである。京から携えてきた愛用の琴をかき鳴らして形見とする源氏に、女も心をおさえかねて箏を調べ始める。鄙にはまれなその爪音は「上衆めく」「心にくくねたし」「あはれになつかし」「心やまし」「飽かず」と形容されているが、これらはそのまま、女に惹かれていく光源氏の心の推移でもある。「上衆めく」は山賤《がっ》と軽侮していた女の意外な爪音を耳にしての驚きを、「心にくくねたし」は女の気品と心ばえの豊かさに惹かれる心を、「あはれになつかし」はその心がいっそう強まって女の方に寄り添っていきたいとの願いを、「心やまし」は女の心をつかもうとのもどかしいまでの焦燥を、「飽かず」はいま発見した女を知り尽くしたい、一日とて別れてはいられないとの激情をあらわしており、こうした感情の高まりが「心の限り行く先の契りをのみしたまふ」という、情熱あふれる愛の誓いへと収斂していく。ここにおいて明石君の位置は源氏の心内においても物語の展開においても定まったのである。

この場面の楽の音が女の心ではなく、聴き手の源氏の心をあらわしていることに注目したい。

楽の音が演奏者の心を思わず吐露してしまう、というのならば十分に納得できる。修辞を重ねて想いを述べる和歌とはちがって、音楽は人間の内奥をいとも容易に響かせてしまう。しかも物語での演奏は宴遊以外はほとんどが「掻き鳴らし」のほんの一端を響かせるだけである。明石君との新枕の夜には、袖でも触れたのか「近き几帳《き》の紐に、箏の琴のひき鳴らされたる」と、掻きどく源氏の耳にふと箏が音を立てた、とあるが、この箏の音は源氏にいいようもなく惹かれていく女の動揺をあらわしている。予期せぬ無意識の行為であるためにその内面はいっそう露わである。三の㈭で源氏が琴を弾きさしたのも「我ながらいとすごう聞こゆれば」と、爪音に顕れた、それと意識しなかった孤愁の想いに気づかされたためであった。それをこの物語は聴き手の側にも敷衍《ふえん》している。思えばそれも当然である。音楽を聴いて抱く印象は、実は音楽に触発された聴き手自身の内奥の表出にほかならない。聴き手もまた自己の感情にしたがって楽の音を受けとめる。とすれば楽の音を用いて聴き手の心をあらわすこともまた可能である。三の㈧で光源氏が紫の上の箏を「うつくし」と聴いたのは紫上をかわいく思う心があったからだし、㈡で薫が女一宮の女房たちの演奏を「なつかし」「をかし」と聴いたのも薫の側に女一宮のあたりに慕い寄りたい想いがあったからである。紅葉賀巻でも温《うん》明殿のあたりに漏れてくる琵琶の音を源氏は最初「をかし」と聴いているが、聴くうちに「あはれ」に変化している。それは源氏が楽の音に聴き入り同調することによって源典侍の心を感じ取ったからである。この場面でも実際の明石君の演奏は別れの悲しみに満ちていたであろう。源氏がその悲しみを感じ取らなかったというのではない。その爪音に深い哀しみとまぎれのない愛をみとめたがゆえに心動き、いっそう魅了されていったのである。その過程が先に挙げた形容語の微妙な変化であった。紫式部は楽の音を用いて源氏の心を逆照射したといえよう。

つまり源氏物語の楽の音は声にならない声、言葉にならない言葉、まだ行為としてあらわれない行為、すなわち、人間のまだそれと意識しない心の動きをあらわしていると考えられる。まだ顕在化しない感情といっても、感情である以上志向性を持っているから、やがて声となり、言葉となり、行為となって現れる。この、まだそれと意識しない心の動きこそ物語を展開させる因であるが、心中思惟では描けず会話でも地の文でも綴りにくいそれを紫式部は音楽を用いて綴ろうとしたらしい。源氏物語の楽の音が繊細典雅ななかにも生き生きとした魅力をたたえているのはそのためである。

こうしてみると源氏物語の独自性は明らかであろう。宇津保物語の楽の音は秘琴の神秘と超常性をあらわすのだから人間性とは相容れない。聴衆は自然を圧して鳴り響く秘琴の音をひたすら讃仰するだけであったが、源氏物語ではほのかに響く楽の音に弾き手と聴き手が喜びや悲しみを分かち合い、あるいは一方で心惹かれ、一方で哀しみに心をゆらめかせている。そこに人間性をみた紫式部は楽の音に弾き手の内面を流露させ、聴き手の内心を反映させてまだ顕在化しない心の動きを描く方法とした。源氏物語は宇津保物語が多用した「高し」を全く用いず、逆に「をかし」「なつかし」を多用している。奇瑞を招く「高し」に対して「をかし」「なつかし」はともに対象との関係を希求するきわめて人間的な感情である。この「をかし」「なつかし」の多用は、「高し」を用いず奇瑞を峻拒すると同様、音楽を人間の日常生活の枠のなかに留めよう、物語を人間の現実的な生として描こうとする意思のあらわれである。そして、そうした楽の音による感情表現は内面の思いがけぬ流露という点でも、事の優美さ華麗さという点でも紫式部の目的にかなうものであったろう。源氏物語の楽の音はきめこまやかで微妙に変化しながら、場面を形成し領導していく。それは「箏血脈」に名を残す箏の名手で音楽の深奥を知る式部にしてはじめて可能な方法であったろう。また当時の貴族の音楽理解が相当なものであったという文化の高さも預かってのことでもあったろう。しかしその最深部には紫式部の、物語は人間の感情、あるがままの人間性を描くものだという考えがあったからではないだろうか。

源氏物語の楽の音が場面を象徴し領導していくのは、超常的な音楽譚から音楽を解き放ち、楽の音を人間のまだ顕在化しない内面を描く方法として積極的に生かし用いたためである。それは愛の種々相を描くという主題によって選び取られた方法であった。しかしこの方法は後期物語にはもはや用いられなかった。後期物語では超常性を示す音楽を採用したからである。

注

(1)「おもしろ・おもしろし」は「おもしろし」、「あはれ・あはれさ」は「あはれなり」、「をかしげなり」は「をかし」、「うつくしげなり」は「うつくし」、「なまめく」は「なまめかし」、「めづらかなり」は「めづらし」、「めでた」は「めでたし」、「心すごし・すごげなり」は「すごし」、「今めく」は「今めかし」、「もの深し・奥深し」は「深し」に含めた。「あはれになまめかし」のように「あはれなり」が修飾格である場合は除外した。宇津保物語も同様である。

(2)伝授は琴(女三宮)、箏(紫上・雲居雁・宇治中君)、和琴(玉鬘)、琵琶(宇治大君)。交情は琴(末摘花)、和琴(光源氏・落葉宮)、箏(明石君・女房たち2・中川女)、琵琶(源典侍・明石入道・宮の御方)。一人琴は琴(光源氏・明石君・薫)、和琴(光源氏・夕霧)、箏(光源氏・落葉宮)、琵琶(匂宮)。

IX　源氏物語の主題と音楽

一　紫式部の音楽観

前章では宇津保物語の楽の音が秘琴の神秘と魅力をあらわしているのに対して、源氏物語のそれは作中人物のまだそれと意識しない心の動きをあらわしていて、そのことが新たな展開の因となっていると述べたが、それでは源氏物語の音楽は主題といかに関わっているのだろうか。源氏物語の主題はいくつかの糸が複雑に絡みあって展開していくのだが、みてきたように音楽もその例外ではない。その糸筋をたどるにはまず作者紫式部の音楽観を知る必要がある。これまで紫式部の音楽観を顧慮した論はないが、作者の音楽観の把握を欠けば恣意的な論になるおそれがあるだろう。ここでいう作者の音楽観とは、物語に多用された音楽記述の基底となり、それらを統合している音楽観、つまり源氏物語を書き綴り、音楽を取り入れるにあたって形成されていった物語構築のための音楽観であって、紫式部が音楽をどう考えていたかということではもちろんない。といってもそれはもともとの音楽観が創作のために限定されもし、また執筆にあたって新たに付加され、研ぎ澄まされ、深められもしたであろうから、紫式部の音楽観からそう遠いものではなく、むしろその核をなしていると考えてよいだろう。そうした物語に内在する作者の音楽観がもっとも端的に現れているのは、作中人物が伝授や宴遊の場で語る音楽論である。

(1)「女の中には、太政大臣の山里に籠《こ》めおきたまへる人こそ、いと上手と聞きはべれ。物の上手の後にははべれど、末になりて、山がつにて年経たる人の、いかでさしも弾きすぐれけん。かの大臣、いと、心ことにこそ思ひてのたまふをりをりはべれ。他事よりは、遊びの方の才はなほ広うあはせ、かれこれに通はしはべるこそかしこけれ。独りごとにて、上手となりけんこそ、めづらしきことなれ。」(少女)

(2)「同じくは、心とどめて物などに掻き合はせてならひたまへ。深き心とて何ばかりもあらずながら、またまことに弾きうることは難《かた》きにやあらん。」(常夏)

(3)いとをかしう吹いたまへば、「けしうはあらずなりゆくは、このわたりにておのづから物に合はするけなり。なほ掻き合はせさせたまへ」と責めきこえたまへば、苦しと思したる気色ながら、爪《つま》弾きにいとよく合はせて、ただすこし掻き鳴らいたまふ。(紅梅)

(1)は箏と琵琶、(2)は和琴、(3)は横笛の習得を語るところで、(1)では頭中将が雲居雁に箏を伝授しながら、「遊びの方の才はなほ広う合はせ、かれこれに通はしはべるこそかしこけれ」と教えている。「合はす」は相手に合わせてともに事を行うこと、「通はす」は他を理解することによって交流を拓くことで、頭中将はいろんな楽器と合奏し、その結果、どんな人とでも通じ合って演奏できるようになるのが大切だと説き聞かせているのである。そしてその対極の練習法で名手となった明石君の琵琶に触れて、末流の相伝、片田舎での独習、といった二重の難点を持ちながら、「いかでさしも弾きすぐれけん」「独りごとにて、上手となりけんこそ、めづらしきことなれ」と一方では娘を戒め、一方では明石君の技倆を疑っている。(2)では光源氏が玉鬘にどうせなら心を打ち込んで習いなさい、それには「物などに掻き合は」すのが一番です、と暗に私に習いなさいと勧め、(3)では紅梅大納言が、息子の笛が上達したのはあなたの琵琶に合はせていただいたおかげ、あなたに教えていただいたからです、と感謝している。これらは「広う合はせ、かれこれに通はしはべる」「物などに掻き合はせて習ひたまへ」「物に合はするけなり」と、いずれも「合はす」「通はす」を用いて、上達の早道は他の楽器や名手に合わせて吹いたり弾いたりして習練を重ねることが肝要だと言っているのである。

しかし「合はす」といっても単に楽器や人に「合はせ」ればよいということではない。

(4)調べことなる手二つ三つ、おもしろき大曲《だいごく》どもの、四季につけて変るべき響き、空の寒さ温《ぬる》さを調へ出でて、やむごとなかるべき手のかぎりを、とりたてて教へたまふに、心もとなく

おはするやうなれど、やうやう心得たまふままに、いとよくなりたまふ。(若菜下)

(5)「心もとなしや、春の朧月夜よ。秋のあはれ、はた、かうやうなる物の音に、虫の声より合はせたる、ただならず、こよなく響きそふ心地すかし」とのたまへば、大将の君、「秋の夜の隈なき月には、よろづのものの、とどこほりなきに、琴笛の音も明らかに、澄める心地はしはべれど、なほことさらにつくりあはせたるやうなる空のけしき、花の露もいろいろ目移ろひ心散りて、限りこそはべれ。春の空のたどたどしき霞の間より、朧なる月影に、静かに吹き合はせたるやうには、いかでか。笛の音なども、艶《えん》に澄みのぼりはてずなむ。女は春をあはれぶ、と古き人の言ひおきはべりける。なつかしくもののととのほることは、春の夕暮れこそことにはべりけれ。」と申したまへば(若菜下)

(4)は光源氏が女三宮に琴を伝授するところで、「四季につけて変るべき響き、空の寒さ温さを調へ出」ることを教えたというのだから、春夏秋冬の季節、その日の気温、気象条件、一日のうちでも時々刻々に移り変わる自然や人事の状況に応じた選曲、奏法を教えたのだろう。それを源氏自ら「折に合ひたる手」を選び、女房たちと実際に合奏させて習得させている。(5)は光源氏と夕霧がかわす音楽論で、源氏が秋であれば今宵の楽の音ももっと響くのだがと謙遜したのを受けて、夕霧が仰せはもっともですが、春は自然と楽の音が渾然一如となるからこそ趣がより深いのです、本日はそれを教えていただきました、と源氏主催の女楽を称揚している。ここでは源氏も夕霧も

合奏における各楽器の機能　壱越調「迦陵頻急」より
（「楽理」『日本の古典芸能２雅楽』所収）

演奏のよしあしを、「物の音に虫の声よりあはせたる、ただならず響きそふ」「朧なる月影に、静かに吹き合はせたる」と、楽の音と虫の声や月光との調和混融を判定の基準としていて、楽の音と自然との混融交歓をすぐれた演奏と考えている。つまり(4)(5)は「折に合はせ」るという美意識と関わっているのである。

このように作中人物の音楽論では、楽器を変え、人を変え、場面を変えて人に「合はせ」「折に合はせ」ることが肝要だと説いているのだが、今日の我々はこれを単なる練習方法の示唆と考えがちである。しかし「合はせ」ることは雅楽の演奏ではきわめて大切なことであった。雅楽では打楽器を除くすべての楽器が同じ旋律を演奏する。このことは案外知られていない。楽器の構造のせいで横笛と篳篥《ひちりき》が旋律、笙《しょう》が和音、箏《そう》・和琴《わごん》・琵琶がリズムを担当しているように聴こえるが、実際は前頁の蒲生《がもう》美津子氏作製の楽譜のように、各フレーズの最初の音、つまり笙は合竹《あいたけ》の最低音、琵琶はアルペジオの最終音、箏はアルペジオの二拍目の音を、横笛や篳篥の主要音と合わせる。といってもきまった楽譜があるわけでもなく、楽器それぞれが要所要所で装飾的に変化するのだから、担当する楽器を演奏しながら他に合わせ、かつ自身の技倆を発揮するのは容易なことではない。まず「合はせ」ることが肝要と説かれるわけである。

　琴は、なほ若き方なれど、習ひたまふさかりなれば、たどたどしからず、いとよく物に響きあひて、優になりにける御琴の音かな、と大将は聞きたまふ。（若菜下）

これは女三宮の琴を聴いた夕霧の評価である。女楽は女三宮のために開かれたといってよいのだが、当の女三宮の演奏は「わかし」「たどたどしからず」「よく物に響き合ふ」と評されて、他の三人の女君、紫上・明石女御・明石君への評が「なつかし」「なまめかし」「めづらし」「うつくしげなり」「愛敬《ぎょう》づく」「いまめく」「神さぶ」であるのとはずいぶんちがう。前章で楽の音の表現は、一「よし」などの上手下手の程度、二具体的な演奏技術の言及、三美意識語による表現、四「あはれがる」「涙落とす」などの聴き手の反応、の四つに分類されると述べたが、女三宮は一の上手下手の程度で評され、他の三人は三の美意識語で評されている。つまりよく「合はせ」

うるか否かが演奏を評価する最低の基準なのである。異なる場面であるのならともかく、ここは女楽の一回目の合奏で、四人の演奏がつぎつぎに評されるところであるから、女三宮の技倆は美意識語で評される他の女性たちよりも明らかに低い。ここでは「習ひたまふさかり」の女三宮が漸《やう》く人に「合はせ」得るほどになったといっているのである。他の女性たちはそこからさらに次の段階、自己の発揮へと進み、他者を理解し、協合し、独自の美意識をうちたてているのであるが、その境地に至るにはまず「合はせ」ることが出発点で、女三宮も三人の段階に至ることが期待されているのである。その対極が手習巻の僧都の母尼である。母尼は「ただ今の笛の音もたづねず、ただおのが心をやりて弾きに弾」いて一同を困惑させ、演奏をやめさせてしまう。

こうしてみると源氏物語の音楽論には、音楽で大切なのは「合はす」ことであり、みごとな演奏とはよく合って、かつそれぞれが独自な美意識を発揮したものだ、という考えが一貫して流れている。「合はす」ことを学べ、習得せよと説く音楽論は、一見したところ、どうすれば上達するかという方法論に終始していて、音楽とはどのようなものか、どうあるべきかという本質論ではないように思われる。しかしその方法論は専門的具体的な技術にわたるのではなく、むしろ、「広陵といふ手をあるかぎり弾き澄ましたまへるに、かの岡辺の家も、松の響き波の音に合ひて、心ばせある若人は身にしみて思ふべかめり」（明石）のように、松風や虫の声、波の音に響き合い、月や花、紅葉に映発しあう演奏を理想とする、自然との、そして、合奏の相手や聴衆との交歓を説く、精神にわたる論であるから、単なる方法論を超えている。音楽とは奏者と聴者、そして自然万物との一体感を得るにほかならない、そうした境地に至ってはじめて独自な美意識を展開しうるとの考えは、音楽の本質に触れているといってよいであろう。演奏動詞をみても、源氏物語の「合ふ」二三例のうち一〇例、「合はす」三二例のうち一〇例、「響き合ふ」六例のうち三例が音楽に関する用例で、しかも「合ふ」一〇例のうち五例は「折に合ふ」である。また「吹き合はす」六例、「弾き合はす」二例、「掻き合はす」一八例、「掻き鳴らし合はす」一例、「調べ合はす」一例、「打ち合はす」五例がみえて、「合ふ」「合はす」が頻《ひん》用されている。源氏物語の音楽記述の根底には「合はす」ことを重視する音楽観が存在していることを指摘しておきたい。

二　人と人とを結ぶ音楽

音楽とは「合はす」ことにほかならないという音楽観のとおり、源氏物語の音楽記述は「合はす」をめぐって展開しているが、それは単に合奏を意味しているのではない。

(7)弁、中将など参りあひて、高欄《こうらん》に背中おしつつ、とりどりに物の音ども調べ合はせて遊びたまふ、いとおもしろし。(花宴)

(8)花の香さそふ夕風、のどかにうち吹きたるに、御前《おまえ》の梅やうやうひもときて、あれは誰時なるに、物の調べどもおもしろく、この殿うち出でたる拍子、いとはなやかなり。大臣も時々声うち添へたまへる「さき草」の末つ方、いとなつかしうめでたく聞こゆ。何ごとも、さしいらへたまふ御光にはやされて、色をも音をもますけぢめ、ことになむ分かれける。（初音）

(7)は左大臣が先の花宴での源氏の采配《さいはい》ぶりを讃《たた》えていると、そこに貴公子たちがやってきて合奏となるところで、それを「調べ合はせて遊ぶ」といっている。琴笛を総括した「物の音」だから「調ぶ」といったのだろうが、複合語後項の「合ふ」は二人以上の者がともに同じことをする意だから、貴公子たちはともに調子を合わせて楽を奏で、ひとつの楽想に浸ったのであり、それがどのような境地かを示しているのが「遊ぶ」「おもしろし」である。「あそぶ」の語義は心身を日常性から解放して晴れやかになる行為をすることで、音楽に関しては宴遊にしか用いられない。ともに「あそぶ」から「おもしろ」いわけである。左大臣邸に集《つど》う貴公子たちは宴遊に参加し「合はせ」ることによって共感し、一体感を深めているのだが、それはそのまま政治的連帯につながっていく。

　また(8)の六条院の臨時客では、光源氏が参席の人々の「この殿」に「声うち添へ」「さしいらへ」ている。絵合巻で政権を獲った源氏は今や宴遊を主催する側となって、実際の演奏は夕霧や弁少将の世代に移っているのだが、その席で主催者自らが声を添えて宴遊をより「なつかしく」より「めでたく」したというのである。自ら声を加え宴に楽しみ集う人々と積極的に一体化している源氏の姿は、思うところのない栄耀《よう》と揺るがぬ自信に支えられて、一座の寿《ことほ》ぎに共感し、おのが栄華に自ら光を添えているといえよう。ここからは源氏の自足した深い満足が響いてくるが、以後こうした源氏の姿は、胡蝶巻の新造船披露の宴、梅枝巻の月前酒宴、若菜下巻の女楽とくりかえし描かれていく。源氏を文化の統率者とし、その潜在王権を説く向きもあるが[1]、それは源氏の身に備わった才質が人々を惹きつけ、讃仰させるからだけではなく、このように人々を連帯させ合一させる能力、つまり「合はせ」うる能力であることに注意しておきたい。公的な宴を主催し、その席に集うことは当人の政治的立場の表明でもあったが、作者はそれを楽器を「合はせ」声を「添へ」て場を共有し、一体感に浸ることであらわしているのである。失脚後の源氏との交際が難じられた所以である。

公的な宴遊が人と人との社会的な関係、それも政治的な関係を専らあらわしているとすれば、私的な合奏は個人と個人との、より親密な関係をあらわす。異性間であればなおさらその持つ意味は大きい。

心の限り行く先の契りをのみしたまふ。「琴はまた掻き合はするまでの形見に」とのたまふ。女、

なほざりに頼めおくめる一ことを尽きせぬ音にやかけてしのばむ

言ふともなき口ずさびを恨みたまひて、

あふまでのかたみに契る中の緒の調べはことに変らざらなむ
この音違《たが》わぬさきにかならずあひ見むと頼めたまふめり。されど、ただ別れむほどのわりなさを思ひ咽《む》せたるも、いとことわりなり。（明石）

これは光源氏と明石君の別れの場面である。この夜、源氏は初めて明石君の箏を聴いて驚嘆し、さらなる愛をおぼえて「心の限り行く先の契り」をし、愛の証《あかし》に琴を与えたのであるが、その琴は「また掻き合はするまでの形見」であった。「掻き合はせ」た琴の音は女を安心させるものであったのだろう。明石君は「尽きせぬ音」にかけて「しのぶ」といっているのだから、源氏の心を疑っているのではない。別れの不安を訴えているだけである。源氏の方も「中の緒」「調べはことに変はらざらなむ」といって、わたしの方は心変りしない。あなたもそうであってほしいと応えている。この夜、源氏と明石君は琴と箏を「掻き合はせ」て心を結び合い、「掻き合はせ」た琴の音が変らないことにかけて変わらぬ愛を誓い合ったのである。

そしてその誓いのとおり再会は形見の琴を掻き鳴らし、調べが変っていないことを確認し合うことで完了する。松風巻で「契りしに変らぬことの調べにて絶えぬこころのほどは知りきや」と得意げに歌いかける源氏に応じて「変らじと契りしことをたのみにて松の響きに音をそへしかな」と答える明石君の歌には別れの夜の切迫も惑乱もなく、松風に形見の琴を掻き鳴らした日の不安もない。あるのは源氏に対する甘えである。それは別れの夜に掻き合わせて互いの爪音に確認した愛を、今、琴を弾く源氏の姿を見、爪音を聴いて再び確認し得たからである。この後すぐに明石姫君の問題が起こってくるにせよ、ここにはしみじみとした共感の世界が拡がっている。

知られるように、女君の演奏を男に聞かせないよう配慮する時代にあって、女が男の楽器に「播き合はせ」ることはすなわち心を許すことであった。したがって女は「播き合はせ」ることはもちろん、爪音が漏れることすら極力避けようとし、男は何とかして女の爪音を聴こう、「播き合はせ」ようと策をめぐらせ、懇請し、ひとたび「播き合はせ」えたならば領じた気持になる。こうした背景のもとに男女の心の機微が語られていく。紫式部は合奏を通じて公私にわたる人と人との関係を描こうとしたといってよいだろう。

三　播き合わせない女君

ところが源氏物語には男君と「播き合はせ」ない女君が存する。

光源氏の正妻葵上は和歌を詠まず演奏場面を持たない。演奏の機会がないのではない。葵上の短い生涯のあいだに、源氏はその耳に届くところで三度も演奏している。しかもそこでは源氏が和琴や箏を爪弾いて葵上に聞こえるよう謡いかけているのだから、こうした場面設定そのものが二人の心溶け合わぬ不幸を物語っている。藤壺の場合は、最初は「琴笛の音に聞こえかはし」、子をなしてからは御遊の場にともに引き据えられているけれども、女院となってからはそうした宴遊の場での関わりもなくなる。それなら才芸に秀でた六条御息所《みやすんどころ》こそすばらしい音を響かせてよいはずである。しかし御息所は源氏の前では演奏しない。

はるけき野辺を分け入りたまふよりいとものあはれなり。秋の花みなおとろへつつ、浅茅が原もかれがれなる虫の音に、松風すごく吹きあはせて、そのこととも聞きわかれぬほどに、物の音ども絶え絶え聞こえたる、いと艶なり。（賢木）

ここは光源氏が野宮《ののみや》の御息所を訪ねて嵯峨野に分け入るところで、古来名文といわれている。枯れ萎《しお》れた秋の草花が微妙な色彩の濃淡を添え、そこここの草の蔭から虫の声が嗄《か》れ嗄れに響き、松風がものさびしく吹き合わせている、そうしたなかに、「楽の音ども」が「絶え絶え」にまじる。物みな衰えゆく秋の景物のなかにとぎれとぎれに響く楽の音は、消え残った夢のようにうつくしい。その楽の音はこれから訪う御息所の優艶な趣の象徴である。と同時に、それは源氏を招き寄せ、官能をかきたててやまない楽の音でもある。ところが、その楽の音は

北の対のさるべき所に立ち隠れたまひて、御消息聞こえたまふに、遊びはみなやめて、心にくきけはひあまた聞こゆ。（同）

と、源氏の訪問が告げられるや、ふっつりと途絶えてしまう。神域での来客であれば当然の処置だとはいえよう。しかし、それではなぜ、嵯峨野に響く楽の音をことさらに描くのか。どちらか

といえばものさびた清遠な感のある斎宮女御《さいぐうにょうご》の歌を「艶」な晩秋の景に移し替えているのか。なぜ「遊びはみなやめて」と述べるのか。晩秋の風情と別離をいうだけならば嗄れ嗄れに鳴く虫の声だけで十分であろう。嵯峨野に響いた楽の音はあきらかに野宮の「遊びはみなやめて」に連動している。いや連動させるために記されたといってよい。道行に響き心を誘う楽の音は橋姫巻にもある。しかし橋姫巻の場合は薫の到着にも途絶えず、ために垣間見を引き起こし大君思慕の始まりとなる。ここでは「遊び」は止められ、楽の音はふっつりと絶える。この差は大きい。もうすこしいうと、この場は斎宮女御集をもって構想されていると思われる。嵯峨野の楽の音は拾《しゅう》遺《い》集に入集した「琴の音に峰の松風通ふらしいづれの緒より調べそめけむ」であり、その楽の音が途絶えるのは歌集（西本願寺本）の一五番、帝のお渡りがないときに琴を弾き始めると、聞きつけた帝があわててお渡りになってかたわらに座ってお聴きになったがそしらぬ風で弾き続けられたという詞書を用いている。源氏を惹き寄せるのが嵯峨野の楽で、それは途絶えを怨む心にほかならず、そしらぬふりが遊びをやめることに当るのではないか。御息所が女房たちの合奏の場にいたかどうかはこのさい重要ではない。女房たちの演奏がすなわち女君の魅力であることは随所にみえる。源氏の耳に響き、その心を誘っていた甘やかな楽の音は、源氏の到着と同時に断ち切られた。これをもって作者はこれ以後共感し心を合わせることのない二人の関係を象徴させたのである。つぎの場が別れの場となる所以である。

紫上もまた源氏と合奏しない女君である。こういえばいささか奇異に思われるかもしれない。たしかに紫上が光源氏の笛に合わせて箏を弾く場面はある。しかしそれはまだ姫君の時で奏法の伝授である。ところが女君になってからはそんな場面はない。澪標《みおつくし》巻では源氏が調絃して演奏を勧めても明石君に嫉妬して、背を向け、手を触れようともしない。これだけなら藤壺と同じだといえよう。紫上の場合はもっと直接的である。光源氏との合奏はあったのだけれど必要がなかったので描かなかったのだ、という解釈はつぎの女楽の後の源氏の言葉から成り立たない。

「昔、世づかぬほどをあつかひ思ひしさま、その世には暇もあり難くて、心のどかにとり分き教へきこゆることなどもなく、近き世にも何となくつぎつぎ紛れつつ過ぐして、聞きあつかはぬ御琴の音の、出《い》でばえしたりしも面目ありて、大将のいたくかたぶき驚きたりし気色も、思ふやうにうれしくこそありしか。」（若菜下）

この「聞きあつかはぬ御琴の音」という言葉は実に重い。ここで源氏は姫君の時に初歩を伝授しただけで、その後久しく紫上の演奏を聴いていないといっているのである。女楽の演奏に先立って源氏は、夕霧に聴かれても恥ずかしくないだろうかと、女君それぞれの技倆について思いめぐらし、なかでも紫上の和琴《わごん》を心配していたが、演奏がはじまると「御心落ちゐて、いとありがたく思ひきこえ」ている。源氏の心配は紫上が担当する和琴が、個人の技倆と美意識を如実に反映する厄介な楽器のゆえだと文脈上は理解されたが、ここではじめて、実は源氏が、紫上がどんな演奏をするのか皆目知らなかったからだと、証かされる。このことはもっと注意されてよい。

源氏はその「聞きあつかはぬ」琴の音が卓越していたのでおおいに面目を施したと独習で自らを磨き上げた紫上を称揚《しょうよう》しているのだが、当の紫上はその言葉を何と思って聞いただろうか。この直前、女三宮の琴は上手になったでしょうと得意気に語る源氏に、紫上は「はじめつ方、あなたにてほの聞きしはいかにぞやありしを、いとこよなくなりにけり。いかでかは、かく他事《ことごと》無く教へきこえたまはむには。」と答えている。その間紫上は「おとなおとなしく、宮たちの御あつかひなど」して響いて来る琴の音を聴いていたのである。女三宮への琴伝授は「渡りたまふことやうやう等しくなりゆく」と語られた後に始まり、紫上に「いとまきこえて」専念したという。悲劇の色濃い第二部に入って、女三宮が漸く女としての成熟をみせ、源氏との間に変化のきざしがみえ始めた、ちょうどそのときに、源氏と紫上が久しく「搔き合はせ」ていない、互いの音に音を合わせ、心と心を交わし合っていない、と語る意味は大きい。そして、翌暁、紫上は発病する。この発病によって六条院は「御琴どもすさまじくて、みなひき籠められ」「火を消ちたるやう」な状態に沈み、朱雀院五十賀の延引につぐ延引、紫上没後の御遊の停止へと進んでいく。若菜下巻の記述からみればそれ以前の個々の記述では見過ごしがちであった点描が、統一したある意味を持ってくる。そう思えば紅葉賀巻の合奏にしても、すねている若紫の気嫌を伝授することでなおしているのだから、すねたままで手も触れない澪標巻とは対照的に作出されているとわかる。つまり、女君となってからの紫上は、折にふれて源氏との合奏がなかったと語られているのだが、それはそのまま第二部における紫上の悲劇、源氏を愛していながら心を合わせることのない、すれちがいの生を、のっぴきならない姿で呈示しているといえよう。

では紫上の苦悩を招く一方の因となった女三宮はどうであろうか。女三宮は琴の習得に熱中したが、それには源氏に伝授され「掻き合はせ」る喜び(2)もあずかっていただろう。しかしその女三宮もすぐに合奏しない女君となる。紫上の発病後、源氏が楽器を手にするところが一度だけある。

琴の御琴召してめづらしく弾きたまふ。宮の御数珠《ずず》引き怠りたまひて、御琴になほ心入れたまへり。月さし出でていとはなやかなるほどもあはれなるに、空をうちながめて、世の中さまざまにつけてはかなく移り変るありさまも思しつづけられて、例よりもあはれなる音に掻き鳴らしたまふ。（鈴虫）

ここでは光源氏と女三宮が琴をはさんで向いあっている。源氏は自分を裏切った女三宮を厳しく突き放したものの、目の前に尼となった姿を見ると心が動き、「なほ思ひ離れぬさまを聞こえ悩まして」宮を煩わしがらせていた。この夜は中秋の名月で、庭では鈴虫の声が高い。その声をきっかけに宮が鈴虫を放たせた源氏の心づかいに感謝し、源氏はその鈴虫を宮の声に擬《なぞら》え、あなたがわたしを厭われたのであって、わたしは猶あなたに魅かれておりますと応えて、琴を弾く。「めづらしく」とあるからこうした機会はなかったわけで、この夜、ともに阿弥陀の大呪を唱え、宮のほうから贈歌があったことが源氏の心を何ほどか融かしたのであろう。琴の音につれて二人の胸に浮かんだのは伝授を介して心がつながったあの幸せな日々であったろう。しかしこの場の二人は過往を追憶して共感し合っているのではない。源氏は「世の中さまざまにつけてはかなく移り変わる」次第を思い続けており、眼前の女三宮を始めとして、朝顔斎院、朧月夜尚侍《ないしのかみ》と、かつて愛した女性たちがつぎつぎと出家し、紫上は病に倒れ、いつのまにか一人取り残されてしまった悲傷にうち沈んでいく。一方、女三宮は「御琴になほ心入れて」とあるように純粋に音楽への愛から聴き入っていて、琴の音に源氏の孤愁を聴き取っているのではない。宮の追憶は昔日の我身までしかさかのぼれず、源氏の内奥までは思い至れない。二人をつないでいるのは琴を合はせた伝授の日々だけで、その思い出はすぐさま苦い事件を記憶に呼び覚ます。二人の懸隔は埋めるべくもなく、二人が琴を「掻き合はせ」ることはもはやない。ここは「掻き合はせ」てもよい状況にありながら、「掻き合はせ」ることが断たれていると語るための場面なのである。二人の懸隔が胸に迫る。

四　女の物語の構想

これまでは源氏に関わる女君たちをみてきたが、息子の夕霧、孫の匂の宮、そして薫についても同じことがいえる。

夕霧の妻、雲居雁もまた合奏しない女君である。それが証されるのはやはり若菜下巻の女楽の後である。六条院の女君たちのとりどりに優美な演奏に触れた夕霧は、

わが北の方は、故大宮の教へきこえたまひしかど、心にもしめたまはざりしほどに別れたてまつりたまひしかば、ゆるるかにも弾きとりたまはで、男君の御前にては、恥ぢてさらに弾きたまはず。何ごとにもただおいらかにうちおほどきたるさまして、子どものあつかひを暇なくつぎつぎしたまへば、をかしきところもなくおぼゆ。（若菜下）

と、雲居雁が爪音《つま》を聞かせないのを「をかしきところもな」いと思い、母の面がかった雲居雁に妻として自分のほうを向いて欲しい、ともに「搔き合はす」時を持ちたいと願っている。夕霧のこうした気持が落葉宮の爪音と雰囲気に魅了される伏線となっている。落葉宮は横笛巻で夕霧の琵琶に和琴を合わせているが、宮は夕霧に合わせるつもりなどなかった。宮がうかつにも夕霧に爪音を聴かせたのは、柏木を追慕しての演奏だったからだし、夕霧を柏木の親友として信頼し、その域を出ないよう振る舞っていた夕霧に親愛をおぼえていたからである。ところが、夕霧は宮に「合はせ」えたと思い込み、「領《ろう》じた」つもりになって、「この御琴どもの調べ変へず待たせたまはむや。ひき違ふることもはべりぬべき世なれば、うしろめたくこそ」という。宮にとっては思いもかけぬ展開であった。これが後に雲居雁が実家に帰るという醜聞になっていく。夫に爪音

を聴かせず、「掻き合はせ」ない女君が、「掻き合はせ」た女君に追い落とされる。作者は夕霧の二人の妻をもって男女間の合奏の意味をより明確に語っているのである。

さらに宇治十帖になると、「合はせ」ることを男君から一方的に断ち切られた女性が登場する。それは浮舟である。

ここにある琴《きん》、箏の琴召し出でて、かかること、はた、ましてえせじかし、と口惜《くちお》しければ、独り調べて、宮亡《う》せたまひて後、ここにてかかるものいと久しう手触れざりつかしと、めづらしく我ながらおぼえて、いとなつかしくまさぐりつつながめたまふに、月さし出でぬ。宮の御琴の音のおどろおどろしくはあらで、いとをかしくあはれに弾きたまひしはや、と思《おぼ》し出でて（東屋）

これは薫が宇治に浮舟を連れてきた翌朝である。宇治に来ると薫の心は浮舟を離れて大君の思い出、八宮の思い出でいっぱいになり、契ったばかりの浮舟を離れてしまう。そんな薫の目には召し出した八宮遺愛の琴も浮舟とは無縁なものと映り、「かかること、はた、ましてえせじかし」と決めつける。薫がここで琴を召し出したのは姫君たちの爪音を立ち聴いたときに宇治のイメージが変化したからである。そのとき宇治は薫の意識裡《り》で音楽と深く結びついて、かつての法《のり》の師の住まいという宗教的イメージは薄れてしまう。琴は、八宮を、大君を、昔を恋うるたよりである。そうしたなかで浮舟の存在は軽侮《ぶ》と後悔の対象と化す。自分にとって浮舟は大君の形代《かたしろ》でしかない、それを宇治に着いてあらためてしみじみと悟った薫、形代の浮舟に楽才などないと決めつける薫は孤独である。せめて教養面でも形代にふさわしく教え導こうとしても、この場を「かの弓をのみ引くあたりにならひて、いとめでたく思ふやうなり、と侍従も聞きゐたり。」と結ぶのをみれば、浮舟が疎外された部外者であるのは蔽うべくもない。浮舟はこれから「掻き合はせる」可能性までも薫によって否定されているのである。それはまた後の事件を予想させもする。

考えてみれば、宇治十帖では浮舟ばかりか、大君も薫と「掻き合はせ」ない。薫は大君の箏を出会いの時にそれと知らずにとぎれとぎれに耳にしたにすぎない。大君もまた、合奏しない女君といえる。一方、中君は薫には父の命でほのかに掻き鳴らしを聴かせているし、匂宮とは箏を「合はせ」ている。中君が匂宮の妻として安定していくのは合奏する女君だからである。この二人は夕霧の妻たちの姉妹版である。そして浮舟は薫からは音楽の心得などないと最初から見放され、伝授の場面もついに語られない。横川僧都《そうず》に救われた手習巻でも、尼たちが合奏して楽しんでいるなかに浮舟は加わらない。誘われても「昔も、あやしかりける身にて、心のどかにさやうの事すべきほどもなかりしかば、いささかをかしきさまならずとも生《お》ひ出《い》でにけるかな」と拙い身の程を悲しみ、不幸な生を噛みしめている。源氏物語の最後に登場する女性、浮舟にいたっては合奏をしないどころか、合奏を拒否する女性として性格づけられているのである。

このように源氏物語には男君と合奏しない女君が脈々と登場する。藤壺、葵上、六条御息所、紫上、女三宮、雲居雁、宇治大君、浮舟、すべて光源氏、夕霧、薫に関わる主要な女君である。葵上は最初から演奏しないように設定され、六条御息所は別離の象徴として、藤壺、紫上、女三宮の、紫のゆかりの女君たちは一度は「掻き合はせ」ながら最後には「掻き合はせ」なくなっていることとさらに示される。その意味で紫上と女三宮はゆかりとして対等である。源氏の訪れるつど一人琴が暗示される明石君もまた同じ運命にある。夕霧に爪音も聞かせない雲居雁と「合はせる」つもりなどなかったのに「合はせ」てしまった落葉宮の運命は交錯し、宇治三姉妹の浮舟にいたっては「掻き合はす」能力そのものが排除されている。源氏物語には男君と「掻き合はせ」えない女君の悲しみの生が綴られているのである。それはまた男君の悲劇でもある。光源氏は「掻き合はす」女性を得ては失って孤影を漂わせ、夕霧は悲喜劇の渦中に身を置き、薫はついに「掻き合はす」女君を持たない。「合ふ」は「逢ふ」に通じ、「合はす」は精神的次元での「逢ふ」を響かせている。源氏物語からは「合ふ」はずの楽の音が「合は」ない、合わせたくても合わせ得ない、と「合はざる」仲を嘆く声、愛する人との懸隔《けんかく》を悲しみ、孤独にうめく声が重なって聞こえてくる。人々は切り離され孤独で、愛に渇いている。作者の音楽観を見ていくと、男君と「掻き合はせ」る有無をめぐって女の愛と生という、統一された主題が浮かびあがってくる。

　作者が最初から音楽を愛情の喩《たとえ》として用いよう、女の愛と生を象徴しようと考えていたかどうか、それはわからない。おそらくそうではなかっただろう。第一部の段階では女君の音楽場面はその時々の愛を美しく描く私的な楽として一つ一つ構想されただけで、「合はざる」楽を集成することまでは意識されていなかったと思う。その「合はざる」楽が重なって見えてくるのは、若菜下巻の紫上になってで、源氏とのあいだに久しく「掻き合はせ」る時がなかったと証された時に初めて、紅葉賀巻の伝授、澪標巻の合奏拒否、若葉下巻の女三宮への琴伝授から女楽に至る、それまでの記述が意味を持ってつながってくる。そしてここに至って、第一部の他の女君の事例も新たな意味をもってつながってくるし、続く雲居雁と落葉宮、宇治の異母姉妹でそれをより明確にし、深化していく。紫式部は宴遊を用いて光源氏の栄華を描いていくうちに、その頂点となる女楽、宴遊の途絶えた六条院を構想し、そこに女三宮への伝授を盛り込もうとした、その時に紫上の処遇が問題となり、「合はざる」楽に思い至ったのではないか。第二部を構想し女三宮降嫁と琴の伝授を考えるなかで男の宴遊に対する女の音楽という構図がしだいに明確になっていったのであろう。そしてたとえそれまでに合奏場面が書かれていたとしても若菜巻を書いた後、物語の各帖を整理する段階(3)でそれらを削除したと思われる。

「合はざる」楽の音が第二部を構想する時点で取り入れられたといっても、作者の音楽観や物語観からすればそれは既に内在していただろう。「合はす」楽から「合はざる」楽へはほんの一歩である。作者は男君の栄華を宴遊によって描き、女君の愛と生を「合はざる」楽で描いていったが、女の愛と生という主題は男君をも巻き込んで深化し、愛の喜びと哀しみ、愛の不思議、人の愛して愛しえぬ悲哀を描くことになったといえよう。

五　源氏物語の達成

紫式部は、音楽の本質は「合はす」ことによって自然万物、他者と交歓することである、という音楽観を持っており、そこから音楽を多用して人と人との関わりを描いていった。この程度ならばさして新しい手法でもないように思われるが、当時にあっては独自な手法であったらしい。宇津保物語は琴の魅力を核にし、琴の家樹立をはかる物語であるが、男女の愛を合奏で表現しようとする点は見受けられない。むしろ逆に、琴は合わせ得ない、他の楽器の追随を許さない楽器として描かれている。

暁になりにけるに、いといみじくおもしろく、楽の声、鼓の声をしばし整へさせたまひて、みな一度におしいるるやうに消ちて、ただ琴の声の限り、上にのぼりて澄み響くこと、大将の御手よりはまさりたり。（中略）一院の上、「げにまだ聞かざりつ。よろづの楽の声、皆消ち琴の声の限り、声々におもしろうあはれなるは、さる調べを離れてありけるには。かの楽にぞ、いま少し楽の声高くつかまつれ。あやし。楽の音のたれてあるか。」とてつかはす。「楽の音は例限りあれば、暁に合はせてつかうまつる」と申す。猶、琴の声け、さまざまの

響きあまたに分かれて、おもしろうて、楽の声は沈み、細う聞こゆ。ほのぼのと明け行くに
風の音はせで、空少し霧りわたりすみたり。折のおもしろきに、琴の声映えてあはれなり。
（楼上下）

これは犬宮の琴技の披露で、暁の調べを麟角風で弾くクライマックスである。俊蔭女《としかげのむすめ》が「かかるおほかたの声に合はせて弾かせて試みん」とした犬宮の琴は協奏している他の楽器の音を圧倒して澄んだ音を響かせた。この秘技に感じ入った一院が、この現象に「楽の音のたれてあるか。」と叱咤《しった》しても、楽の音は琴の響きに抗しきれず「沈み、細」くなっていく。楽は琴に「合はせ」えず、琴は楽を圧しきって響く。ここには「合はせ」るという思想はない。人と人との関係はこうした音楽観からは生じない。

楽の音を「合はせ」ているかぎり、思うところのない満足を示すにしろ、親愛を響かせるにしろ、悲しみをたたえるにしろ、宴遊でも別離でも恋の始発でも、楽しく、かつ甘やかな共感が場を蔽い、人と人とを結びつけている。そのうえで源氏物語は男君と「合はす」ことのない女君の姿を脈々と綴っていく。最初から合奏がなかったり、合奏しなくなって年月を経ていたり、合奏する道が断たれてしまったり、はては合奏能力を疑問視され排除された結果、演奏を拒否する女君の姿は、愛する人と心の深層で通い合わなくなった危機的状況を呈示し、女の愛と生という主題を追究している。それは音楽が和歌よりもより直接的に人間の深奥をのぞかせてしまうからで

ある。

こうして源氏物語の音楽記述をみてくると、大きな変化が若菜巻あたりで起こっていると知られる。第三章で述べた、個性の自在な発揮を多とする和琴を人間性に根ざす楽器として取り上げ、琴に並べ、琴を凌駕する位置を与えたのは、源氏の王権に翳りが見え始めた時期、すなわち若菜巻以降、源氏が栄華に達した後の内面を描き出した時期であった。また第四章、第五章で音楽記述は公私の二層構造を成していると述べたが、そのうち公的な音楽記述である宴遊が栄華への道から逆にその欠落を語って内面の凋落をあらわし始めるのも若菜巻であった。その若菜巻で「合はざる」楽が明確な形を取り、女の物語が構想され始め、それを受けて楽の音がさまざまに響く場面とともに、楽の音が響かない場面が意味を持ってせり出してきた。つまり、作者が人間の内面を問題としはじめたときに、宴遊に比して単発的で、その時々で完結していた私的な個人の楽が統轄され出したのである。そしてこの「合はせ」る音楽から「合はざる」音楽への移行は、いわば男の音楽から女の音楽への歩みは、光源氏の運命を描いていくうちに女の主題が現われてくるの(4)と緊密に響き合っている。

もうすこしいえば公私の場で人々を和合させ、自らに統合する光源氏のありようは、和歌によって人々の心を取り込みおのがものとする伝承の「色好み」とも部分的に重なってこよう。紫式部はそうした古層的な部分を基盤として新たな世界を拓いていったということになる。それは外なる音楽を内なるものとして捉え直すことであった。紫式部の音楽観は音楽の制度的現象的側面からではなく、音楽のより本質を見つめることから生まれた。「合ひ」「合はざる」楽をもって光源氏の生を、人と人との関わりを描き、やがて女の愛と生の追究へと進んだのは、音楽を内在化し、奇瑞を拒否した式部にして初めて可能な独自の方法であり、起るべくして起った展開であったろう。紫式部は奇瑞に代表される楽器中心意識、音楽は人間の外側にあるという意識から離脱し、音楽を人間の側に引き寄せ、その心の機微と人生を描くものとして物語世界に定位したといえよう。ために源氏物語の音楽はかぎりなく豊饒なのである。

注

(1)深沢三千男氏『源氏物語の形成』(昭和四七年)、小嶋菜温子氏「六条院と女楽―光源氏主題の消長をめぐって―」(『源氏物語の探究第十二輯』昭和六二年)、河添房江氏「北山の光源氏―王権と原像としての太子―」(「国語と国文学」平成二年九月)など。
(2)沢田正子氏「源氏物語の楽の音―女人造型と美意識との関わり―」(『源氏物語の探究第八輯』昭和五八年)
(3)伊井春樹氏は『源氏物語の謎』(昭和五八年)で数度の整理再編があったと説いておられる。
(4)森一郎氏「源氏物語第二部の主題と構造」(「日本文学」昭和四九年十月)

X　物語の音楽、源氏物語以後

一　後期物語の奇瑞

最後に源氏物語以降、物語の音楽がどう変容していくかを辿っておこう。

源氏物語以後の平安後期物語の特徴は奇瑞《きずい》の復活である。といっても源氏物語の洗礼を受けた後期物語では奇瑞ももはや宇津保物語そのままではない。夜の寝覚では八月十五夜に大君と中君が合奏して遊んだ後、その夜の中君の夢に天人が現れて、琵琶を伝授する。

小姫君の御夢に、いとめでたくきよらに髪上げうるはしき唐《から》絵のさましたる人、琵琶を持て来て、「今宵の御箏の琴の音、雲の上まであはれに響き聞こえつるを、たづねようで来つるなり。おのが琵琶の音弾き伝ふべき人、天の下には君一人なむものし給ひける。これもさるべき昔の契りなり。これ弾きとどめ給ひて国王まで伝へたてまつりたまふばかり」とて教ふるをいとうれしと思ひて、あまたの手を片時の間に弾き取りつ。「この残りの手の、この世に伝はらぬ、いま五あるは、来年の今宵下り来て教へたてまつらむ」とてうせぬと見たまひて、おどろきたまへれば、暁がたになりにけり。（巻二）

次の年、再び降下し、伝授を終えた天人ははらはらと涙を流して、「あはれ、あたら人の、いたくものを思ひ、心をみだしたまふべき宿世のおはするかな」といって、物思うことが多い、悲しい運命を予言する。中君の運命はいたましくもそのとおりに実現するのだが、さらに注意すべきは天人は箏の音に感動して降下したのに、伝授したのは琵琶だということである。父の太政大臣は「姉君には琵琶、中の君には箏の御琴を教へ」たので中君は琵琶を弾こうとも思わなかったのに、天人の伝授によって「常にならひし箏の琴よりも、夢にならひし琵琶はいささかとどこほらずたどる調べなく思ひ続けらるる」ようになり、翌年の八月十五夜、人の寝静まった夜更けに弾く中君の琵琶を聞いた大君は「常に弾きたまふ箏の琴よりも、これこそすぐれて聞こゆれ。昔よりとりわき殿の教へたまへど、常にたどたどしくてえ弾きとどめぬものを、あさましき君の御さまかな」と驚く。中君は大君を凌駕《りょうが》し、姉は妹を羨んでいる。天人降下がさし示すものは悲しい運命の予言にとどまらず、妹が姉の楽器を奪うという形で、中君が姉の夫となる中納言と契り、その心を奪ってしまうことを暗示しているのである。三年目には天人はもはや来たらず、この時以降、中君は涙で袖の乾くひまもなく、夜ごと寝覚める身の上となる。以後、中君が琵琶を弾くことはない。大君も関白も亡くなり、一応の安寧を得て子供たちと合奏するときまでは。それまでの、物思いに沈む日々に掻き鳴らすのは箏の琴で、「かやうなるほどは琴掻き合はせ何となく思ふことなかりし、いつなりけむ」「年ごろあの御方ともろともに、明け暮れながめつつ（中略）月をも花をももろともにもてあそび、琴の音をも同じ心に掻き合はせつつ過ぎにし昔の恋しさに」と、幸福であった昔を渇望している。中君にとって箏は、姉と同じ心で過ごした幸せな昔の象徴であり、かつ求めてやまない心の平安であった。物語の最初に語られる箏と琵琶と天人降下は、中君の運命と深く結びついているといえよう。

狭衣《さごろも》大将は天界と人間界、聖と俗とに引き裂かれる主人公で、彼もまた物語の最初に天人降下を経験する。それは五月雨の御遊で「殊に人に知られぬ手」を吹き出だした夜であった。

宵過ぐるままに、笛の音いとど澄み昇りて、空の果てまでのことごとあやしく、すずろ寒くもの悲しげに稲妻の度々して雲のたたずまひ例ならぬを、「神の鳴るべきにや」と見ゆるを、星の光ども月に異ならず輝きわたりつつ、この御笛の上にさまざまの物の音ども空に聞こえて、楽の音いとおもしろし。（中略）楽の音いとど近うなりて紫の雲たなびくと見ゆるに、天稚御子《あめわかみこ》角髪《びづら》結ひて、いひ知らずをかしげに芳しき童《わらわ》姿にてふと降り居たまふに、いとゆふのやうなる物を中将の君にかけたまふと見るに、我はこの世の事とも見えず、めでたき御有様もいみじくなつかしければ、この笛を吹く吹くさし寄りて、帝の御前に参らせたまひて

九重の雲の上まで昇りなば天つ空をや形見とはみむ

といふままに、「いみじくあはれ」と思ひたる気色にて、この天稚御子に引き立てられて立ちなむとするを（巻二）

これまで求められても固持した狭衣であったが、ひとたび吹きはじめると雲の上まで澄み昇るので帝をはじめとして落涙し、はては「見入れ聞ける物やあらむ」と心配するが、狭衣は解き放たれていよいよ吹き澄ますと、稲妻が閃き雷鳴がとどろき黒雲がたちこめ星々が月のように輝きだし、天上からさまざまの楽器の音がおもしろく空中に響く。人々の不安をよそに狭衣は「稲妻の光に行かむ天の原はるかに渡せ雲のかけはし」と「音の限り」吹くと、紫の雲がたなびくなか、楽の音がだんだん近づいてきて角髪を結った天稚御子が降り来って狭衣にいとゆうのような物をかけると、途端に狭衣は平生の気持が失せ帝に暇《いとま》乞いをして天稚御子に連れられて昇天しようとする。このあたりは竹取物語を思わせる。「いとゆふのやうなる物」はかぐや姫の天の羽衣であろう。かぐや姫も羽衣を着せかけられると「翁をいとほしくかなしと思ふ心も失せぬ」と人間的な感情を失っている。この物語が竹取物語と異なるのは、帝や東宮が狭衣の手を捉《とら》えて引き止めようとしたために天稚御子も「何事もこの世には余りたるに、笛の音さへ忍びがたさに迎へに降りたるに、十善の君の泣く泣く惜しみたまへば、えひたすらに今宵率て上らずなりぬる」という内容を漢文で誦《ずん》じ、狭衣も絆のある身でお供できないと誦じたので、天稚御子が泣いて帰っていった点である。狭衣は天稚御子への憧憬と両親への愛情に引き裂かれるが心を残しつつ人間界に留まった。これが以後の狭衣の生を決定している。狭衣にとって天界は源氏宮にあたり、地上の人間界は女二宮や飛鳥井《あすかい》姫君、宰相中将の妹にあたる。出家し仏に仕えることは聖にあたり、帝位にのぼることは俗にあたる。狭衣は天界を希みつつも地上に留まらざるをえないように設定されている。そうした運命であるからこそ、この世に絶望したとき、それはおおむね源氏宮への想いが絶たれたときであるが、「ありし天稚御子に後れたまひしくやしさも、この比ぞ猶思ひ出でたまふ」と天上に憧れ天稚御子を慕って演奏する。源氏宮の入内が確定的になったときには、その御前で「琴をまさぐり、空をつくづくと眺めたまへるに霧りふたがり月もさやかならぬに、いとどものあはれにて、天下りたまへりし御子の御有様思ひ出でられ」て、「なぞや、かく世にとどまりけむと悔し」さに琵琶を弾くと「余りならば昇る心地」して撥を置き、出家を明日と思い定めて源氏宮のもとで琴を弾くと我ながら「もしや」と思い、「おぼしも出でよかし」と天稚御子の降下を願う。と、風があらあらしく吹き出し雷が轟《とどろ》きかぐわしい薫りが満ちてくる。聴く人々は再び奇瑞がおこるのではないかと生きた心地もない。しかしこれらの演奏は天稚御子ならぬ賀茂大神の叡感をえて入内はとどめられ源氏宮は斎院となって、狭衣の出家は差し止められてしまう。

このように後期物語にとって奇瑞の持つ意味は大きい。夜の寝覚や狭衣物語では最初に主人公のかなでる、人間の技を超え美の極致に達した楽の音が天人を感動させ、降下を引き起こしている。この天人をも降下させるほどの楽才は第一に琴笛に堪能な理想的な主人公であることを意味する。狭衣大将は両親や公からまるで人間ではないかのように「ゆゆしく」扱われているし、寝覚の中君はあらゆる男性を惹きつけてやまない。第二に物語の最初に起こる奇瑞は以後の主人公の運命を象徴し、方向づけてしまう。奇瑞に比べると楽の音による男女の邂逅《かいこう》交情はまことに類型的で、堤中納言物語、浜松中納言物語、しのびね物語、木幡《こはた》時雨のそれは新鮮さや描写の妙を失って形骸化してしまっている。後期物語になると奇瑞を取り上げるしか方向がなくなったといえようが、それはみてきたように宇津保物語そのままの秘琴の神秘と魅力を語るのではなく、源氏物語が奇瑞をことごとく排除し人間の音楽をうちたてた影響を受けてか、主人公の運命を予言し象徴する、人間性と深く結びついたものに変容しているのである。

二　浄土の音楽

ところで、儀式の音楽には神事のほかに仏事の音楽がある。それは法会に行われる舞楽である。法会の舞楽は王朝文学にはあまりみえない。わずかに枕草子に法興院供養《くよう》で、一行の到着を迎える楽を「こは、生きての仏の国などに来にけるにやあらむとおぼゆ」といっている程度、源氏物語でも秋好中宮の季御読経の蝶鳥の舞や法華経千部供養などの語がみえる程度で具体的な描写は少ない。そうしたなかにあって供養法会をよく叙述しているのは栄花物語である。栄花物語には道長の法華八講、自筆経供養、阿弥陀堂の経供養、祇陀林寺舎利会、彰子多宝塔供養、などの供養法会が賀宴、行幸、社寺参詣、歌合とともに多く描かれている。特に巻一七は「おんがく」と題され、法成寺の落慶法要を試楽からはじめて詳細に語っていく。治安二年七月一四日当日、後一条天皇の行幸を迎える音楽は「大門入らせたまふほどの左右の船楽龍頭鷁《げき》首舞ひ出でたり。曲を合はせて響き無量なり。管を吹き絃を弾き鼓を打ち、功を歌ひ徳を舞ふ。御覧ずる心地こそこの世のこととともおぼされず」といい、上達部たちの着座饗応では「かの忉利天上の億千歳の楽しみ、第梵王宮の深禅定の楽もかくやとめでたし」といい、僧の入場は「楽所の乱声えもいはずおどろおどろしきに、獅子のこども引き連れて舞ひ出でて待ち迎えたてまつるほど、この世のこととも見えず」といって、舞楽を、

舞台の上にて、さまざま菩薩の舞ども数を尽くし、又童べの蝶鳥の舞ども、ただ極楽もかくこそはと思ひやりよそへられ（中略）孔雀、鸚鵡、鴛鴦、迦陵頻など見えたり。楽所のものの音どもいといみじくおもしろし。これ皆法《のり》の声なり。或は天人・聖衆の妓楽歌詠するかと聞こゆ。香山大樹那羅の瑠璃の琴になずらへて、管絃歌舞の曲には、法性真如の理を調ぶと聞こゆ。

と語る。「功を歌ひ徳を舞ふ」「この世のこととも見えず」「この世のこととおぼされず」「極楽もかくこそはと思ひやりよそへられ」というから、法会ではこの世に浄土の楽を響かせようとしたのであろう。舞を菩薩、胡蝶、迦陵頻《かりょうびん》、孔雀、鸚鵡《おうむ》、鴛鴦《おし》にかたどり、音楽を天人・聖衆《しょうじゅう》のそれになぞらえて法悦に浸っている。しかしただ浄土の楽を描いたといっても栄花物語のそれはあくまでも疑似的な浄土である。法会の荘厳は、豪華で洒脱な宴遊を主催しうる権勢を語るのと同様、その目的はこの世に天上の世界を出現させうる道長の栄華を語るにあるのである。

ところが、説話の今昔物語集になるとまさしく浄土の音楽が響いている。

此僧、前ノ如クニ有テ見レバ、浄尊モ尼ト共ニ持仏堂ニ入ヌ。聞ケバ、終夜《よもすがら》共ニ念仏ヲ唱フ。既ニ夜明クル時ニ成テ、庵ノ内ニ光耀《かがや》ク。僧此ヲ見テ、奇異《あさま》シト思フ程ニ、空ニ微妙《みめう》ノ音楽ノ音有リ、漸ク西ニ去ヌ。其ノ間、庵ノ内ニ艶《えもいは》ズ馥《かんば》シキ香《か》満タリ。而ル間、夜明ケ畢ヌレバ、僧持仏堂ノ内ニ入テ見レバ、浄尊モ尼モ共ニ掌ヲ合セテ、西ニ向ヒテ端座シテ死タリ。（巻一五鎮西餌取《えとり》法師往生語第二八）

これは鎮西の餌取法師浄尊が往生する話で、法華験記から採ったらしい。往生譚の常として微妙の音楽が聞こえ、芳しい香りがするが、これは西方浄土から聖衆が迎えに来たことをあらわし、音楽はその聖衆が奏でる来迎楽のことである。時代は下るが謡曲でも天人が姿を現すときには「不思議や虚空に音楽聞こえ、異香《きょう》薫じて花降れり」（吉野天人）といい、その音楽は「琵琶、琴、和琴、笙、篳篥《ひちりき》、鉦鼓《しょうこ》、羯鼓《かっこ》」の声であったという。今昔物語集には「音楽」という言葉は六三例みえ、そのうち天人による演奏は往生時の四六例、供養の二例、仏天の演奏一例の計四九例、人間が浄土の音楽を再現しようとするのは供養法会一一例、講師迎え二例の計一三例だから、一例を除くすべてが仏教に関する天上の楽をあらわしている。ただ一例の例外、俗人が演奏する「音楽」は巻五第三語で、国王が宝玉を盗んだ犯人に酒を盛って眠らせ死んで天国に来たと思わせて自白させようとするところにみえ、「琴瑟《きんしつ》等ノ微妙《みめう》ノ音楽ヲ唱へ、様々ノ楽シビヲ集メ」て天上を再現しようとしたというのだからこれも天上の楽と解していいだろう。また「微妙」は「みめうなり」「めでたし」の訓みがあるが、天人の演奏は「みめうなり」一三例、「めでたし」二例であるのに、人間の演奏は「めでたし」二例で「みめうなり」は用いない。一方、九例みえる「管絃」は、「音楽」に対する世俗の楽を表している。たとえば巻一三第四三語では「手書ク事、人ニ勝テ、和歌ヲ読《よむ》事並ビ無シ。亦管絃ノ方ニ心ヲ得テ、箏ヲ弾ズル事極メテ達《いた》レリ」といった、王朝的教養に満ちた少女が死して蛇身を受け、法華経を聞くことで解《げ》脱する話であるが、ここではそうした教養に身をまかせ、仏法に心を寄せなかったことが成仏の妨げとなったというのである。世俗の楽の「管絃」をしりぞけるのは仏教説話に顕著な特徴といえよう。

往生時に響く西方浄土からの来迎楽は奇瑞であるが、音楽が響くこと自体が奇瑞であるという点で、人間の演奏に感じて天地が瑞祥をあらわす王朝物語の奇瑞とは逆転している。それはまた音楽に対する人々の意識が変化したということであろう。平家物語になるとそれが顕著に現れる。

三　音楽の説話化

平家物語では演奏すること自体が一つの価値となっている。この物語で楽器を演奏するのは不運な者、哀惜される者である。奇瑞や浄土への関心もそのなかで語られる。物語の前半では徳大寺実定、太政大臣師長、以仁《もちひと》王、小督《こごう》など平氏に圧迫される人々の音楽の素養が語られる。徳大寺実定は官位の昇進を願って厳島神社に参詣して舞楽を奉納し、その甲斐あって左大将となり、都が福原に遷されたときには旧都の月恋しさに八月十日余り上京して琵琶を弾いている。高倉帝に寵愛されて平氏の圧迫を受け身を隠した小督を仲国が箏の音をたよりに探しあてる次第は有名である。また東国に流された師長は熱田明神に参詣し「神明法楽のために」琵琶を弾き朗詠をすると情けを知らぬ田舎人も「身の毛よだって、満座奇異の思いをな」し、深更に及んで秘曲を弾くと「神明感応に堪へずして、宝殿大いに振動」して人々は「平家の悪行なかりせば、今此瑞相をいかでか拝むべき」と涙を落としている。さらに以仁王は「蟬折《せみおれ》」「小枝」という名笛を秘蔵しておられ、特に「小枝」は「我死なば此笛を御棺に入れよ」とまで仰せられていた笛で、崩御されたときも御腰にさしてあったという。

ところが後半になると、笛を吹き琴を弾くのは平氏の公達《きんだち》に変っている。副将軍経正は源氏の攻勢に退却を余儀なくされ、竹生島に詣でて琵琶を奉納する。と、「上玄石上の秘曲には、宮のうちも澄み渡り明神感応に堪へずして、経正の袖の上に百龍現じて見え」その妙なる音に叡感あってか神は奇瑞を垂れ、平氏は勢いを盛り返す。維盛は「横笛音取り朗詠し」「経を読み念仏して」入水し、討たれた敦盛の腰には錦の袋に入れた「さ枝」がある。そうした平氏の楽才を一身に集めたのが重衡《ひら》である。重衡は仁和寺宮から琵琶の名器「青山」を拝領したほどの名手であるが、都落ちに際して名残は惜しいがあたら名器を田舎の塵にするよりはと返却し人々に惜しまれつつ去る。そして転戦の後、壇の浦で捕えられて都へ護送されるのだが、その間、「海道下り」では蟬丸と博雅の故事を想い、「千手前」では琵琶を奏でている。平家全盛時には太政大臣師長や平経正の琵琶に叡感あって奇端が起こり、あるいは赦されて帰京しあるいは勝利を得ている。しかし滅びゆく平氏を語る段になると、敦盛の腰に笛を見つけた熊谷直実が

この暁、城のうちにて管絃したまひつるは、この人々にておはしけり。当時みかたに東国の勢何万騎かあるらめども、いくさの陣に笛持つ人はよもあらじ。上臈《ろう》は猶もやさしかりけり。

（敦盛最期）

と敦盛を文武を具有した上臈と呼んでその死を悼み、重衡の琵琶を聴いた千手前は、

あの平家の人々は弓箭《きゅうせん》の外は他事《こと》なしとこの日ごろは思ひたれば、この三位中将の撥《ばち》音、

口ずさみ、夜もすがら立ち聞いて候に、ゆうにわりなき人にておはしけり。（千手前）

と「ゆうにわりなき人」といって平氏の優雅さに感じてその運命に涙している。直実も千手前もただ音楽の才に感嘆しているのではない。敦盛の笛は以仁王の笛や薩摩守忠度《のり》の和歌と同工異曲であるが、直実は戦場で管絃をするというその心用いに感嘆し、千手前は重衡が自らの死を見つめながら、「この楽をば普通には五常楽といへども、重衡がためには後生楽《ごしょうらく》とこそ観ずべけれ。やがて往生の急を弾かん」と、五常楽を後生楽といい皇麞を往生としゃれていうその覚悟に深く感動したのである。つまり直実や千手前は平氏の公達が音楽を嗜《たしな》み愛好するというところに人間としての価値を見出し、そうした人間が滅ぼされ失われてゆくことに涙しているのである。凱歌をあげる源氏の武者は演奏などしない。忠度が和歌の才ゆえに惜しまれたように、音楽の才もまた、滅びゆく平氏を哀惜の対象へと造型していく。そして灌《かん》頂巻の最後、建礼門院の死は「御念仏の声やうやう弱らせましましければ、西に紫雲たなびき、異香室に満ち、音楽空に聞こゆ」と往生譚の型で語られる。平家物語の音楽記述は平氏の滅びをいとおしみ、美へと昇華しているといえよう。

平家物語を通してみると、前半は平氏に圧迫され非運にあえぐ者の楽才が語られ、敗色濃くなってから平氏の公達の楽才が語られていく。こうした滅びゆく者に付された楽才は、天を感動させ、琴の家を樹立する宇津保物語の楽才とは異なるし、その楽才が悲しみの生の象徴となる後期物語の楽才とも違っている。平家物語の奇瑞は演奏によって神仏を動かし功徳をえるという、きわめて現実的な、音楽が栄達と等価交換しうる即物的な価値として意識されている。つまり楽才がひとつの価値となっているのである。

そう考えると「大衆揃」で以仁王が鳥羽院から伝領した「蟬折」という名の由来を語り、「青山之沙汰」で重衡の琵琶の由来が語られるのもよくわかる。枕草子の「無名といふ琵琶の御琴を」の段でも楽器の命名への興味がうかがわれるが、枕草子の場合は言葉のおもしろさへの興味が主である。一方、平家物語では楽器にまつわる故実が主である。故実への言及はこの物語の特性でもあるのだが、その故実をながながと説くという点が音楽に対する意識の変化をよく物語っている。同時代の古今著聞集《もんじゅう》が音楽に関する記録、逸話を集めていることからも知られるように、音楽が価値ある技芸と化し説話化しているといえよう。

四　王朝への憧れ

平家物語では音楽を嗜み演奏するという行為だけで即物的な価値となっていると述べたが、お伽草子ではそれがもっと顕著である。文正草子や鉢かづきでは和歌とともに管絃の才によってその高貴な出自を現しているし、御曹子《おんぞうし》嶋渡りや梵《ぼん》天国では笛の才が主人公を救け唐糸草子では唐糸は管絃の座敷を預かるほどに信頼され、万寿は楽才によって母を救っている。和歌の才によって救われ栄達する話を歌徳説話というが、音楽による楽徳説話の存在も無視できない。平安朝の貴族にとっては笛を吹き琴を弾き謡《うた》を歌って舞を舞うことは日常生活のなかのひとこまでしかなかった。しかし時代が下り、時代の意識に即した新たな音楽や謡、舞が生まれ、それが人々の生活に溶け込むようになったとき、雅楽の演奏や舞が貴族的なものとして高められ憧憬されるようになって楽徳説話が誕生したのだろう。そしてそのとき、源氏物語の音楽への理解もすこしく変容していく。

源氏物語の音楽に対する意識を端的にあらわしているのは源氏絵の存在である。室町時代から江戸時代にかけて源氏物語の各巻から一場面を選んで絵と詞《ことば》を貼りつけた五四帖形式の画帖や屏風が広範に制作されるようになったが、そうした源氏絵には音楽場面がきわめて多い。井溪明・片桐弥生氏による「源氏絵帖鏡一覧表」(『源氏物語の絵画』昭和六一年)では二四作品、総絵画数一一一八のうち音楽場面は一九〇画で一七%になる。ただこれだけでは音楽場面が絵画化しやすいというだけだが、同時に絵を画《か》くうえでの指示を記した図様《ずよう》指示を含んだ絵詞も盛んに行われたらしい。なかで室町時代と推定されている大阪女子大学蔵「源氏物語絵詞」は詳細な指示とともに、物語に忠実に絵画化しよう、絵のうえに物語を再現しようという独自な性格をもっており、図様指示のそこここに絵とは関わらない筆者の源氏物語観を表出している。そしてこの絵詞でも二八一の指示場面のうち音楽場面は六一で二一・七％にあたり、源氏物語の音楽場面のほとんどが網羅されている。ところが、そうした筆者の源氏物語精読、音楽場面の多用にもかかわらず、この絵詞の音楽場面の図様指示には現在の解釈とは異なる指示がしばしばみえる。

(1)あふひの上あつまをすかゝきて引給ふ源ハ惟光をめして物とい給ふ所也ころは冬のはしめ

(2)宮す所野ゝ宮にこもり給ふ所の会なり比《ころ》は九月七日とあり秋の花おとろへにたる草村の躰《てい》黒木之《の》鳥井小柴かきなどあるへし火たきやあるへし神つかさの者共有へし源氏はゑんに宮す所は内に源さかきを折みすを引き□みやす所は少そはむき給躰よし次に□和琴などあるへしげんじの車其外御供十よ人ほとゝあり夕月夜とあり草むらに松虫なとあるへし

(1)は若紫巻第五図、(2)は賢木巻第一図で、いずれも前章で演奏場面がないと述べた女君たちの演奏が指示されている。(1)の図様指示では和琴を弾くのは葵上だが、現在は光源氏と解している。詞は肖柏本を忠実に写したと考えられるから省略された主語を取り違えた単純な誤りとも考えられるが、絵詞では葵上の演奏は三度も指示されている。しかし葵上は一度として楽器を手に取らない。その葵上の演奏場面が指示されるのは単純なミスといってすまされない。そこには源氏物語をよく読み込んでいる者なりの理解、もっといえば音楽に対する認識が存していると思われる。というのは葵上だけではなく、玉鬘の姫君たち、光源氏も演奏場面を増やされているからである。

(2)は源氏が野宮を訪れて六条御息所と対面するところである。絵詞筆者は枯れ枯れの草叢、黒木の鳥居、小柴垣、火焼屋、神官、牛車、夕月、松虫、供人を画き込むよう指示しているが、そのなかに「次に□和琴などあるべし」とそれまで御息所がいた居間に楽器を画くよう指示している。しかし「□和琴」は物語にみえない。「あるべし」は、本文からの引用を示す「とあり」とはちがって、本文を精読したうえでの、自己の読みに従った指示である。この指示からすれば筆者はさっきまで御息所が演奏していたと解していたらしい。たしかに嵯峨野に響き源氏を誘い、到着と同時に断ち切られた琴の音はあった。しかしそれは御息所ではなく女房の演奏であった。筆者は御息所が悲哀の心を抱いて琴を奏でていたと解して、源氏から顔をそむけて画くよう指示するだけではあきたらず、もっとよくその心を表そうとして琴を画き込むよう指示したのであろう。楽器の画き込みの指示は他にもあるが、こうした異質な解釈の背後には筆者の源氏物語の音楽に対する思い入れ、物語の音楽はこうあるべきだという、長年にわたって培われ思い凝らされてきた音楽観が存していると思われる。

ではどうしてそんな読みが生じたのか。もう一度絵詞にもどって音楽場面を検討するとそこには微妙な偏りがある。それは音楽記述の型で、宴遊は三一例のうち二七例、伝授は五例のうち四例、交情は一六例のうち一二例、一人琴は一二例のうち四例が取り上げられていて、孤愁の一人琴が極端に少ない。そのなかには葵上の演奏が入っているのだから実際は二例でしかない。つまり筆者は苦悩や悲しみを描く孤愁の一人琴を排除して、思うところのない華やかな宴遊や貴公子と姫君との美しい恋の場面だけを取り上げているのである。恋の場面に響く楽の音はまことに美しく魅惑的で、盛大な宴遊は貴族の権力と美意識を自ら体現する。筆者にとって源氏物語とはそうした華やかで典雅な音楽が目の当たりに展開され、恋が、権勢が、語られていく物語であったらしい。演奏場面を持たない葵上に演奏させ、玉鬘《かずら》の姫君たちに琴を持たせ、光源氏の音楽場面を増やし、六条御息所や宇治中君、そして源氏の居室に楽器を画き込ませたのは、音楽が貴族性を体現し象徴すると考えたためであろう。絵のほうからいっても明るく「をかしき」装飾的な絵が好まれたということもあろう。しかしそれ以上に音楽は貴族の貴族たる所以《ゆえん》を現すという意識があったからではないか。それはひとりこの絵詞筆者だけではなく、他の源氏絵の図様指示をみてもうかびあがってくる意識である。音楽は今となってはもう存在しない、華麗で優美な時代を思わせるという認識があって、そうした王朝への憧憬が音楽に凝集されたのであろう。中世では源氏物語の世界は人々の生活からはあまりに遠く、尚古すべき対象となっていた。ためにその源氏物語享受は音楽に典雅さ華麗さを感受しただけで、音楽に政治の暗黒と栄華を、人々の愛憎の襞々を描き出した源氏物語の深部までは届かなかったのである。それは「あそび・あそぶ」が心を伸びやかにする楽しい行為の意から貴族的優雅な行為の意へと変化したのと同じ変化であった。近世になって熊沢藩山は源氏物語の音楽は礼楽を知らしめるための材料だと説いたが、藩山に流れゆく潮流は既に存したのである。

こうしてみてくると源氏物語以降の物語の音楽は奇瑞、すなわち人物の楽才をめぐってのものに終始している。宇津保物語では秘琴秘曲を演奏しうるという技術そのもの、音楽そのものが栄達と関わっていた。いうなれば古事記の流れを汲んで楽器に力が籠もっているのである。それに対して源氏物語は音楽を人間の手に取り戻したが、後期物語では天人をも降下させるほどの技術を持つ者がこの世に生きる不幸を語っており、それを楽の音の奇瑞が予徴している。楽器の威力ではなく超常性を持つが故の苦しみを描いた点に源氏物語の影響が認められる。ところが仏教説話の今昔物語集になると人間の演奏が奇瑞を起こすのではなく、人の生き方や信仰に感じて天上の来迎楽が響く。つまり音楽が奇瑞となる。これは音楽と人間との関係の逆転である。そうした下地があって平家物語では音楽を演奏することが一つの価値となり、楽才ゆえに滅びゆく平氏が哀惜されることになり、もっと下ると音楽が貴族性を表すことになって、楽徳説話が形成されていく。そうしたときに源氏物語の音楽記述への理解もまた変容していったのである。

源氏物語の主要な音楽記述

年令は新年立を用いた。幻巻までは光源氏、それ以後は薫である。楽才は宴遊の項に含めた。
↑は音楽記述が連続する場合の先後関係を示している。〈 〉は語られた話。

イ 人物の楽才、 ロ 宴遊、 ハ 伝授（a肉親間・b夫婦間）、
ニ 男女の交情（c女の琴・d男の笛琴）、 ホ 一人琴（e気散じ・f追慕）

年令	宴遊	伝授・交情・一人琴
3	秋帝、桐壺更衣を爪音などで追慕（桐壺）	
	八月、弘徽殿女御の遊び（桐壺ロ）	
7	雲居を響かす源氏の楽才（桐壺イ）	
12	源氏と藤壺御遊で心を通わす（桐壺ロ）	
17	秋〈帝、御遊に源氏を捜させる〉（夕顔）	〈木枯らしの女と上人の合奏〉（帚木ニc）

18	春源氏と頭中将笛を吹き合わす、つづいて↑ 左大臣邸の合奏（末摘花ロ） 三月、北山帰途の逍遙・源氏の琴（若紫ロ） 秋七月、懐胎中の藤壺の御前で御遊（若紫ロ） 九月、朱雀院行幸の準備（末摘花ロ） 冬 十月朱雀院行幸の試楽・当日（紅葉賀ロ）	二月、源氏と頭の中将、末摘花の琴を立ち聴く（末摘花ニc） 八月、末摘花の琴を立ち聴き、契る（末摘花ニc） 忍び所に歌を謡いかけさせる（若紫ニd） 源氏の和琴、謡（若紫ホe）
19	夏四月若宮参内後の御遊（紅葉賀ロ）	源氏の笛、紫上箏（紅葉賀ハa） 源典侍の琵琶を立ち聴く（紅葉賀ニc）
20	春二月、南殿花宴（花宴ロ）↓ 後宴（花宴ロ）	朧月夜尚侍朗詠（花宴ニc） 〈紫上琴〉（花宴ハa）

	左大臣邸宴遊（花宴ロ）↑	源氏箏、謡（花宴ホe）
	三月、右大臣邸藤宴（花宴ロ）	
22	桐壺院の気ままな御遊（葵ロ）	
23	秋	九月、野宮に響く琴の音（賢木ニc）
24	春一月、内宴・踏歌をよそに聞く（賢木）	
	秋九月二〇日朱雀帝、そして藤壺と故桐壺院の御遊追慕（賢木）	
25	夏頭中将負態（賢木ロ）	五月、中川女の箏（花散里ニc）
26	秋朱雀帝、御遊の折参内した朧月夜に源氏を追慕（須磨ロ）	八月十五夜源氏琴、御遊を追慕（須磨ホe）
		大弐一行源氏の琴を聴く（須磨ホf）
	冬合奏（須磨ロ）↑	源氏の琴（須磨ホf）
27	春花宴を追慕（須磨）	
	夏	四月、源氏琴・箏、明石入道琵琶・箏

	秋	（明石ホe・ニd） 八月、明石君の箏が音を立てる（明石ニc）
28	秋 八月十五夜朱雀帝、参内した源氏に御遊に貴方を欠いて寂しかったと語る（明石）	七月、源氏琴、明石君箏（明石ニc）
29	春 秋朱雀院の気ままな御遊（澪標ロ） 住吉参詣（澪標ロ）	紫上、明石君の話を聴いて源氏の勧めにも箏を弾こうとしない（澪標）
31	春三月冷泉帝御前での絵合、引き続いての宴遊・蛍宮が語る源氏の楽才（絵合ロ・イ） 源氏、「私ざまのはかなき遊び」を行う 秋 桂での大御遊び（松風ロ） ↑	明石君、琴（松風ホf） 源氏再会の琴（松風ニd）
32	春 秋源氏春秋の遊びをしたいと語る（薄雲）	明石君、琵琶（薄雲ホe）

33	秋夕霧横笛・頭中将拍子（少女ロ）↑	頭中和琴・大宮琵琶・雲居雁箏（少女ハa）
34	春二月、朱雀院に行幸（少女ロ）	
35	春式部卿五十賀を準備（少女）	
	夏舟子の唄（玉鬘）	
36	春	一月、明石君の室に置かれた琴（初音ホe）
	六条院臨時客（初音ロ）	
	男踏歌〈後宴の女楽計画〉（初音ロ）	
	三月、春の町、新造船披露の船楽（胡蝶ロ）	
	秋好中宮季御読経（胡蝶ロ）	
	夏五月、馬場の競射（蛍ロ）	六月、源氏和琴（常夏ニd・ハa）
	秋七月、夕霧らを呼び寄せて小宴（篝火ロ）↑	和琴を枕に臥す（篝火ニd）
		八月、明石君、箏（野分ホe）
37	春二月、玉鬘裳着。ことごとしき遊びなし（行幸ロ）	
38	春一月、男踏歌（真木柱ロ）	

	秋弘徽殿女御御遊（真木柱ロ）	三月、源氏、和琴（真木柱ホｆ）
39	春二月、月前酒宴（梅枝ロ） 夏四月、頭中将藤宴（藤裏葉ロ） 冬冷泉帝・朱雀院六条院に行幸（藤裏葉ロ）	
40	春一月、玉鬘による源氏四十賀（若菜上ロ） 冬十月、紫上算賀の薬師仏供養精進落（同ロ） 秋好中宮、算賀の布施饗応（同ロ） 十二月、夕霧、勅命による源氏賀宴（同ロ）	
41	春	三月、明石入道、最後の演奏（若菜下ホ） 〈柏木東宮に琴伝授〉（同ハ）
46	冷泉院の気ままな御遊（若菜下ロ） 冬十月、住吉参詣（若菜下ロ） 朱雀院五十賀の準備（若菜下）→	女三宮、琴（若菜下ハｂ）
47	春一月、六条院女楽（若菜下ロ） 賀宴延期（若菜下）	

	夏	落葉宮、箏（若菜下ホe）
	冬十月、賀宴再度延期（若菜下）	
	落葉宮による朱雀院五十賀（若菜下ロ）	
	賀宴再々度延期（若菜下）	
	十二月、朱雀院五十賀試楽（若菜下ロ）	
	朱雀院五十賀（若菜下ロ）	
48	春 薫七夜産養に御遊びなし（柏木）	
	夏	夕霧、遺愛の楽器に柏木を追慕（柏木f）
	当帝、御遊に柏木を追慕（柏木ロ）	
49	秋	夕霧和琴・琵琶、落葉宮箏・和琴（横笛ホf・ニd）
		夕霧、帰邸して催馬楽（横笛ニd）
	夕霧、源氏に夢の笛について報告（横笛）↑	夕霧の夢に柏木が現われ笛を伝えるよう頼む
50	秋八月、鈴虫の宴（鈴虫ロ）↑	源氏、琴（鈴虫ホf）
	冷泉院参内途中の笛（鈴虫ロ）	
		夕霧、一条宮を過ぎ、柏木の楽追慕（夕霧）

51	春三月、紫上法華経千部供養（御法ロ）	
52	春御遊びなし（幻）	
	秋七月、御遊びなし（幻）	
	冬十二月、御仏名御遊びなし（幻）	

15	春一月、玉鬘邸の合奏（竹河ロ） ↑	玉鬘大君の女房の琵琶、和琴（竹河ニc）
	秋玉鬘大君懐胎中の御遊（竹河ハ）	
	〈薫の笛の才〉（匂宮イ）	宇治大君琵琶、中君箏（橋姫ハa）
16	春一月、男踏歌・冷泉院の女楽（竹河ロ）	
20	春一月、六条院賭弓の還饗（匂宮ロ）	
	阿闍梨、宇治姫君の琴をほめる（橋姫イ）	
22	秋	宇治姫君の箏、琵琶（橋姫ニc）
	冬十月、八宮邸の合奏（橋姫ロ）	
23	春二月、匂宮初瀬参詣の中宿り（椎本ロ）	七月、薫、中君の箏を聴く（椎本ニc）
24	春紅梅大納言、音楽論（紅梅） ↓	大納言口笛小君笛宮御方、琵琶（紅梅ニd）

	冬十月、匂宮紅葉狩り（総角ロ）	匂宮と女一宮伊勢物語の琴で贈答（総角）
25	春	一月、匂宮、箏（早蕨ホｅ）
	秋	八月、匂宮琵琶・中君箏（宿木ホｅ・ハｂ）
26	春三月、藤壺藤花宴（宿木ロ）	常陸介の娘の琴（東屋ハ）
	秋	九月、薫、宇治で八宮遺愛の楽器を弾き、浮舟とは無縁なことと思う（東屋ホｆ）
27	春二月、内裏作文会（浮舟ロ）	女一宮女房の箏、薫和琴（蜻蛉ニｃ）
	秋明石中宮御遊び（蜻蛉ロ）	
	尼たち合奏、浮舟は参加しない（浮舟ロ）	
	小野での中将を迎えての合奏（浮舟ロ）	

○本書では、古事記は日本思想大系、八代集は新編国歌大観、宇津保物語は『宇津保物語本文と索引』、枕草子は日本古典全書、栄花物語、浜松中納言物語、狭衣物語は日本古典文学大系、そのほかは日本古典文学全集を用いた。八代集の異本歌、大和物語の付載説話、枕草子の一本は含めていない。表記を変えているところがある。

○音楽に関しては、主につぎの著書を参考とした。

山田孝雄氏『源氏物語之音楽』（宝文館出版　昭和九年）
吉川英史氏『日本音楽の性格』（わんや書店昭和二三年、音楽之友社五四年）
石田百合子氏『池田亀鑑篇源氏物語事典上』音楽に関する項（東京堂、昭和三五年）
増本喜久子氏『雅楽―伝統音楽への新しいアプローチ』（音楽之友社、昭和四三年）
芸能史研究会『日本の古典芸能1神楽、2雅楽』（平凡社、昭四四・四五年）
荻　美津夫氏『日本古代音楽史』（吉川弘文館、昭和五二年）
林屋達三郎氏他『日本芸能史1・2』（昭和五三年）
吉川英史氏『日本音楽の美的研究』（音楽之友社、昭和五九年）
吉川英史氏編『邦楽百科辞典』（音楽之友社、昭和五九年）
岩波講座『日本の音楽アジアの音楽全七巻』（岩波書店、昭六三～六四年）
岸辺茂雄氏編『日本音楽大事典』（平凡社、平成一年三月）

あとがき

源氏物語の音楽に興味をもったのは、根来司先生の輪読会で、山田孝雄博士の『源氏物語之音楽』が取りあげられたときであった。そのとき突然、もうすっかり忘れていた子供のころの記憶が甦った。踊りの稽古場と庭の緑、お師匠さんの三味線の音。雅楽と西川流の日本舞踊とはもちろんちがうが、四才から十年ほどあそびのようにして習ってきたなにがしかがいつのまにか身体にしみこんでいたのだろう。ふと、源氏物語にもさぞかし雅やかな楽の音が響いていたことだろう、それをわたしたちは見落としているのではないかという考えが頭をかすめた。たとえば、能や歌舞伎、文楽、オペラなどを観て、つぎに謡本や台本、床本に目を転じると、それはもう単なる文字文章ではなくなって、口跡や語り、メロディーがそのままに甦り、耳に響き出さないだろうか。同じように当時の姫君や女房たちは、現代の我々には十分に聴き取れない、そうした楽の音をいきいきと感じ取っていたのではないか。しかも源氏物語には楽の音の奇瑞が一例としてみえない。ちょうど同じ頃に石田穣二先生が「六条院の女楽」(『講座源氏物語の世界第六集』昭和五六年)で源氏物語の音楽の問題はまだ十分に解明されていないと説かれたことにいっそう勇気づけられ、未熟ながら考え始めていった。すると、たしかに源氏物語には場面に応じて雅びな、あるいは甘やかな、あるいはものさびしい楽の音が響いているのだが、そうした芳醇な世界に沈潜していくうちに、やがて楽の音の響かない世界、書かれざる音楽が語られていることに気づいたのである。

本書はそうした考えをつづったものであるが、もとになったのはつぎにあげたもので、なかにはほんの一部だけを用いたり、大幅に書き直したり、分割したりして、もとのかたちをとどめないものもある。

王朝文学における音楽　「平安文学研究」第六九輯　昭和五八年　七月
源氏物語における音楽　「平安文学研究」第七一輯　昭和五九年　六月
源氏物語の構造と音楽　「大阪青山短大国文」第二号　昭和六一年　二月
王朝文学の舞　「甲南女子大学大学院論叢」第九号昭和六二年　一月
王朝文学の催馬楽　「大阪青山短大国文」第三号　昭和六二年　二月
源氏物語の音楽―宇津保物語の超克―　『源氏物語の探究第一二輯』　昭和六二年　七月
あそび・あそぶ考　『国語語彙史の研究八』　昭和六二年一一月
源氏絵と音楽―絵詞にみる源氏物語享受の一形態―　「兵庫女子短期大学研究集録」第二二号平成　一年　三月

楽の音の表現―源氏物語の方法―　　　『古今和歌集連環』　　平成　一年　五月

「合はざる」楽の音―源氏物語における女の主題と音楽―

「国語と国文学」　平成　三年一二月

このようなまことに拙いものとなったが、ただ、毎年行われる四天王寺雅亮会の雅楽公演や笙の会による源氏物語の舞の公演に接して、舞楽の雰囲気にいくらかなりとも触れることができたのは幸いであった。

おわりに未熟なわたくしを励まし導いてくださった、阪倉篤義先生をはじめとする諸先生方につつしんで厚くお礼を申し上げる。また、本書の刊行にあたって御高配を賜わった和泉書院社主の廣橋研三氏に感謝の意を表したい。

平成三年晩秋

中川正美

著者略歴
中川 正美（なかがわ まさみ）
文学博士。現在梅花女子大学教授。
著書
『源氏物語と音楽』（和泉書院　1991年）
『源氏物語文体攷』（和泉書院　1999年）

源氏物語と音楽　IZUMI BOOKS 14

2007年５月15日　初版第一刷発行©

著　者　中川正美
発行者　廣橋研三
発行所　和泉書院

〒543-0002　大阪市天王寺区上汐５－３－８
電話06-6771-1467／振替00970-8-15043
印刷・製本　亜細亜印刷／装訂　森本良成

ISBN978-4-7576-0414-8　C1395　　定価はカバーに表示